LA MISSION MAGADAN

KRIST BOARDMAN

America Star Books
Frederick, Maryland

First printing

Softcover 9781680904093
PUBLISHED BY AMERICA STAR BOOKS, LLLP
www.americastarbooks.pub
Frederick, Maryland

VERS L'AVANT

La publication de ce livre quelque trente ans après sa rédaction, à un moment où des États-Unis - les relations russes sont à un nouveau plus bas et presque revenue aux conditions de la guerre froide, est en effet remarquable. Lorsque la mission MAGADAN a été terminée, le sujet et le thème sont presque intouchables, traitant des relations entre les coopératives dans les agences d'espionnage américaines, entre autres choses, mais depuis lors, beaucoup a passé pour faire de cette œuvre de fiction semblent très plausibles. Je suis un écrivain aux prises ensuite marteler histoires pour Detective magazines et aussi des articles sur la recherche et de sauvetage satellites lancés par les deux puissances. Il était difficile de faire sa vie en faisant cela, mais je accroché pendant des années avant que je posai ma carrière d'écrivain de côté pour un certain nombre d'années et a poursuivi des activités plus lucratives. Un peu plus tard, à cause d'une demande d'un acteur principal Hollywood, LA MAGADAN mission a été envoyée sous forme de manuscrit à une société à New York. L'acteur était de penser à tourner la projecct dans un film, mais il n'a jamais fait de produire ou de diriger tous les films et après quatre ou cinq ans, le manuscrit m'a été retournée. D'ici là, je suis si découragé par les réponses des éditeurs que le roman a été plus distribuée.

Puis je l'ai montré récemment le roman à un ami qui a beaucoup aimé et m'a encouragé à donner une autre chance. D'ici là, les événements dans le monde avaient rattrapé avec l'histoire aussi et lui a donné une nouvelle pertinence.

Je suis également enfermant un article reproduit dans le Baltimore Sun qui a été publié en 1993. "navires soviétiques dernière fois arrêtés ici, même la vodka n'a pas aidé" est un véritable compte de mes expériences de travail sur le front de mer de Baltimore avec l'expédition soviétique. Ce fut une période excitante pour être il travaille, et l'avenir était rempli d'espoirs pour l'avenir, d'appréhension et d'anxiété. Je réimprime ce parce qu'il est excellent fond pour le roman qui suit.

Je espère que vous apprécierez votre lecture.

Krist Boardman
Octobre 2014

LA MISSION MAGADAN

La plupart des lecteurs ne remarquerez probablement pas le petit article dans le journal récemment, mais le Shipping Co. Baltique reprend ses appels à la côte est des États-Unis-Baltimore en particulier-après une longue absence.

Je l'ai fait remarquer, parce que dans les années 1970, je "travaillé" pour la Shipping Co. Baltique, avec sa base d'attache à Leningrad, aujourd'hui une fois de plus St. Pétersbourg.

Il était 1975, lorsque la société a commencé à appeler sur les ports des États-Unis pour de bon. Je l'avais étudié la langue russe assez pour entretenir décemment. Je voudrais aussi travaillé dans l'industrie du transport maritime d'exportation pour quelques années et a eu le temps et la chance d'obtenir un emploi auprès de l'agence d'expédition américaine qui venait d'atterrir le contrat pour représenter la plupart des navires soviétiques appelant sur les ports américains.

Cela a été rendu possible par la politique de détente façonné par le secrétaire du président Richard Nixon de l'Etat, Henry Kissinger, dans les années 1970, et réalisée par le Premier ministre soviétique Leonid Brejnev et le président Gerald Ford.

Comme un employé de l'agence d'expédition, de monter à bord des navires soviétiques dans le port et en parlant avec les capitaines de navires soviétiques dans ces jours était excitant. Nous étions souvent amusés avec des lunettes de la vodka pure clair, qui, parfois, fait peu pour le froid de la relation entre les deux superpuissances. Je trouvais les capitaines de navires soviétiques à être extrêmement réticents à exprimer des opinions sur tout, de peur qu'il y aurait des représailles. Néanmoins, nous étions tous heureux de faire partie de l'effort visant à rapprocher le monde ensemble.

Tout navire soviétique avait ses dirigeants politiques KGB contrôlés à bord pour superviser pensée et de parole. De notre côté, le FBI était souvent autour de profiter de toutes les opportunités pour obtenir des informations. Les capitaines de navires soviétiques Foire de travail du commerce de l'Atlantique Nord étaient au courant en anglais, mais les navires occasionnellement ou charter tramp sont apparus avec personne à bord qui pourrait parler anglais, même passablement. Ensuite, la situation est devenue très intéressante.

Un jour, je fus appelé à un navire où une confrontation avait développé entre les fonctionnaires de la Garde côtière et l'équipage d'un navire de tramp soviétique à Baltimore au moyen de l'Argentine et de Cuba. Soutenu par un fort sentiment d'anti-communisme et les nouvelles réglementations promulguées émis par l'Environmental Protection Agency, les fonctionnaires de la Garde côtière ont harcelé les officiers du navire soviétique, qui ne pouvaient tout simplement pas comprendre ce qu'ils ont été invités à se conformer.

Aussi bien que je le pouvais, je essayé de démêler les malentendus qui se sont développées quant à savoir si les tuyaux de décharge ont été assez longue et dans les bons endroits. Le capitaine du navire, qui se révéla être un meilleur joueur d'échecs que moi, apprécié mes efforts pour travailler sur les problèmes, mais il a juré de ne jamais retourner aux États-Unis à nouveau.

Son navire, dont le nom, je l'ai oublié depuis longtemps, est venu de la flotte de la mer Blanche dans les eaux sub-arctiques de la côte nord de l'Union soviétique. Son port d'attache était Archangelsk.

L'impact de la détente était stupéfiante en termes de volume d'affaires les Soviétiques ont fait aux États-Unis à l'époque. Cargaisons complètes de céréales ont été régulièrement chargés dans les ports tels que la Nouvelle-Orléans, Houston et Baltimore, en stimulant les agriculteurs américains à cultiver plus de blé et d'investir dans une plus grande capacité de production, Sur le plan industriel, les commandes soviétiques pour les biens d'équipement tels que les machines pour les usines de fabrication et d'autres l'industrie lourde était énorme et a donné un énorme coup de pouce pour les entreprises manufacturières de l'Est et du Midwest à un moment où ils ont été atteints d'une récession.

Bien sûr, les Soviétiques ont dû trouver un moyen de payer pour tout cela, car ils ont généré peu de devises fortes de leurs propres exportations limitées. Un moyen pratique pour réunir l'argent était à travers une politique agressive de l'expédition.

Commerçants marchands soviétiques entrèrent établis de l'Atlantique Nord et les routes de la Méditerranée-à-US. Ils ont concouru avec États-Unis et d'autres flottes marchandes étrangère pour le fret commercial régulier qui n'a pas été à destination des ports soviétiques. Les plus de marchandises les Soviétiques ont acheté des États-Unis et l'Occident, la monnaie plus dur, ils devaient gagner. Cela a inévitablement créé du ressentiment parmi les propriétaires de flottes occidentales d'expédition, que les Soviétiques se sont focalisés sur la constante de gros morceaux de l'action en offrant un service à taux réduit sur la base des salaires plus bas.

Après plusieurs années, la lune de miel était terminée, et les navires soviétiques étaient pas les bienvenus dans les eaux occidentales.

Ce ne fut pas seulement politiques d'expédition prédateurs "les Soviétiques. Ils venaient envahi l'Afghanistan. Le Président Carter a annulé les commandes pour le grain comme une mesure de protestation, un mouvement qui a créé des difficultés parmi les agriculteurs qui avaient paré pour plus d'affaires.

En ce moment, je serais longtemps été hors d'un emploi, puisque les Soviétiques avaient transféré leur propre travail de l'agence pour leur propre entreprise et loin de l'agence maritime américaine je travaillais.

Et maintenant, le Baltic Shipping Co. russe appartenant à ré-entre dans un monde complètement différent. Il n'y a aucune Union soviétique, l'expédition est pas si agressif, et les Russes à court d'argent ne sera pas du shopping si lourdement cette fois.

Mais ils seront shopping. Ce sont de bonnes nouvelles pour l'industrie américaine, qui a fourni les Russes avec les biens d'équipement depuis le tsar commandé Américains pour construire et équiper le Transsibérien il ya plus d'un siècle.

Et certaines choses, comme les verres de vodka offert par les capitaines de navires russes, ne changeront jamais.

1

Je ne sais vraiment pas comment entrer dans cette. Je serais d'accord, je ni parler ni écrire un mot à ce sujet mais depuis que je l'ai reçu de réponse de l'océan Indien il ya près de trois ans ce qui a été mise sur écoute l'enfer hors de moi.

Dr Maisel a été de me dire que je devrais considérer tout cela comme un mauvais rêve ou si je ne peux pas faire cela, il craie jusqu'à l'expérience. SI seulement je pouvais. Je ne peux pas effacer cela de mon esprit cependant. Il ya quelque chose comme une grande force en moi qui exige qu'il soit mis sur le papier, presque complètement indépendant de ma volonté. Je ne pense pas que je peux arrêter maintenant qu'à la fin je viens de commencer il.

Toute cette histoire a vraiment commencé avec qui je suis et d'où je viens: je ne voulais jamais pour trop quand je étais plus jeune. Papa était le rédacteur en haut de Baltimore QUESTION retour il ya sept ou huit ans et avait été en place pendant un certain temps. Naturellement, il m'a donné un emploi dès que je suis sorti de l'école et je suis assez eu la course de choses. Je dis naturellement parce Que devriez-vous et tout le monde attendre un homme à faire quand il est top dog sur un papier comme ça: refuse de donner son propre fils un emploi quand il le demande? Il a été tout simplement toujours supposé que je travaillerais pour le papier et pour le papa. Il était un de ces éditeurs de la vieille école, vous savez vert ombre à paupières, crayon de copie d'épaisseur et la langue de newsroom salé. Mais je dois dire que même si tout le monde attend un certain népotisme ici et là en théorie, dans la pratique, ils ne pouvaient pas toujours être très pardonnent chaque fois un peu nepot mignon est venu. Bon, alors je suis un gamin morveux et je ébouriffai pas mal de plumes des anciens, les gars qui avaient de le faire sur leur propre. Je étais sarrasins et je pensais que je savais tout. Mais que pouvez-vous attendre? Je l'avais avait tout laissé tomber sur mes genoux. Seriez-vous pas de la même façon?

Alors, laissez-moi vous dire. Le problème a commencé quand papa est mort, si elle avait été dans la fabrication de plusieurs années plus tôt. Le secteur de la presse est pas un genre un, et il ya un dicton que la Parole hommes ne durent pas aussi longtemps que l'autre type moyenne de l'homme.Mais il était une combinaison de choses, je pense. The Enquirer avait été achetée quelques années plus tôt pendant que papa était encore rédacteur en chef d'une chaîne de journaux et ils ont commencé à faire des changements ,. Papa a gardé son titre, mais ils ont mis les gens en-dessus de lui, sous lui, autour de lui de telle sorte que effectivement il était pas le patron, pas plus. Il était encore, mais il l'était pas. Le document avait souffert des pertes de circulation, et qu'il avait mis dans l'encre rouge, et à ce moment l'éditeur a décidé de le vendre. Et après que mon père n'a jamais été le même. Il a toujours été un peu plus cynique et amer que lui était habituellement; il avait passé toute sa vie à travailler sur le papier et après deux ans en vertu de la nouvelle direction, il vient de passer une nuit au large et se abattu. Il ne pouvait pas le prendre plus longtemps.

Bien sûr, à ce moment, je suis fermement une partie du paysage éditorial. Je travaillais le rythme de la police dans le quartier central depuis plus de quatre ans et je suis heureux comme pourrait l'être. Je voudrais vraiment été isolé à partir de ce genre de choses comme un gamin à l'école secondaire et au collège; en quelque sorte mon éducation et de l'éducation étaient trop protégé et grave. Mais le journal je ne pouvais pas me voir rester assis et parler politique et l'économie pour le reste de ma vie quand les flics faisaient les choses vraiment passionnant qui m'a intéressé.

Cette a été très bien avec papa et les autres éditeurs quand je suis venu en tant que journaliste de la recrue. Voilà la mission tous les journalistes en herbe obtiennent de toute façon. La seule chose drôle est que, après un an ou deux, je ne voulais pas aller sur et couvrir la politique et des écoles et de l'environnement et quelques-uns des autres choses comme ça. Je pense que secrètement je voulais toujours être un policier, mais je ne pouvais pas posséder jusqu'à quand je suis encore assez jeune et quand je pourrais posséder jusqu'à ce que je l'avais eu trop de moi investi dans d'autres choses. Je venais dois acccept deuxième meilleur et être un bon journaliste de la police et de rester où je me trouvais.

Après papa lui-même tué tout le monde était fâché parce qu'il avait été un tel appareil dans l'entreprise. Mais il n'a pas fallu trop longtemps pour que tout cela se dissipent, et dans un an la vieille garde au sommet a disparu et les nouveaux gens couraient le spectacle complètement. Je l'avais à peu près eu mon propre chemin jusque-là, mais maintenant ils voulait me couvrir un autre rythme. Je ne suis pas trop heureux à ce sujet. Ils me voulaient pour couvrir la politique dans un comté contigu spécifiquement qu'il était Henry Wilson, le nouveau rédacteur en chef, et je suis sur le point de lui dire qu'il y avait pas moyen que je pourrait ou voudrait. Mais vraiment, je ne savais pas trop à le faire parce que je ne sais pas où je pouvais aller à ce moment si il m'a dit qu'il était celui ou abandonner mon travail.

Heureusement, mon vieil ami et copain, le sergent Berg Dietrich du district central de la police, m'a appelé en place au bon moment et me renflouées que je recevais dans une tache serrée. Il avait fait plusieurs fois avant quand il était en mesure de me aider pièce une histoire que je puisse avoir quelque chose à déposer quand ma 17:00 date limite de copie est venu. Je savais que si je pouvais compter sur personne, il était Berg.

"Hey, Hoss, pourquoi ne pas venir par ici? Je pense qu'il ya somethng vous pourriez être très intéressé. Il est un flotteur d'une nature très particulière ", a déclaré Berg terriblement au téléphone.

Je suis sur mon chemin. Je pense que Berg a senti le même genre d'envie amicale de mon travail que je me sentais à propos de son. Nous étions tous les deux faire les choses un peu différente de ce que nous voulions, donc nous avons vécu un peu à travers la vie de chacun. Voilà ce que nous a fait si proche. Je vraiment aimé Berg.

Quand je suis arrivé sur le quartier central de Berg a été de parler avec plusieurs patrouilleurs de battement. Il avait été mis sur la force pendant environ douze ans maintenant. Il avait les cheveux brun rougeâtre et avait grandi une grande tache chauve sur le dessus de sa tête, et il a eu une poignée de taches de rousseur sur le visage et les bras. Je vraiment aimé Berg plus à cause de qui il était plutôt que à quoi il ressemblait; il était pas vraiment très beau, mais il était un gars sympa helluva et l'un de mes meilleurs amis. Il avait fait sergent il ya environ cinq ans, et ce est où je l'avais appris à le connaître, que l'assistant chargé de l'information publique.

Le patrouilleurs avait terminé et Berg m'a pris dans une petite pièce vitrée. Il a sorti un dossier dans un tiroir dans le bureau en métal gris.

"Voir ce mec?" Il a sorti une photo d'un homme nu sur une dalle de métal à la morgue. Sa peau blanche avait obtenu presque grisâtre et il était gonflé. Il était mort. Je ne fus pas surpris, si, comme je l'avais vu beaucoup de cadavres sur mon rythme.

"Ouais, ce qui est si spécial?" Demandai-je, feignant le désintérêt.

Berg a été utilisé pour partager un grand nombre des secrets de son département avec moi, donc il n'a eu aucune difficulté déversant quelques-uns des plus juteux de détails. Je ne voudrais pas le croiser en rédigeant somethng qui était confidentielle.

"Ce gars-là a été sorti du port par un de nos patrouilleurs semaine dernière .. Pas votre flottaison tous les jours," dit-il.

"On dirait un flotteur ordinaire clair pour moi," je l'ai dit, sachant que Berg avait plus à dire, mais je toujours aimé le pousser en prétendant qu'il n'a rien de toute valeur de nouvelles à me dire.

"Est-ce que vous essayez juste d'obtenir votre nom dans le papier à nouveau?" Je plaisantait. La plupart de ces flics étaient jambons pour une couverture de presse peu, et aimait à penser tout ce qu'ils faisaient était important.

Berg me regarda sérieusement d'une manière qui me fit presque ris.

"Écoutez, vous," at-il dit. "Ce gars était vêtu d'un costume trois pièces à double boutonnage avec un manteau en poil de chameau de pleine longueur. Pas votre ivrogne moyenne marchant hors du bout d'un quai."

"Tu ne dois pas le moindre respect pour les morts, enlever leurs vêtements et prendre des photos nues d'eux comme ça? ... Alors, qui est-il?"

"Nous ne sommes pas trop sûr. Vous voyez il n'y avait aucune portefeuille sur lui ou toute autre identification. Mais nous avons trouvé un stub pour des chaussures pour être réparé à la poche de poitrine à l'intérieur de sa veste de costume. Et nous avons suivi qui conduisent à un magasin de réparation de chaussures à Silver Spring, Maryland. L'homme de réparation de chaussures nous a donné le nom d'un appartement Jovanovich maison Connecticut Avenue, à Washington, DC "

"Donc, il est de Washington, DC" je l'ai dit.

"Oui, mais mal," Berg corrigé.. "Nous avons parlé au propriétaire pour voir si nous pourrions l'identifier, et il a dit qu'il avait vécu dans le bâtiment pour l'année écoulée. Il était un gars vraiment secret, l'landllord dit, et il ne savait rien de lui, sauf qu'une fois, quand il a signé le bail, Jovanovich a dit quelque chose de travailler pour une mission commerciale internationale.

"Quoi qu'il en soit, nous avons obtenu un mandat de perquisition avec l'aide de la police de Washington et entrés dans l'appartement. Je semble qu'il avait déjà été fouillée, mais il n'y avait pas d'effraction. Celui qui a été il doit avoir été à la recherche de quelques livres ou des documents, car aucun objet de valeur ont été prises, bien que le bureau avait été forcée d'une position verrouillée. Il est apparu que certains éléments avaient été prises à partir de la zone de bureau et bibliothèque que l'appartement était immacutely propre, sauf pour les papiers épars.

"Détective Neal Robertson dans l'homicide était la manipulation de l'enquête et a remarqué que rien d'autre ne semblait mal tourné, sauf que l'homme était obvioulsy bien-to-do et était d'origine russe. Vous avez pas besoin d'être Sherlock Holmes à l'avis de tous les livres russes et des décorations murales.

"Eh bien, nous avons vérifié les listes diplomatiques pour tous les pays de l'Est avec le FBI et trouvé personne qui était en aucune façon liés à Stefan Jovanovich. Puis nous sommes allés au Service de l'immigration et de la naturalisation, et ils signalé qu'il était venu sur un visa d'entrée de deux ans à Londres en tant que représentant de la Computel Trading Corporation, une entreprise britannique. La police de Londres nous ont pas dit quoi que ce soit à propos de cette société encore comme il est sans doute un peu trop tôt."

"Donc, vous savez qui est votre victime est dans une certaine mesure, et vous savez pourquoi jusqu'à un certain point, il est ici. Mais vous ne savez pas pourquoi il a été tué, ou qui aurait pu le faire il," je résume.

Je regardais la photo du cadavre de nouveau. Il y avait une plaie évidente au milieu de son front.

"Le médecin légiste a conclu que la mort était d'une blessure par balle de haut calibre, pas de la noyade," Berg a continué, ramasser mon train de pensée. "Les poumons ne contenaient une petite quantité d'eau. Si il avait noyé il aurait chargé jusqu'à, a coulé, puis a de nouveau augmenté après une semaine. Ce gars était mort depuis environ 24 heures.

"Nous avons essayé de comprendre pourquoi il pourrait être à Baltimore, dans le quartier du port," at-il poursuivi, éclairant l'une des nombreuses cigarettes qui depuis des années lui avait donné une odeur de nicotine qui était trop puissant à tolérer plus de courtes périodes de temps.

"La seule chose que nous pourrions venir avec, et il semble plausible, est qu'il a été en quelque sorte lié avec ce gros ordinateur de sortir à l'Union soviétique. Il y avait un bateau qui est venu la semaine dernière juste pour cette fin ".

Je l'avais entendu quelque chose à ce gros ordinateur mais je ne savais pas vraiment trop à ce sujet. Il y avait une certaine controverse à savoir si le laisser aller, en raison de sa nature sophisticiated et de la nature du pays de l'acheter, qui a fait surface dans les milieux gouvernementaux, il ya quelques années lorsque des applications pour la licence d'exportation ont été faites. Mais je l'avais oublié depuis longtemps à ce sujet et je suis vraiment surpris d'entendre Berg mentionner. Ils ont fait expédier l'ordinateur ici et maintenant, je lui ai demandé, et il a fait signe que oui. "Ensuite, il pourrait y avoir un lien entre les deux événements?" Je parlais à voix haute pour moi-même et Berg hoché la tête.

Berg et moi avons fait ce peu de compréhension que je serais excave de l'histoire, mais laisse toute suggestion au sujet de l'ordinateur et le navire venant pour le ramasser. Je suis parti en pensant que si il y avait une connexion, il était un clandestin, et je ne savais pas où cette Jovanovich venait et qui aurait voulu le voir mort. Plus tard dans l'après-midi je ai déposé mon histoire à propos de l'homme d'affaires slave retrouvé mort dans le port qui avait été provisoirement identifié par son propriétaire Washington. Dans le même temps, je continuais les éditeurs à la baie. Après tout, comment pourraient-ils me arracher le rythme si je leur donnais un tel reportage exclusif?

2

Ils ont tenu jusqu'à l'histoire pour une journée. L'éditeur de la ville, Mark Brown, m'a dit qu'ils voulaient vérifier sur quelques détails, et mon cœur se serra. Non pas que vieille merde à nouveau, je me suis dit. Ces gens-là ont été sévir sur moi. Sylvester Williams, l'assistant de Mark, a été maintenant supervise toutes les histoires de crimes et je devait se présenter à lui, et il avait été pour la journée à aller chez le dentiste. Après qu'il avait, il regarda par-dessus et l'a approuvé il tire à la salle de composition, tard dans l'après-midi, deux jours après je l'avais parlé à Berg. Maintenant Berg était au téléphone pour moi.

"Jay," at-il dit. "Tuer l'histoire."

"Je ne peux pas," je l'ai dit.

"Vous avez à. Le capitaine Ferguson de l'homicide est sur ma queue. Ne dit rien sur ce que, la période."

"Pourquoi ne vous attendez deux jours? Enfer, si il n'y avait pas un malentendu ici, nous aurions déjà publié il."

Je mets Berg en attente et suis allé à Syl Williams et lui ai dit que la situation. Il secoua la tête. "Ça va," at-il dit.

Je suis allé vers le téléphone. "Berg, je suis désolé. Il est en cours d'exécution et je ne peux pas l'arrêter. "Je entendu certains jurons étouffés sur la fin de la ligne.

"Hé, ne soyez pas si bouleversé," je l'ai dit.

"Bouleversé," Berg a crié. "Ils vont me mettre par la sonnerie et de me pendre à sécher. Écoutez, je ne peux pas vous parler maintenant. Vous feriez mieux de venir chez moi ce soir. Il ya quelques choses que nous ferions mieux discutons en privé. "Il a raccroché, sans attendre ma réponse. Je savais que je serais plus, mais je suis un peu surpris de son bruskness. Je veux dire, Berg n'a jamais été désagréable avec moi, et rarement at-il se mettre en colère, à moins que quelque chose de vraiment l'a bouleversé.

Je suis arrivé vers 7h30 cette nuit-là. Berg a vécu dans une maison en rangée à l'extrémité est de la ville, à mi-chemin entre les quartiers industriels de cols bleus et un nouveau quartier revitalisé qui abritait un grand nombre de proople professionnelle dans les maisons de la ville de fantaisie. Il y avait beaucoup de travailleurs de l'acier et des salons automobiles dans cette partie de la ville, et le père de Berg avait été un travailleur de l'acier dans l'une des usines jusqu'à ce qu'il a été tué dans un accident du travail il ya près de quinze ans. Il était environ puis, tandis que Berg était dans la marine, qu'il a décidé de ne pas suivre les traces de son père. Quand il a terminé sa deuxième tournée dans la Marine, il a rejoint la force.

Il ouvrit la porte juste un instant après que je l'avais cogné le marteau, comme si il avait vu me venir en face de ma voiture. Il y avait la transpiration sur son front et ses manches ont été roulé près de ses coudes, montrant les deux tatouages sur l'intérieur de ses avant-bras. Il avait une serviette de cuisine en bandoulière sur son épaule.

"Faire quelques exercices?" Je souris, en pointant sur son ventre.

"Naw, l'enfer, tout en faisant la vaisselle. "Je dois Michelle ici lavage. Je séchage. Nous sommes en train de terminer. "Nous sommes allés dans la cuisine.

Michelle était un peu sylphide mignonne d'une fille à onze, avec de longs cheveux brun foncé qui est descendu en dessous de ses épaules. Elle avait enfoncés yeux bleus et était une image parfaite gamin tout père serait fier de. Mais elle avait tendance à être timide et réservé, et rapidement se précipita après elle me vit entrer.

Berg elle et son jeune fils de cinq ans, Norman seul soulevé depuis sa femme Evelyn l'avait quitté trois ans plus tôt. Berg était vraiment contre elle quand elle a quitté, comme il lui a fallu un certain temps pour ajuster d'être rejeté par l'une avait lui-même consacré à. Et bien sûr, il a été rude pour un homme non utilisés pour de soulever deux enfants à lui tout seul, surtout quand l'un d'eux était aussi jeune que Norman était. Je ne l'avais jamais aimé Evelyn. Je pensais qu'elle était collante et soigné n'a vraiment, mais elle-même, et elle doit avoir donné Berg des difficultés sans fin comme elle s'y attendait de vivre la vie d'une princesse quand elle était en fait l'épouse d'un policier, et non pas un très fidèle à cela. Il était drôle, cependant. Mon mariage avec Jeanne avait rompu après un an, en partie parce que je l'avais voulu enfants et elle n'a pas. L'épouse de Berg lui a donné une famille et le quitta pour prendre soin d'elle. Il est un autre cas de Berg et me vouloir inverser les rôles. Il était dans un sens la seule famille proche que je devais l'exception de ma mère, et je ne la voyais pas très souvent. Je me suis toujours sentie la bienvenue sur au sa maison comme je me situe juste.

Il a également eu lieu pour moi que nous avons eu une autre chose en commun; à la fois nos pères étaient morts à la suite de quelque chose avec leur emploi.

Berg a mis deux tasses de café fumant sur la table et nous nous sommes assis.

"Écoutez, je suis désolé, je suis tellement excitée aujourd'hui," at-il expliqué. "Mais le capitaine était furieux que je vous ai donné l'histoire. Il semble quelque chose d'autre a tourné jusqu'à."

"Tirez," je l'ai dit.

"Pas si vite," a répliqué Berg. "En ce qui le concerne, le capitaine, vous êtes impliqué maintenant."

"Comment puis-je participer? Tout ce que je fait est d'écrire une histoire."

"Peut-être que je ne mets pas la bonne façon de vous," a déclaré Berg. Il commençait vraiment maintenant à parler comme sergent Dietrich, pas comme mon vieux copain Berg.

"Je vais vous dire ce que le reste a venir. Vous savez que je vous fais confiance comme un frère. Le capitaine ne vous connaît pas peine. La seule chose qui m'a décroché avec lui est ma promesse que vous souhaitez lui donner quelques informations. Mais vous allez avoir à parler avec lui demain matin."

"Je ferai ce que je peux," je l'ai dit, ne réalisant pas la pleine implication de ce que je disais.

"Voici ce qui se passe en bas," a continué Berg. "Nos gens sont à la recherche dans ce assassiner Jovanovich, d'accord? Quelques-uns de nos détectives vérifier régulièrement avec les banques. Il se révèle hier que le directeur de la succursale Port Place de la Guaranty Trust Company Old appelle l'un de nos détectives, John Burton, d'un gars qui arrive et dépôts 2 300 $ en billets de cent dollars. Le directeur de la banque dit Burton le déposant est un opérateur de lancement marin local, Wally Irwin, qui mène régulièrement des activités de cette succursale. Bon, le problème est que deux semaines plus tôt, un enquêteur du Service secret et un homme du FBI avaient notifié les banques à être à l'affût de toute personne déposant un grand nombre des mêmes dénominations avec les mêmes numéros de série."

"Bon, alors quoi?"

"Eh bien, bien sûr, les scrutateurs ne savaient rien à ce sujet, sauf pour signaler les éventuels dépôts de cette nature. Alors que quand on a été faite vendredi dernier à cette branche, le directeur était surpris que ceux qui étaient les mêmes dénominations et il a signalé promptement au bureau de terrain du FBI."

"Alors d'où vient cette égalité avec l'assassiner?"

"Nous ne sommes pas absolument certain qu'il fait, mais ce qui arrive est le directeur de succursale qui a connu détective Burton pendant un certain temps, les déversements les haricots à notre homme, comme si il avait su à propos de cette affût tout au long, ce qui bien sûr il didn 't. Mais Burton mettre cela en son rapport et il est allé jusqu'à le lieutenant puis au capitaine, qui examine ces choses et met les deux ensemble."

"Ok, pourquoi aurait-il mis ceux ensemble?"

"Vous avez les coïncidences de calendrier et de circonstances. Irwin dépôts de l'argent sur un vendredi. Le corps est découvert dans l'eau le mardi précédent, et il présume qu'il est mis sur un lundi. De plus, nous ne trouvons aucune identification sur le corps qui signifie soit qu'il a été assassiné, volé, évaluées et son appartement saccagé ou que quelqu'un a été payé pour tuer Jovanovich plusieurs jours après elle a effectivement produite. "

"Alors, pourquoi ne vous tirez pas Irwin pour interrogatoire?"

"Nous pourrions faire cela mais en attendant, le capitaine appelle le bureau du FBI et leur dit de sa connaissance du dépôt. L'homme, Henry Fields, raconte le capitaine de descendre le cas, qu'il est une enquête de plus haut et que nous ne sommes pas à participer en elle. Le capitaine répond qu'il est déjà impliqué dans ce parce que d'une assassiner non résolus, et que le déposant est un suspect dans l'affaire. L'homme du FBI lui dit de ne pas se soucier de l'assassiner, qui à un moment approprié, il va revenir à lui à ce sujet, et qu'il sait déjà sur l'assassiner. Pour que le capitaine exprime surprise, car avant cette personne sauf vous a été informé à ce sujet, et maintenant tout le monde de demain sera grâce à votre article de nouvelles."

"Je essayé de l'arrêter," je protestais.

"Je sais, mais le capitaine veut parler avec vous de toute façon."

Il y avait seulement deux gorgées de café froid laissés dans ma tasse, et même si il y avait encore la moitié d'un pot de l'infusion chaude laissé sur la cuisinière, je ne pas envie de parler ou de boire plus. Je tourbillonné le breuvage restant autour de ma tasse une couple de fois, puis la jeta vers le bas et se leva pour partir. Je me sentais quelque chose de révoltant dans mon estomac, soit le café ou tout simplement un sentiment désagréable que Berg avait aidé à cultiver.

"Je dois y aller maintenant," je l'ai dit.

“Aller au lit!” Hurla Berg à Michelle qui planait dans l’obscurité de la chambre voisine et l’écoute de nos paroles. “Ai-je vous dis de ne jamais écouter nos conversations?”

“Tout va bien, Berg.”

“Il est pas. Maintenant, aller au lit avant que je dois faire quelque chose.”

Je rarement vu Berg obtenir ce perturbé, mais peut-être qu’il savais que quelque chose je ne ce qui était inhabituel. Je suis allé à la porte et suis sorti.

“Neuf heures dans le bureau du capitaine,” a déclaré Berg. “Je ne serai pas là, mais il sait que nous tenons cette conversation et laissez-moi sortir d’ici sur,” at-il ajouté.

Merci beaucoup, mon pote, je me suis dit. Je pense que pour la première fois dans un bon moment, je me sentais vraiment en colère et ressentiment envers Berg, à mettre en place moi comme ça, puis de canard loin quand les choses se sont un peu inconfortable. Et je vais dire le capitaine le même dans aucun des mots incertains.

3

Je passai toute la nuit et lancer de retourner dans le lit quand je étais effectivement pas dans la salle de bains. Normalement, je dormais toute la nuit, mais toute cette affaire dérangé et instable moi, si je me disais que je devais rien à craindre. Et quand je me suis bouleversé mes entrailles damnés auraient commencer à courir. Je reçois ces attaques de colite qui me garder sur la moitié trémie la nuit et me faire totalement Strung Out par matin.

"Prenez un peu de Pepto-Bismol," ma mère m'a dit à trois heures du matin, quand je ai appelé pour lui dire de mon problème. "Puis boire du lait chaud et vous serez bien dormir." Je suivis son conseil et endormis par quatre, confiant que je serais éveillé par 7:30.

Je me suis levé à neuf, exactement au moment où je devais être dans le bureau du capitaine. Quelque part dans le processus de jeter sur mes vêtements, prendre un rasage rapide et conduite vers le siège du district central je l'avais perdu ma décision et la colère. Ils ont été submergés par ma fatigue et l'inquiétude à être en retard.

"Mieux vaut tard que jamais," a déclaré le capitaine Ferguson de trimestre à dix, en regardant sa montre et de me donner l'un de ses demi-sourires démoniaques. Je me suis assis et devais avoir l'air mal à l'aise parce que ce que je ressentais.

Je ne l'avais jamais vraiment été en face-à-face avec le capitaine avant, si je le connaissais de réputation d'être, un flic en parler impitoyable qui commandait le respect de ses hommes.

Il était l'un des flics irlandais d'origine, avec un regard maigre et affamé encore à 55 ans. Il était le genre de gars qui ne pouvaient hmself voir faire autre chose dans sa carrière, mais conduire les hommes tout en chassant des escrocs.

Il avait un regard angulaire dans son visage, le menton formant la pointe du triangle forte de sa mâchoire. Ses yeux étaient enfoncés et il a eu un large ensemble de dents. Tout son visage était squelettique, sans rien de tout cela jocularity rond vu si souvent dans les visages des sergents de bureau bien nourris et agents de la circulation ordinaires. Il se leva, étirant son six pieds six châssis et se penchant pour obtenir un cigare d'une armoire à proximité. Son arme tomba presque de son étui d'épaule.

"Du café?"

Je secouais la tête, mais si il y avait quelque chose que je devais installer dans un peu, il était une tasse de café. Mais ma garde était.

Il a essayé d'allumer le nouveau cigare, la flamme de son match de sauter de haut en bas avec chaque bouffée.

"Je l'ai entendu quelques choses sur vous," at-il dit, ne me regarde pas, mais plutôt à la fin de son cigare. Quelque chose a sauté à l'intérieur de moi. "Il semble que nous avons une relation incestueuse ici."

"Que veux-tu dire par là?"

"Je vous ai parlé au sergent Dietrich ici et il semble que vous obtenez quelques lignes à l'intérieur de certaines des enquêtes auxquelles nous participons."

"Je couvrais ce quartier depuis plus de quatre ans et ai toujours traité avec le sergent, je crois que par votre propre instruction," je l'ai dit. "Pourquoi, êtes-vous en colère à propos de cette histoire sur le assassiner Jovanovich?"

"Vous voulez dire celui qui ne tourne pas?" Il sourit sans joie et me jeta le édition du matin du Enquirer. Je regardais à travers la troisième section où mes histoires apparaissent habituellement et il n'y était pas.

"Vous ne l'avez pas essayé très dur de le tuer, vous avez fait?" Il a demandé à nouveau avec un petit rire qui semblait se moquer de moi.

"Croyez-moi, je essayé."

"Moi aussi," le capitaine a rejoint. "Et je l'ai eu tué. Semble que je dois faire votre travail pour vous. Maintenant, vous allez avoir pour nous aider à faire notre travail."

"Je ne sais pas ce que vous entendez. Vous n'êtes pas en colère contre moi, êtes-vous? "

"Non. Mais je besoin de votre aide. La prochaine fois, venez à moi de vos nouvelles. Il suffit de sauter au-dessus de Dietrich. Pour moi, je ne veux pas des considérations personnelles qui entrent dans le traitement de cette affaire. Deuxièmement, je ne veux pas vous parler à personne ici, sauf si elle a été approuvée par moi."

Super, je pensais. Il obtient à mon patron et interfère avec mon travail, puis se met dans une position pour me garder de faire autre chose. Si je ne suis pas réaffecté je vais perdre mon travail altogerher.

"Que puis-je faire pour vous, capitaine?"

"Depuis que nous sommes votre informateur depuis si longtemps, je veux que vous soyez nôtre pendant un petit moment. Nous allons vous indemniser pour vos efforts. "Il a sorti un petite enveloppe blanche et la jeta dans ma direction. Il contenait 100 $ en billets de vingt dollars.

"Gardez-le," il a dit que je commençais à protester. "Il semble que nous avons une situation délicate avec l'assassiner Jovanovich. Je suis convaincu qu'il est en quelque sorte lié à cette expédition de l'ordinateur à la Russie, mais les Feds ont attaché mes mains et je ne sais pas pourquoi. Les fédéraux ont même dit le commissaire de police de rester en dehors de celui-ci, non pas qu'il prend les commandes de leur part, mais il me conseille d'être discret. Nous avons un assassiner sur nos mains et il est de notre devoir de le résoudre. Il est juste que nous devons faire attention de ne pas courir à travers quelque chose d'autre."

"Qu'est-ce que tu veux que je fasse?"

"Nous avons déjà un suspect dans l'esprit, cet opérateur de lancement qui a déposé cet argent. Il ne sait pas que nous sommes sur la piste et que tout va bien. Je veux que cela continue pour le moment. Notre problème est que nous ne voulons pas chambouler en allant pour la pomme. Il est juste que nous ne connaissons pas toutes les dimensions de ce que nous avons affaire à."

Il soufflait à quelques reprises sur son cigare, puis basculer une partie des cendres sur le sol avec le petit doigt de sa main gauche. Il était penché en arrière sur sa chaise avec ses pieds sur le bureau et il semblait se parler à lui-même autant qu'il me parlait. Pour ceux qui ont eu à le connaître, le capitaine n'a pas été aussi redoutable comme il semblait.

"Vous comprenez, je suis sous les instructions de ne rien faire dans ce jusqu'à ce que je l'entends de la commissaire. Pourtant, il me dit aussi de faire tout ce que je peux pour résoudre THS cas, especialy alors que le navire soviétique Magadan est encore dans le port. Qu'est-ce que cela signifie est ne laissez pas les Feds savons que nous sommes sur le cas, mais toujours sur le cas.

"Maintenant, voici ce que je veux que vous fassiez. Demain à 8h30 l'un de nos amis, un navire Chandler et approvisionneur va être de prendre son lancement à l'Magadan à son ancrage. Nous l'avons déjà dit, il y aura quelqu'un qui va avec lui. Lorsque vous arrivez à bord du Magadan vous êtes de dire le capitaine que vous êtes de l'Agence nationale de sécurité et vous avez besoin de poser des questions et de regarder autour. Il est obligé de vous laisser à bord dans une telle capacité et il jettera les garçons du FBI au dépourvu pour le moment, surtout si elles devraient également avoir un de leurs propres hommes à bord, ce qui est pas rare dans des situations de ce genre. Dans le cas où vous en avez besoin, voici quelques ID faux ", dit-il, jetant des cartes plastiques laminées à travers le bureau de moi.

Je fus étonné. "Vous voulez me faire passer pour un détective fédéral?"

Ferguson hocha la tête, sa lèvre supérieure curling imperceptiblement. “Je veux que vous à ces gens Sound Out, le capitaine et toute autre personne que vous pouvez parler de la mission de l’Magadan, à propos de l’ordinateur et tout ce que vous pouvez apprendre. Aussi demander autour d’environ Jovanovich. Je veux savoir si elles le connaissent. Ne pas appuyer trop fort sur ce point, cependant. Je ne veux pas qu’ils soupçonnent que vous faites partie d’une enquête assassiner.”

Ce fut exactement le type de travail que je l’avais toujours rêvé de faire, mais alors qu’il était maintenant me regarder en face pour la première fois, je ne savais pas que je devais le courage d’aller jusqu’au bout.

“Je vais vous remettre au lieutenant Jacobs,” dit le capitaine, anticipant ma prochaine question. “Il a quelques trucs que vous pouvez faire quelques histoires en place, assez pour demain aussi pour que vous êtes couvert avec vos éditeurs lorsque vous êtes absent. Bien sûr, vous ne voudrez pas de leur dire ce que vous faites pour nous. “

Bien sûr, je ne le pensais. Qu’est-ce un euphémisme. Si quelqu’un sur le demandeur savait ce que je faisais, je serais lu sur la profession journalistique pour la vie. Mais l’attrait de cette était trop grande pour moi de résister, juste cette fois-ci, cette seule journée, demain. Peu le capitaine ne rends compte que je ne voudrais pas manquer pour rien au monde.

4

Il était près de 08 heures 30 quand je suis arrivé sur le quai commercial Fells Point. Bruce Mars a été en attente pour moi, ou du moins un homme que je présume être Bruce Mars.

"Capitaine Ferguson m'a envoyé," je l'ai dit à l'mince, homme à lunettes sous la pluie ciré. Le moteur du lancement fredonnait et le bateau semblait qu'il était prêt à larguer les amarres dans les eaux agitées.

"Oui, nous avons été en attente pour vous," dit-il avec une trace d'impatience. "Nous quittons normalement à 8h15."

Comme Dès que je suis à bord, nous rabattre.

Mars était un navire Chandler et il a participé à au moins une douzaine d'autres dans le port pour alimenter les navires de tout, des produits frais aux ampoules électriques et fils de soudage. Je ne pense pas que l'un d'eux beaucoup apprécié l'obtention de leur entreprise impliquée avec la police, mais Mars dû avoir ses raisons. Pour dire la vérité, je ne me sentais pas comme demander, tout comme je ne me sentais pas envie de lui dire pourquoi je me dirigeais avec lui à l'Magadan. Tout ce que je lui avais dit était que je ne reviendrai pas, que je serais revenir plus tard dans la journée dans un autre lancement.

Il était pas très belle d'un jour pour commencer, mais comme nous avons franchi l'entrée une rafale de raideur d'un vent froid nous a frappé du côté du port, de conduire quelques feuilles de pluie avec elle. Je dois avoir été un imbécile de vous impliquer dans ce domaine, mais il n'y avait pas de retour en arrière maintenant. Je boutonnai mon imperméable et frissonnais. Il faisait chaud dans la cabine du pilote, mais elle était trop petite et il y avait déjà deux là-dedans de toute façon, donc je frissonna sous l'auvent extérieur.

Ce fut une bonne demi-heure avant nous sommes arrivés dans la vue de l'Magadan. Il était assis à environ 500 verges du rivage dans une de ces ancrages portuaires extérieures. Bruce m'a dit qu'il n'a pas été juste en attente pour une place, mais pour certaines autorisations du gouvernement avant de pouvoir procéder chargement. Jusque-là, il faudrait s'asseoir pendant quelques jours ou quelques semaines, mais à long était nécessaire.

"Ne me dérange tout," Bruce haussa les épaules alors qu'il était à l'extérieur de me parler. Le second était au volant. "Plus longtemps ils restent là, le mieux ce sera pour moi. Personne d'autre ne veut desservir les navires soviétiques, surtout à cette distance de la côte."

Je me demandais pourquoi il voulait mais il pense mieux que de demander.

Ce fut une belle nouveau navire, petit que les transporteurs de fret vont, mais élégant et peint de couleurs vives avec du noir, vert, blanc et rouge. Il y avait un marteau et la faucille sur la pile. Bruce m'a dit qu'elle était de la relativement petite flotte de la mer Blanche et souvent servi les ports de l'Extrême Nord de Arkhangelsk et Mourmansk. Il avait une coque plus épaisse que d'habitude pour naviguer les eaux glacées, et avait plus de pouvoir que la plupart des navires de sa taille, mais il n'a pas été un brise-glace. Il était un navire polyvalent, Bruce m'a dit, en soulignant les deux grues de chargement et le inclinable rampe de chargement en bout. Je l'avais frappé autour du port un peu dans mes 31 ans et je savais quelque chose au sujet des navires océaniques, au moins assez pour voir que le Magadan était un petit navire courageux lumineux qui pourraient se gérer dans la plupart des situations.

Le second avait soit établi un contact radio ou ils avaient déjà été nous attendre, car, comme nous approchions dans l'eau gonflement et une pluie battante la passerelle escalier portable a été abaissé. Je me hisse sur elle après Bruce tandis que le second est resté à bord le lancement vallonné. Il avait quelque chose d'un truc pour sauter quand l'escalier ondulait vers le bas et le lancement montait. Mais nous grimpé jusqu'à la plate-forme sans aucun problème.

Quelqu'un était en haut de la passerelle pour nous saluer lorsque nous sommes arrivés là, et rapidement nous emmena à la cabine du capitaine. Il ne parlait pas anglais et il portait un bonnet en tricot bleu, un pull à col roulé noir et la tenue vestimentaire des pantalons en velours côtelé bleu-marin régulière. Je me suis retourné juste avant esquive l'intérieur pour voir ce que le second du lancement avait tiré à trente yards du navire à rester dans un circuit d'attente jusqu'à ce qu'il a reçu des instructions de Bruce.

Il y avait un bourdonnement sourd des moteurs et un peu de chaleur et de la sécheresse de bienvenue à bord que nous nous sommes retrouvés à travers deux passages et escaladé trois volées de marches à la cabine du capitaine. Bruce était déjà bien connaissance avec le capitaine et je savais qu'il serait occupé pendant dix minutes ou si le marchandage sur les dispositions et les livrer à l'aide d'un couple de mains de l'office. Je viens de glisse discrètement derrière la table dans la cabine du capitaine tandis qu'un délégué a apporté dans une bouteille de vodka et quelques verres. Je l'attendais Bruce pour terminer comme il est de coutume en particulier sur les navires soviétiques pour le capitaine pour divertir ses invités après les affaires, si il y en a une, a été soigné.

La seule chose est Bruce ne revint jamais pour sa vodka. Je découvre, en regardant par le hublot de la cabine et a vu le lancement soufflant loin avec le vent et la pluie battante vers sa poupe. Je suis sur mon propre maintenant.

"Vous dites que vous êtes du FBI?" Capitaine Sergei Kliuchevsky m'a demandé dans un anglais impeccable.

"National Security Agency," je répliqué. "Il est un bras du Conseil de sécurité nationale," je menti, parier qu'il ne pouvait pas garder tous nos organismes gouvernementaux droite.

"Nous faisons partie de la même travail que le FBI, mais bien sûr, pour une autre branche du gouvernement," dis-je avec comme confiant un sourire que je pouvais rassembler. Je ne pense pas que le capitaine du navire aurait aucune raison de douter de mon histoire.

"Je vois," dit-il wth un sourire plein d'assurance qui a montré plusieurs dents en or coiffé. Il a brisé les sceaux de la bouteille de vodka et de l'eau minérale en bouteille et versé trois verres pleins de chacun.

"Voici le Magadan, et le projet de l'ordinateur Norillsk," Je grillé avec autant de bonne humeur que je pouvais rassembler.

Je devais avoir l'air quelque chose comme un castor néophyte désireux que capitaine Kliuchevsky m'a donné, un demi-sourire narquois demi-rassurant, puis hissé son verre. Mais avant qu'il puisse boire il fut interrompu par l'entrée de quelqu'un de la cabine intérieure.

"M. Anderson, "dit le capitaine, en utilisant le faux nom que je lui avais donné. "Je tiens à vous présenter au poste de chef politique Mikhail Sarnov, l'un de nos officiers."

Sarnov me serra la main et se mit à la fois et rejoint le toast, que les verres avaient été versé pour lui aussi. Il était environ cinq ans de plus que moi, je jugeais, et complètement, totalement dépourvu d'humour, avec des yeux bleus de silex et un choc de sable de cheveux qu'il peignés vers l'arrière. Je ne l'aimais pas.

La plupart des navires soviétiques avaient leur propre officier du KGB à bord, et je eu peu de doute que Sarnov, sans même lui parler, était la Magadan de. Pas de conversation avec des étrangers serait autorisé par le capitaine ou l'équipage, sans Sarnov leur suivi, et je sentais déjà un peu de tension. La rupture de l'isolement de l'être à bord offert par un visiteur, je l'imaginais, doit avoir été invités à Captian Kliuchevsky. Mais je sentais que l'entrée de Sarnov étouffé la pause dans la monotonie de bord et n'a pas été accueilli par le capitaine.

Sarnov immédiatement commencé à parler au capitaine en russe, ce qui signifie bien sûr que je suis resté sur la conversation. Je pensais que je serais en mesure de choisir un mot ou deux de mes cours de niveau collégial russes, mais à ma grande stupéfaction, je ne choisirai beaucoup. Je doigter mon verre de vodka et regardé sereinement autour de la salle tandis que mes compagnons de table ne cessait de parler pour les prochaines minutes. Le steward a apporté une assiette avec quelques mauvaises imitations de hors-d'œuvres, plus un peu de caviar noir qui était pas trop mal. La vodka avait pris le bord au large de mon inquiétude et je suis devenu moins la langue liée.

Lors d'une pause appropriée dans la conversation que je interrompu. "Messieurs, je suis sous les instructions de faire une inspection complète de ce navire avant le chargement, vos plans de fret de rangement, l'itinéraire prévu de votre vaisseau, et d'autres informations associées nécessaire pour nous de garantir une livraison sûre de cette cargaison. Je vous suggère de commencer assez vite comme je l'espère pour revenir à la côte par le lancement dans les deux heures. "

"Vous n'êtes pas du FBI," Sarnov dit presque accusatorily.

"NSA," ai-je répondu.

"Nous avons pas été informés de tout autre organisme était d'être ici, sauf le FBI. Instructions de l'ambassade ", dit-il, tirant un câble de son manteau veste.

Je regardai brièvement le message indéchiffrable, un paragraphe de mots russes mis en alphabet latin.

"Mes instructions sont comme je l'ai dit. Vous devrez re-vérifier wth vos conseillers économiques, "je l'ai dit, le jeu que dans les deux heures, je serais hors du navire avant que quelque chose pourrait être déterminée. "Vous aurez juste à prendre mon mot pour lui pour le moment." Je leur ai montré mes faux papiers

Cela semblait les satisfaire pour le moment. Le capitaine haussa les épaules et sortit un tableau de rangement pour le navire, que je suis allé à travers en détail. La cargaison vraiment utile, les ordinateurs et equpment associée devaient être rangés dans le navire dans sept conteneurs scellés. Il y avait chargement supplémentaire conçu pour remplir le navire comme certains nouveaux bulldozers et et de gros morceaux de matériel de terrassement tels que conçus pour construire des routes. Il y avait aussi une usine de fabrication des boîtes complet qui avait été envoyé de l'Ohio et un certain nombre de remorques de transport de Milwaukee. Ces cargaisons donneraient le navire nécessaire ballast, mais la principale préoccupation étaient les sept conteneurs. Je suis le plan de chargement pour ceux et pris quelques notes. Il était vraiment pas important, mais je devais prétendre qu'il était, comme les autorisations avaient pas encore été publié et depuis ils pourraient penser mon rapport serait d'une certaine importance.

Nous sommes également allés sur une visite détaillée du navire de haut en bas. Si il n'y avait aucun sens pour les absurdités dans lesquelles je suis engagé, il était ce que les capitaines soviétiques étaient venus à attendre gumshoes gouvernement américain se balader sur leurs navires et de poser des questions stupides. Je essayais de ne pas les décevoir. Maintenant, la partie-le intéressant itinéraire.

Les trois d'entre nous étaient sur le pont.

"Après le chargement et dégagements," dit le capitaine dans le ton gracieux qu'il avait cultivé si bien, "nous mîmes à la voile directement pour un voyage de onze jours à Leningrad pour l'approvisionnement et le déchargement des cargaisons autres. Nous allons recharger le navire pour le transport interne des articles fabriqués à partir de Leningrad à deux de nos grands ports de la mer Blanche, Mourmansk et Arkhangelsk. Nous espérons que d'ici la mi-mai, lorsque nous attendions à arriver dans les ports de l'Extrême Nord, que le givrage serait un facteur secondaire dans les opérations que nous souhaitons de passer directement de Archangelsk, en direction est jusqu'à l'embouchure de la rivière Yenissey sur le Karskoye Mer. En raison de la petite taille de notre vaisseau nous allons avoir aucune difficulté à naviguer sur les canaux de la Yenissey autant que Dudina, qui est en tout cas dans la mesure où notre navire va. Au Dudina les conteneurs seront déchargés et transportés de 100 kilomètres à l'est de Norillsk. Dudina est la fin ouf notre voyage dans la mesure où cela est concerné et nous revenons là à Archangelsk pour d'autres instructions."

Pendant tout ce temps, il a souligné la destination sur ses cartes avec un air d'intérêt et de l'autorité, comme se parlant à un autre marin. Sarnov regardait par la fenêtre sur le pont inférieur, soit perdue dans les pensées de son propre ou tout simplement écouter et ne cherche pas. Soudain, il se retourna avec un regard d'impatience sur son visage.

Nous sommes retournés à la cabine du capitaine pour un autre tour de vodka et certains converstaion finale. Était attendue Mon lancement pour arriver à une vingtaine de minutes.

"Une dernière chose," je l'ai dit. "Je dois voir un journal complet de tous les visiteurs de ce navire depuis son arrivée dans nos eaux territoriales."

Le capitaine a téléphoné pour le second lieutenant d'apporter les journaux en question.

Depuis qu'il a quitté Halifax le Magadan avait navigué directement à Baltimore en quatre jours sans arrêts. Une fois arrivé il ya une semaine, il avait été arraisonné par des agents fois de douane, à deux reprises par la Garde côtière avec le FBI, trois fois par Bruce Mars, une fois par une barge arrosage et une fois par une barge de carburant.

"Pas de délégations commerciales privées?" Demandai-je.

"Oui, une fois lundi dernier par Michael Appler du siècle Technologies, le fabricant de l'ordinateur," a déclaré le capitaine.

"Est-il venu seul?"

"Quelqu'un l'a amené dans un lancement et resté à bord que si il est venu ici."

"Je remarque que le FBI est venu en même temps que la Garde côtière a fait lundi. Même lancement? "Je savais que ça sonnait drôle pour moi, un agent du gouvernement présumée, à demander à un capitaine soviétique sur les activités de mon propre gouvernement, mais le capitaine acquiesça sans une trace d'ironie. Capitaine Kliuchevsky était assez d'un politicien et diplomate à rien, mais un visage de poker montrer bon, surtout avec un tel agent du KGB ambitieux regardant par-dessus son épaule. Il aurait pu croire mes questions était typique pour une main gauche bureaucratique d'essayer de trouver ce que sa propre main droite faisait.

"Était le nom de l'agent Jovanovich?" Demandai-je. "FBI?" Peut-être la victime d'assassiner était vraiment un agent du FBI.

"Adam Johnson, je crois que son nom était," contré le capitaine. Je pensais mieux que de lui montrer la photo de la morgue de Jovanovich parce que trop de drapeaux rouges seraient soulevées.

Il était dix minutes passées douze, et mon lancement de déclaration est en retard. Le capitaine a sonné sur l'interphone d'annoncer le lancement, donc je descendu trois volées d'escaliers pour monter à bord. Une fois que je suis sur le pont, cependant, je l'ai vu était pas la mienne. Ce fut un lancement de la Garde côtière, et un officier en uniforme de la Garde côtière et un agent en civil monta l'escalier portable.

"Agent Johnson?" Demandai-je, en regardant la vêtements homme ordinaire comme il a atteint le sommet de l'escalier.

"Agent Thompson," l'homme corrigé. "Vous cherchez Johnson?"

"Vous pourriez dire cela."

"Qui es-tu?"

"Agent Mark Anderson, Agence de sécurité nationale."

"Est-ce exact?" Il a demandé, ses sourcils arquées et sa tête inclinant légèrement vers l'arrière avec incrédulité. "Je ne l'ai jamais entendu parler de vous avant. Nous avons été informés que nul autre que notre agence et la Garde côtière, bien sûr, seraient autorisés à bord. Laissez-moi voir votre ID "

"Vous aurez à vérifier vous-même à travers votre propre patron," je l'ai dit, mon clignotant fausse carte d'identité je l'ai fait trop vite pour Agent Thompson de le voir de près. "On m'a dit entre autres choses à regarder dans les allées et venues de l'agent Johnson. Il ya quelques choses que je dois lui parler de nature courante. "

"Je ne l'ai pas vu Johnson depuis dimanche soir. Depuis, il a été réaffecté sur instructions de Washington, on me dit ", a déclaré Thompson.

Je ne pouvais pas dire si l'agent Thompson me mentait à propos de Johnson ou si il ne savait vraiment pas ce qui était sans doute arrivé à lui, qu'il a été assassiné et également présumé être Stefan Jovanovich. Il est possible personne ne lui avait dit.

Je vis un autre lancement tourner un coude dans le canal et redresser dans notre direction. Il ressemblait à un vieux bateau de pêche ou de l'huître beat-up, je ne savais pas qui. Il ressemblait à celui qui venait me chercher.

Agent Thompson avait fait une pause pendant un moment alors que je scrutais les eaux. L'officier de la Garde côtière manoeuvré devant nous sur le chemin de la cabine du capitaine. Je sortis l'image de la Stefan Jovanovich tué.

"Est-ce l'agent Johnson?"

"Oui, ça l'est. Pourquoi, il fait tout ... Il est mort! "

"C'est vrai."

"Je savais, mais comment avez-vous découvert?"

"Je suis dans le businesss de l'information, tout comme vous."

"Nous ne savions pas ... mais personne n'a été censés dire."

"Vous seriez surpris de voir comment le mot obtient autour," je l'ai dit.

Thompson avait plus rien à dire et se dirigea vers la cabine du capitaine. Il avait confirmé que l'agent Johnson et Stefan Jovanovich étaient une seule et même personne, mais je l'avais toujours pas été en mesure de savoir qui était l'identité vraie ou fausse.

Mon lancement de retour était à côté de la Magadan en quelques minutes et je monte à bord. Fidèle à la parole du capitaine de police, l'opérateur de lancement était son principal suspect, Wally Irwin. Je devais me identifier comme Mark Anderson, de l'Agence nationale de sécurité et de lui poser des questions sur les différentes personnes qu'il avait transportés à l'Magadan la semaine dernière. Mais Irwin, si il devait être cru, avaient pas pris toute personne ou à partir du navire, à l'exception de moi-même. Je pensais alors il serait d'aucune utilité pour lui montrer la photo de Jovanovich. Nous savions qu'il l'avait vu avant parce qu'il avait pris l'argent Jovanovich a été connu pour avoir eu, et il ne serait pas utile si je laisse tout simplement le connaître je devais soupçons sur son implication.

Je l'ai dit Ferguson de mon voyage après que je l'avais décidé de remonter et a prononcé un couple de courtes histoires de police au demandeur à partir des rapports de police quotidiens. La chose importante à propos de mon voyage était l'identité de Jovanovich. Il jouait des doubles rôle de représentant de commerce et comme un agent du FBI, mais quelqu'un l'avait voulu sortir de la voie. Comme je réfléchis sur les événements de la journée, ce soir dans l'intimité de mon appartement, il me semblait plausible que le FBI voudrait contrôler l'ordinateur avec une certaine insoupçonnée, à l'intérieur connexion. Il y avait eu assez de controverse au sujet de la vente de l'ordinateur en premier lieu qu'il était tout à fait probable que quelqu'un puisse être placé à l'intérieur comme condition de laisser l'affaire passer.

Un jour plus tard capitaine Ferguson m'a informé que l'agent Johnson était en effet un agent du FBI, mais à partir d'une région différente. Stefan Jovanovich était une fausse identité, mais il avait été suffisamment impliqués afin qu'il avait obtenu à la manière de quelqu'un. Ferguson ne partageait pas son enquête avec plus de moi; aussi loin qu'il était concerné, je suis fini, et à partir de ce que je rassemblé, donc étais-il. Je suppose qu'il pensait que le FBI était capable d'enquêter sur les meurtres de leur propre peuple, et que si il a été impliqué plus loin, il serait à un trop grand risque. Je ne peux pas dire que je lui reprochais, mais je ne pouvais toujours pas me demandant qui voulait Agent Johnson aka Stefan Jovanovich de la route, et pour quelles raisons.

5

Pour moi, jouer détective était un passe-temps ou un passe-temps que je venais de prendre place, comme d'autres qui collectionnent les timbres ou aller aux courses de chevaux, ou faire un certain nombre d'autres choses qu'ils font. De temps en temps, je courrais à travers une histoire sur mon travail couvrant le service de police qui a attiré mon jus d'enquête qui coule, mais ils étaient peu nombreuses et espacées. Mais ce cas était cape et d'épée pur choses. Il était difficile pour moi de croire que quelque chose a été ici se passe réellement, et je avait vu une partie de celui de plus près.Il me fascinait. Je savais que je ne serais pas intéressés ou impliqués en outre en aucune manière, que si je jouais avec ce à tous je pourrais obtenir mes doigts brûlés ou pour le pire, je pourrais même perdre ma vie. Mais je pense que cet aspect interdite de ce fait encore plus attrayant pour ma vie autrement banal.

Ce fut une semaine depuis que je suis sorti au mouillage sur la Magadan. Je ne l'avais pas vu quelque chose à ce sujet dans le document, donc je ne sais pas si elle était encore dans le port ou non. Je ai appelé Bruce Mars pour lui demander si il avait trouvé un petit carnet noir que je dit que je pensais que je serais perdu soit sur son bateau ou sur le navire. Bruce m'a dit qu'il l'avait pas vu; Je savais qu'il avait non pas parce qu'il était juste une ruse que je servais pour savoir si l'Magadan était toujours là.

"Pensez-vous que vous pourriez avoir laissé sur le navire?" Il a demandé ,.

"Voilà ce que je me demandais," je l'ai dit. "Puis-je encore à bord pour le savoir?"

"Peut-être," at-il dit. "Je parlais au capitaine la nuit dernière et il dit après le chargement d'aujourd'hui et de demain, ils attendent de naviguer demain soir. La dans du navire à l'une des bornes maintenant. Une fois qu'elle est chargée, elle est sortie. Je ne vais pas avoir plus à voir avec elle, mais si vous voulez vérifier votre ordinateur portable, il n'y a aucun problème de monter à bord. Il suffit d'aller jusqu'au Pier Quatre Locust Point."

Je suis sorti dans une heure, après que je l'avais fini mon travail, et je pensais un dernier voyage sur le prétexte de localiser mon carnet ne serait pas mal une chose. Le risque que je prenais dans ce rôle était rien comparé aux avantages que je pourrais réaliser: je pourrais même avoir suffisamment de matière pour écrire un vrai mystère de la vie de cette si je continuais à creuser juste à ma façon discrète.

Capitaine Kliuchevsky semblait heureux de me voir, mais lui et son compagnon de fret étaient occupés pendant un court instant aller sur les plans d'arrimage avec quelqu'un de la compagnie d'arrimage. En attendant l'intendant versé une autre vodka et eau minérale. Mikhai Sarnov était pas à bord, heureusement, et je sentais que je pouvais parler plus ouvertement avec le capitaine. Dès qu'il a terminé avec les questions d'arrimage, je devais son attention, et nous étions seuls ensemble maintenant dans sa cabine pour la première et la dernière fois.

Je fus aussi directe et franche dans mon rôle assumé que je savais comment.

"Capitaine, vous et je sais comment les choses fonctionnent, en particulier entre nos deux pays. Vous ne pouvez pas faire confiance à personne de l'autre côté, pas parce que vous ne voulez pas, mais à cause de ce qui pourrait arriver si quelqu'un d'autre de son propre camp découvre. Je comprends que. Mais je dois vous dire quelque chose à propos de quelqu'un qui a été ici, et demandez si vous pouvez me dire quelque chose à propos de lui. Et je vous demande honnêtement que je demanderais à tout citoyen américain ou un être humain. Pouvez-vous me dire quelque chose sur cet homme? "Je sortis une photo de l'agent Johnson, ou autrement affaires slave Stefan Jovanovich.

"Quel est le nom de cet homme?" Demandai-je.

"Stefan Jovanovich."

“Je vais vous dire, capitaine, que cet homme a été retrouvé assassiné il ya une dizaine de jours, dans les eaux du port, non loin de tout ici. Saviez-vous que, capitaine? “

Il secoua la tête avec un air de gravité. Je pense qu’il a senti que je ne plaisantais pas.

“Où l’avez-vous connu avant?” Demandai-je.

Le capitaine me regarda droit dans les yeux et m’a dit à voix basse qu’il avait rencontré Jovanovich à Londres lors d’une fête à l’ambassade soviétique il. Il a été présenté comme une sorte d’intermédiaire, en tant que représentant de commerce privé avec une expertise dans les relations commerciales Est-Ouest et de la technologie informatique. Il avait été organise ventes dans d’autres pays du bloc de l’Est, mais maintenant le plus grand vente de sa carrière était l’ordinateur Norillsk. Le capitaine a dit que lui et d’autres personnes clés ont été réunis pour des séances d’information à l’ambassade soviétique il ya six semaines, et qu’il a rencontré Jovanovich après la réception. Je demandai au capitaine si il avait vu Jovanovich du tout depuis son arrivée dans le port et il m’a oui dit: il était venu à bord avec une partie de la Garde côtière des États-Unis, mais avais essayé de rester à l’écart du capitaine, qui a dit Jovanovich était apparu être bouleversé, et il ne pouvait pas comprendre pourquoi.

“Y avait-il quelque chose qui semblait être une préoccupation de Jovanovich quand il était à bord?” Demandai-je, en espérant que mon informateur étonnamment bavard serait desserrer un peu plus.

“La Garde côtière avait fait l’ensemble de leurs inspections de sécurité et Jovanovich était avec les deux officiers en uniforme blanc qui sont venus à bord. Quand ils sont venus dans la cabine l’intendant était venu et m’a demandé de l’aider à localiser un nouveau type de vodka que nous voulions utiliser pour les clients qui viennent à bord. Je dois avoir été absent pendant une minute et quand je suis revenu je voyais notre officier politique Mikhail Sarnov, parlant à Jovanovich.

Jovanovich était pâle. Les officiers de la Garde côtière avaient remarqué la tour dans la conversation, mais ils ne pouvaient pas comprendre quoi que ce soit comme il était tous en russe.

"Les hommes de la Garde côtière ont dit, 'Qu'est-ce, Agent Johnson? Jovanovich secoua la tête et dit plus rien. Mais il était évident pour nous tous Américains et les Russes de même que tout ce qui Jovanovich et Sarnov avaient dit a eu un effet dévastateur sur Jovanovich. Et je me demandais pour la première fois pourquoi Jovanovich était connu aussi comme agent du FBI Johnson. Puis plus tard, je compris qu'il était en fait jouer deux rôles différents, et son couvercle avait été soufflé sur l'un d'eux."

Je suis étonné que le capitaine Kliuchevsky serait me disait cela, et je suis presque peur que si je disais quoi que ce soit, il peut rompre le charme, il semblait être sous. Je serais toujours entendu dire que les citoyens soviétiques sont tellement paranoïaque qu'ils ne savent pas à qui faire confiance. Mais le capitaine Kliuchevsky apparemment confiance en moi. Il semblait qu'il était quelque chose qu'il voulait faire de sa poitrine. Je lui ai dit que je devais pas l'intention de discuter avec personne, et si je le faisais, je ne dirais pas ce qui m'a avait dit. Maintenant, je pensais que je pouvais lui poser des questions sur son peuple.

"Quand Jovanovich a finalement quitté avec les officiers de la Garde côtière, avez-vous demandé la direction Sarnov du navire ce qu'il avait dit à Jovanovich qui lui a fait tellement en colère?"

"Il a dit qu'ils avaient pas parlé beaucoup, sauf que Sarnov dit Jovanovich, il a été très surpris de le voir ici. Franchement, je pense Jovanovich a été surpris lui-même pour moi et premier officier Sarnov voir ici. Nous avions tous deux vu à Londres comme Stefan Jovanovich, pas d'agent Johnson. Sarnov me dit-il à Jovanvich qu'il ne savait pas qu'il a également travaillé pour le gouvernement américain. Jovanovich lui a dit qu'il travaillait pour le gouvernement soviétique comme un agent double des États-Unis. Sarnov ne me dirait pas plus. Vous devez comprendre que les choses fonctionnent vraiment dans notre pays, Sarnov a le pouvoir réel ici sur ce navire, même si je suis le commandant. Il peut exiger des réponses de moi, mais je ne peut rien exiger de lui comme il n'a pas de statut opérationnel sur ce navire. Quel que soit le côté Jovanovich jouait l'autre hors de, je pense qu'il était bouleversé parce que les deux ses rôles ont été révélés à somsone qu'il n'a pas l'intention de les révéler. Dans ce high-stakes super-puissance mondiale, "Capitaine Kliuchevsky dit à moi comme si il était confiant dans un fils," Je ne suis pas surpris que dans un tel double rôle Stefan Jovanovich a été tué."

"Si il jouait un double rôle," demandai-je, "Pourquoi serait-il si négligent de venir ici quand il était connu comme Stefan Jovanovich à vous et Sarnov et comme agent Johnson aux officiers de la Garde côtière? Cela ne fait aucun sens ,. Il savait que vous alliez être sur le bateau ici, non? "

"Pas vraiment," répondit le capitaine. "Je dois en toute honnêteté vous dire que je suis représentant en chef de la Compagnie maritime de la Baltique à Londres et je ne l'ai pas eu une commande de navire pendant plusieurs années. Premier officier Sarnov est également un officier du navire licence mais il a été attaché au ministère de la Division des transports-Maritime. Pendant que le navire était dans le port britannique de Tilbury, I et Sarnov ont été assignés à faire le voyage avec la cargaison de l'ordinateur à la dernière minute. Le capitaine régulier et responsable politique ont été réaffectés soudainement. Maintenant, vous devez excusez-moi. Je l'ai sans doute vous l'ai dit déjà trop et je ne peux pas vous en dire plus et nous avons un programme chargé jusqu'au temps de la voile ce soir. Je suis convaincu que vous serez discret avec ce que je dis. Si tout cela ne nous reviennent, je dirai que je suis coopérer sur une enquête à la normale procédure d'assassiner avec les autorités concernant tout incident survenu dans un port."

Je lui ai assuré que je serais discret mais il me avait en effet surpris avec sa candeur. Sur le chemin en bas de la passerelle du navire je voyais mille pieds un officier du navire intelligemment habillé marcher dans ma direction. Il portait plusieurs paquets. Il avait les mêmes cheveux de sable et de hauteur de carrure mince que Mikhair Sarnov avait. Il était Sarnov. Je changé de direction dès que je sautais sur le quai et se dirige dans la cargaison hangar à proximité. Je ne pense pas qu'il me l'avait reconnu, mais je ne prenais aucun risque.

Comme pour le petit carnet noir que je l'avais "perdu," il n'a pas été sur le navire soit autant que je pourrais dire.

6

Je réfléchissais à prendre mes nouvelles informations au capitaine Ferguson. Il me dit de quitter le seul cas après mon premier voyage à l'Magadan, et ici je avait fait un deuxième voyage sur lequel je eu un peu plus sur l'assassiner. Je ne savais pas ce que d'autres matériaux qu'il avait eu et si l'histoire du capitaine du navire serait utile. Je pensais que ce serait faire la lumière sur Jovanovich qui était et ce qu'il faisait. Dans le même temps, je ne voulais pas lui dire que je suis toujours fouiner. Vers cette époque aussi que je suis formulatng une idée dans mon esprit au sujet d'un article d'investigation du journalisme que je pourrais préparer pour le demandeur. Mais ce serait prendre quelques dégagements en premier et que serait certainement prendre un certain temps. Et vous ne pourriez jamais dire ce que virer les éditeurs pourraient être sur. Je suis donc resté dans un circuit d'attente pendant un certain temps. Je pourrais toujours échanger des informations plus tard avec la police. La meilleure chose à faire maintenant est de faire profil bas et de voir ce que, si quelque chose, qui allait se passer. Quoi qu'il en soit, je voulais que les choses se réinstaller sur une quille même au travail. Tout le travail au noir d'enquête plus à ce stade et je pourrais vraiment être en difficulté.

Jeanne me avait laissé environ six mois plus tôt, et de dire la vérité, je suis encore à peu près bouleversé à ce sujet. Elle avait obtenu un nouvel emploi avec l'un des haut de gamme des firmes de courtage à Washington, DC, et je pense que maintenant, elle n'a pas vraiment besoin de moi. Elle avait promis de rester amis, et je suppose que je devais vraiment nothng à faire, mais aller avec elle, mais en réalité je était misérable et solitaire. Je l'appelle peut-être une ou deux fois par semaine sur les différentes choses qui est venu comme le courrier ou des factures que nous devions comprendre comment subdivisée, ou des nouvelles de nos amis différents. On n'a pas eu un divorce encore à cette époque et je suppose que je ne étais pas-si-secret désir d'une réconciliation. Berg me l'avait dit à essayer d'oublier elle, mais je ne pouvais pas facilement. Elle avait été cinq ans de ma vie, et alors que je commençais à regarder autour encore, je commençais aussi juste à réaliser combien elle avait signifié pour moi, maintenant que je ne l'ai pas dois.

Elle était toujours sympathique avec moi, et nous parlait encore assez souvent. Mais elle était aussi insistante maintenant qu'elle allait faire cavalier seul ou tout au moins sans moi. Elle était plus réussie qu'elle ne l'avait jamais été, gagner à nouveau la moitié de ce que je faisais, et elle a été respectée comme une femme d'affaires compétent dans son propre droit, et non le peu timbré, diplômé de l'université conscient de soi que je l'avais d'abord connu. Je pense qu'elle laisse un peu de son succès aller à sa tête. Cela semblait trop qu'il y avait un autre homme dans sa vie, si elle ne m'a rien dit à ce sujet, et franchement je craignait qu'elle pourrait avoir affaire avec quelqu'un un peu en dehors de sa classe. Mais je vraiment eu aucune influence sur elle maintenant et je craignais qu'elle me traitait de ses cartes pour toujours.

Donc, je me sentais seule. Je devais mon chien et mon travail mais en dehors de ma mère, pas de famille. Sometmcs je me suis un peu déprimé dans les soirées étant par moi-même, et ce est pourquoi je me suis retrouvé souvent sur au Berg.

Mais jeudi soir était différent. Je l'avais rencontré Marcie Hill, un bibliothécaire de 25 ans, quelques semaines avant et lui avais demandé avec moi pour le dîner et les boissons. Elle était une jeune femme de lutin-face de petite taille qui m'a aidé à trouver quelques avaient matériaux que je cherchais, et nous avait frappé jusqu'à quelques conversations jusqu'à ce que je lui ai demandé de sortir. Elle a accepté de venir et je ne pouvais pas être plus heureux. Depuis je suis devenu un écrou de front de mer, je l'ai emmenée à la barge, un restaurant flottant avec un groupe live et discothèque, un bon endroit pour une excursion amusante. Nous avons eu une agréable soirée sur l'eau, assis près d'une fenêtre, de parler et en regardant les lumières sur le port. Et quand nous avons balancé sur le plancher de danse il semblait que la barge a fait également. Il était agréable, discret, pas trop de monde, car il serait sur le week-end, et je pris sa maison avant 11h30. Marcie était un bon compagnon, et je l'ai embrassée bonsoir par la porte. Après plusieurs années d'étreindre Jeanne, qui était plus grand que Marcie, il est étrange de bercer une petite fille dans mes bras qui était tellement plus petit. Peut-être que je vous habituez à étreindre Marcie. Je l'espérais.

Quand je suis revenu à mon appartement cette nuit le réceptionniste m'a remis une note.

"Ce gars-Irving Marshall appelé plusieurs fois de vous voir immédiatement," a déclaré Al, le petit vieux qui a doublé comme réceptionniste et porte l'homme. "Je lui ai dit que je vous donne le message dès que je le pouvais, mais il a appelé deux fois de plus. Dit qu'il était de la National Security Agency."

"Oh mon Dieu," Je me suis dit. "Quelqu'un a sur moi." Je ne pouvais me voir pour se faire passer pour un arrêté d'agent de la National Security Agency.

Je essayé d'appeler ce soir, mais il était tard et le téléphone a sonné une demi-douzaine de fois avant que je raccroche. Il était un certain nombre de Washington et je n'a pas trop anxieux pour les frais de longue distance. Quoi qu'il en soit, compte tenu de ce Irving Marshall où venait qu'il aurait à essayer d'entrer en contact avec moi et non l'inverse.

Le vendredi soir est la soirée et Berg suivante et je avait prévu de faire la tournée des bars de Fells Point d'écouter de la musique et boire quelques verres. Un grand nombre de ses copains de police irait là-bas pour boire de la bière et échanger des histoires. Là-bas, sur le front de mer, il était un étrange assortiment de taprooms pour les marins, les points d'eau pour lushes et ivrognes, des points de ramassage pour les gens sur la marque et Noveau vie nocturne chic pour l'ensemble intelligent. Je ne l'avais pas passé beaucoup de temps là-bas, et bien que je ne suis pas un habitué par quelque moyen que je savais que mon chemin et a été reconnu par certaines des filles de bar.

Berg avait abandonné ses enfants hors à la maison de sa mère et est venu me chercher. Nous avons frappé trois barres à Fells Point. Le premier était un bar louche qui a comporté trois musiciens qui ne pouvait pas tenir leur rythme ou pousser la chansonnette. Les patrons hué et se moquaient d'eux. Il me semblait le propriétaire du bar les gardait juste pour ce type de divertissement off-beat. Berg et moi avons ri devant le ridicule de tout cela, mais la foule était clairement pas la nôtre, donc nous sommes partis.

Lors de la deuxième bar, on n'a rien trouvé qui se passe, donc nous sommes partis avant même la serveuse a pris nos commandes. Berg a été à la recherche d'une action ou pour certains de ses amis et il n'y avait pas non plus de ceux là.

Plus à les choses Shanty du marin étaient un peu plus animée. Il y avait des go-go danseurs, pas trop beau, mais ils pourraient vraiment le secouer. On était surdimensionné et le surpoids mais elle conservé les patrons de rire avec ses remarques légèrement hors-la couleur et fluctuations exagérées. L'autre danseuse était une fille maigre aux longs cheveux noirs qui était sensuelle dans ses mouvements. Ils étaient à la fois amusant à regarder. Berg et moi avons déménagé et ont pris une table dans la partie fréquentée arrière de la barre.

Les choses se réchauffent bien dans Shanty Le Seaman, et après quelques verres Berg et moi avons été installer pour quelques heures de plaisir. Il venait d'avoir dix heures et un nouveau danseur vint en qui était l'étoile. Elle était une belle femme avec des proportions parfaites et cheveux d'or qui est descendu en dessous de ses épaules. Elle n'a pas utilisé la langue de brut que le danseur maigre utilisé, et qui semblait être quelque chose que les clients essentiellement des hommes aimaient. Je ne sais pas ce qu'elle est, mais même tout en divertissant les pensées les plus débauché, les hommes ne aime pas les entendre exprimés par les femmes qui sont les sujets de ces pensées.

Nous regardions Carmen la deuxième fois quand un grand gaillard qui devait peser près de trois cents livres entra, suivi par un, plus jeune petit homme avec une barbe noire et les cheveux noirs qui se jetait dans une crinière. Le petit homme avait, les yeux sombres intenses. Je leur rappelais surtout parce qu'ils se tenaient en face de nous pendant quelques minutes, en attente d'une place pour effacer derrière nous. Le garçon aux cheveux noirs m'a fasciné avec son air d'assurance complète et l'intensité de ses yeux. Pour moi, il semblait être très talentueux, définitivement hors de la classe de l'yokel brut qu'il était avec. Mais le plus grand membre de la paire me fascinait aussi. Il me semblait que je l'avais vu quelque part avant. Il me dérangeait.

Mon esprit a commencé à tourner comme un kaléidoscope prismatique rotation lente. Il était une combinaison en constante évolution de l'alcool, les filles, les feux clignotants sur la scène, le rire et la convivialité, et les visages des deux qui venait d'entrer. La seule aux yeux noirs, je savais que je ne l'avais jamais vu avant . Le plus grand, l'homme plus âgé, je avait vu quelque part, mais je ne pouvais pas le placer. Il m'a perturbé.

"Réveille-toi, pardner," dit une voix à côté de moi dans mon oreille. Il était Berg. "Vous semblez perdu dans l'espace."

"Je suis, un peu," murmurai-je. "Je pensais que je voyais quelqu'un que je connaissais."

Berg a ordonné un autre tour et a commencé sur sur une équipe de softball qu'il formait pour l'été prochain. Je savais que cela avait quelque chose de cher à son cœur, qu'il avait besoin de plus de quelques joueurs, mais vraiment, je ne l'avais jamais joué au softball beaucoup et je étais pas commencer même si elle était avec mon copain Berg.

Je suis non-incarcération. Il était vraiment enthousiaste et a parlé sur sur les gens qu'il a été le recrutement et la façon dont il devrait l'horaire d'être plus difficile cette année qu'elle ne l'était la dernière. Juste pour l'apaiser, je lui ai dit que je joins si il m'a vraiment nécessaire, mais que je craignais, je ne serais pas trop d'aide à l'équipe parce que je ne l'avais jamais beaucoup joué. Il a dit que ça allait, que nous ne faisions que pour le plaisir, que nous ne sommes pas des pros. Mais comme il ne cessait de parler, je pensais à deux qui étaient assis à proximité, et je jeta un regard sur eux de temps en temps à travers le coin de l'œil pour voir les engagés dans une conversation intense.

Je tendues avec une oreille pour les entendre à travers le vacarme des festivités, mon autre oreille pencha pour ramasser ce que Berg disait.

De leur table est venu "ne doit jamais avoir pris ... vous avez pas déjà assez? ... Qu'est-ce que vous faites avec lui? ... Jamais couru dans quelque chose comme ça ... Je ne le pense pas. ..Je ai aucune idée ... ne dire à personne ... "

Ils étaient juste des bribes de la conversation et je ne pouvais pas tout reconstituer leur ensemble. Mais pour une raison quelconque, ils avaient l'anneau de familiarité, mais la familiarité avec ce que je ne pouvais pas tout comprendre.

Une autre fille est venue et a commencé à danser. Son nom était Marie. Elle a fait son acte, et à la fin a mis un déshabillé see-through sur, puis retiré son string et soutien-gorge. Les hommes sont allés sauvage. Pas de décapage a été autorisée, mais elle était encore techniquement complètement vêtu, mais il n'y avait pas grand-chose à l'imagination.

Nous étions tous les deux compote et sourit à l'autre. Tout d'un coup on frappa l'épaule de Berg. Il avait un couple de ses amis du département de la police, à la fois en civil. Ils ont été introduits à moi comme Neal Robertson et Chuck Benson, division de détective.

"Vous boursiers sur l'emploi ou sur la ville?" Demandai-je.

"Nous courons vers le bas beaucoup de gars ici, mais ce soir, nous sommes sur la ville," a déclaré Robertson. "Juste pour un bon moment comme vous."

Neal et Berg ont été rapper sur les filles et moi avons demandé ce que Chuck section, il a travaillé dans et Neal.

"Homicide," at-il dit. Je ne pouvais pas porter trop bien pour Chuck Benson donc je ne l'ai pas dire grand-chose. Nous ne savions pas l'autre donc je viens d'écouter pour ce que les deux autres ont été dites. Je levai les yeux juste à temps pour voir le barbu aux cheveux noirs et son grand partenaire dépôt de la taverne bondée. Puis il m'a frappé.

Ils avaient juste de sortir la porte quand je l'ai dit, "Excusez-moi, les gars," et je commencé à partir.

"Où allez-vous?" Berg exigé comme une femme jalouse, me regardant avec surprise.

"Je serai de retour je l'espère dans quelques minutes."

Je suis sorti juste à temps pour voir les deux tourner le coin et le cap jusqu'à une ruelle. Je courus jusqu'à l'angle et les regardais se promener une distance d'environ deux pâtés de maisons. Pendant ce temps, je me suis précipité à partir de porte à porte et essayé d'être aussi calme que je pouvais.L'homme barbu aux cheveux noirs gesticulait comme il a parlé. Le plus grand homme ne cessait de dire, "l'enfer non, je ne vois pas pourquoi. Nothin 'à vous soucier de ... laissez-moi ... Je peux couvrir mes traces ... "

Ils ont tourné le coin à nouveau, puis descendirent un autre bloc. Je suivais à une distance de sécurité et ensuite caché dans la porte d'un magasin pendant qu'ils parlaient d'une centaine de pieds plus loin, à l'angle. Ils étaient trop calme pour être compris. Puis le grand homme monta dans sa voiture qui était garée sur le trottoir et partit. Le jeune homme tourna sur ses talons et monta un escalier large de l'entrée Violin Shop Lonnie.

Après, il était dans les escaliers, je regardais dans la fenêtre de la porte après lui, puis regarda par-dessus les seconds violons à main et autres instruments à cordes utilisées dans la fenêtre. Le magasin a été chargé avec des marchandises de seconde main.

Je me suis promené dans Shanty retour du marin. Neal Robertson et Chuck Benson ont disparu. Berg était assis à la table en se regardant très contrarié.

"Lorsque, dans l'enfer avez-vous été?" Il a demandé.

"Je pensais que je voyais quelqu'un que je connaissais," je l'ai dit. "Avéré ne pas être."

"Je suis presque laissé sans vous," at-il dit.

"Je savais que tu ne veux pas," je l'ai dit. "Vous ne voudriez pas me laisser sans chemin de la maison."

Berg et je frappé un couple plus de bars avant nous avons appelé il se ferme. Sur le chemin du retour à mon appartement Berg a dit très peu pour moi et je pensait que cela avait été une très bonne soirée. Il avait eu un bon moment et je avait repéré Wally Irwin, l'opérateur de lancement, qui était le principal suspect dans l'assassiner Jovanovich. Berg lui avait jamais reconnu assis là-bas avec l'homme aux cheveux noirs parce qu'il ne l'avait jamais vu auparavant, et Neal Robertson, le gars de travail ce cas d'homicide devant le capitaine Ferguson a appelé l'enquête off, ne l'avait pas reconnu non plus, car son dos avait été pour lui et parce que Wally avait pas eu là-dedans qui longtemps Neal était là aussi. Je ne pense pas Wally m'a reconnu soit. Il avait vu une fois que moi et même si il a eu, je ne pense pas qu'il avait raison de se méfier, car il ne savait pas que je savais que quelque chose à propos de ce qu'il savait.

Ce qui m'a intrigué était ce gars qui était avec Wally Irwin. Je l'avais assez entendu des bribes de conversation entre les deux que je eu ce désir ardent de savoir si son compagnon a été du tout liée à l'affaire. Je résolus de trouver le lendemain matin. Je regarde en elle alors.

"Jay, nous sommes ici," une voix interrompu mon train de pensée.

Nous étions arrivés à ma maison d'appartement.

"Jay, ce qui a été mise sur écoute vous ce soir? Vous ne semblez pas être votre vieille auto."

"Je ne suis pas, je suppose, Berg. Je pensais justement à propos de cette fille que je sortais la nuit dernière, Marcie Hill. Une jolie amende poussin. "

"D'accord, vous verrez plus tard, Jay. Filles assez de ce soir. "

Je suis sorti et agité comme il démarra. Le capitaine Ferguson me l'avait dit de ne pas discuter de l'affaire avec Berg plus, seulement avec lui, et il ne voulait pas écouter moi non plus. Donc, je dois continuer à consulter avec moi jusqu'à ce que les policiers eux-mêmes ont décidé de rouvrir le sujet.

7

Je suis allé à Violin Shop Lonnie le lendemain matin. Je venais de savoir qui est ce, intense jeune homme aux yeux noirs et sa connexion était à Wally Irwin. Je me suis habillé dans mon meilleur costume trois pièces afin que je chercherais officielle et conduit à travers la ville à la boutique.

Il y avait quelques vieilles codgers là-dedans tir la brise avec Lonnie comme si ils étaient tous de bons amis et ont été pendant des années. Je suis donc évidemment hors de place dans mes vêtements spiffy que je sortait comme un pouce endolori. Je savais Lonnie instinctivement: il était le grand gars avec une voix de base de l'orgue et l'un œil qui est resté fermé derrière une paire de lunettes. Un homme avec une autorité réelle dont les richesses mettre davantage l'expérience que dans des dépôts bancaires. Mais alors, vous pourriez ne jamais juger un homme comme le compte bancaire de Lonnie par son apparence.

Je lui ai montré mes cartes, je me représente comme un enquêteur Agence de sécurité nationale, et je lui ai demandé à propos de l'homme qui roomed dans l'appartement au-dessus.

"Ce ne sont que temporaires," at-il dit. "Dedans et dehors. Comment d'Ya attendent moi de garder tracka 'em all? "

"Je ne veux pas tous d'entre eux," je l'ai dit. "Juste ce mec aux cheveux noirs."

"Il était ici il ya à peu près une heure. Il est parti et est retourné à New York. Dit que son nom était Conrad. Voyons ", dit-il, en feuilletant un petit carnet qu'il a fait sortir de sa poche. "Conrad Axel. Rien de plus que cela. Me payait quarante dollars une nuit en espèces pour deux nuits. C'est tout. Douter si je le reverrai. Franchement, je fus surpris de le voir ici. Un gars comme lui reste généralement dans l'un des grands hôtels du centre-ville."

"Il n'a pas laissé les numéros de téléphone ou des adresses où il pourrait être atteint?"

Lonnie secoua la tête.

"L'esprit si je regarde autour dans sa chambre un peu?"

"Naw, aller de l'avant."

Lonnie m'a fallu monter les marches branlantes dans sa maison de chambres à l'étage et a ouvert la serrure à la salle où Conrad Axel avait séjourné. La chambre avait l'air était propre de tout, sauf le lit était encore défait. Puis je l'ai vu.

"Ceci est la vôtre?" Je l'ai dit, en se baissant pour ramasser ce qui ressemblait à une réclamation des bagages d'un ariline dans la poubelle.

"Bien sûr que non," a déclaré Lonnie dégoût. "Vous pensez que je vole partout?"

Il avait pas beaucoup. Mais je me suis occupé il précaution par les bords et par la bande élastique. Si il y avait des impressions sur ce que je l'ai vérifié et il serait peut me dire quelque chose. Ce fut un coup dans l'obscurité.

"Merci, Lonnie," je l'ai dit, en laissant. "Vous avez été d'une grande aide pour moi. Il suffit de ne pas le dire à personne que je suis ici."

L'étiquette était de Lufthansa Airlines. Si Conrad Axel avait en effet laissé là dans la corbeille à papier, les chances étaient qu'il venait pris un morceau de bagages et jetés il, un acte stupide, mais sinon inconscient par quelqu'un qui pourrait vouloir passer inaperçu. L'étiquette a un numéro de vol, la date et les lettres ZU - NY. Cela n'a pas été trop difficile à comprendre. Axel avait volé de Zurich à New York il ya trois semaines. Je ai appelé la section de récupération des bagages Lufthansa en aéroport Kennedy de New York et se plaignait que les bagages avaient été volés.

"Monsieur, qui était il ya trois semaines," le jeune bagages greffier a dit sur la ligne. "Pourquoi avez-vous pas de nous informer plus tôt?"

"Je suis devenu un nouveau valet de chambre et il n'a pas dû tenir il. Je devais aller à Chicago pour une affaire. Non s'il vous plaît, s'il vous plaît vous trouverez les bagages? "

"Nos dossiers indiquent les bagages a été repris sans problème," dit la voix nasale.

"Oui, je sais, je sais. Mais quelqu'un l'a ramassé qui il ne faisait pas partie."

"Nous pouvons exécuter une trace sur elle," dit la voix.

"Oui. S'il vous plaît faire. De me l'envoyer à cette adresse, "je l'ai dit en lui donnant mon adresse à ma maison d'appartement. "Conrad Axel, les soins de Jay Andrews, D-3 Druid Park Manor Apartments, Baltimore. Je vous appelle de Baltimore où je vais rester avec mon ami. "Je l'avais espéré pour obtenir son adresse à New York au large de la forme de traceur.

"Je suis désolé, M. Axel, mais je ne peux l'envoyer à l'adresse indiquée sur le billet. Devrais-je l'envoyer là-bas? "

"Non," je l'ai dit. "Je suis ému. Ceci est où je reste. "

"Je suis désolé, monsieur, mais la politique de la compagnie nous empêche d'envoyer partout sauf à l'adresse indiquée sur le billet d'avion. Je suis sûr que vous pouvez apprécier que, surtout à New York, nous avons plus de quantité de plaintes concernant les bagages tombent entre de mauvaises mains. Si vous souhaitez l'envoyer ailleurs, vous aurez à venir ici en personne et remplir les formulaires appropriés."

"Non, cela vous convient. Oublie."

"Non, nous l'enverrons à votre ancienne adresse. Vous pouvez l'avoir transmis à vous à partir de là. Je vais confirmer les détails de cette conversation dans ma note jointe au traceur. "

Je me suis accroché le téléphone.

"Oh l'enfer," je me suis dit. "Il va probablement envoyer le traceur à Axel, et je vais toujours pas son adresse. Quand Axel obtient le traceur dans environ une semaine ou deux tout au plus il voudra savoir ce qui est louche parce qu'il n'a pas ordonné et le plus probable qu'il a fait obtenir ses bagages. Si il est intelligent, il se souviendra de prendre l'étiquette de bagage dans la chambre en et en déduire que quelqu'un est sur sa queue, puis il va couvrir ses traces. Et si je risque en utilisant les informations d'identification de faux avec une compagnie aérienne je pourrais être simplement en appuyant sur ma chance. "Je étais en colère avec moi-même pour souffler ma seule tête avec le greffier de bagages, mais il était le seul plomb je avais eu. Puis je commencé à penser.

Que faire si le greffier de bagages envoyé le traceur à Axel avec mon nom et mon adresse sur elle? Cela n'a pas été si intelligent. Je venais d'ouvrir un sentier de mon suspect à moi-même, mais je eu aucun moyen de se rendre à lui. Alors la pensée qu'il pourrait vouloir faire de moi ce qui avait été fait pour Stefan Jovanovich venu à moi. Mais ensuite, je devais au moins une possibilité de recours.

Je pris l'étiquette de bagage au sergent Dietrich.

"Que voulez-vous que je fasse avec ça?" Ma grassouillet, ami de rousseur face exigé.

"Je voudrais que vous obtenez une empreinte digitale sur elle," je l'ai dit. "Voyez si vous pouvez me dire quelque chose à propos de ce gars-là, Conrad Axel de New York."

"Maintenant, comment suis-je censé faire?," A déclaré Berg, obtenant un peu furieux. "Devrais-je commander le capitaine du bureau du laboratoire de crime et les fiches de le faire parce que je suis à court d'un projet avec ma troupe scout?"

"Regardez, je viens de recevoir une avance sur ce assassiner entreprise Jovanovich. Maintenant voulez-vous que je partage avec vous ou voulez-vous que je prenne à quelqu'un d'autre? "

"Je pensais que le capitaine Ferguson vous a dit de quitter le cas Jovanovich seul."

"Je sais, Berg. Mais en tant que citoyen et la criminalité journaliste intéressé, je ne peux pas garder mes yeux fermés. Vous devriez être heureux que vous obtenez de l'aide de moi. Si vous aviez plus d'aide comme cela, vous souhaitez avoir plus de cas fermés."

"Donne-moi," dit Berg. "Il suffit de ne pas dire Ferguson ce que je fais pour vous. Je ai un ami qui peut le lancer à travers le

FBI. Il va piggy back sur un autre cas, ce qu'il a, et nous allons essayer de voir si nous pouvons obtenir quelque chose d'autre pour vous auprès du bureau des dossiers. "

Je l'avais encore en m esprit que je prépare un article pour le demandeur sur le Norillsk beaucoup d'ordinateur, une sorte de mystérieux "Quel est le lien de l'ordinateur à l'assassiner Jovanovich?" Genre d'histoire, une histoire de la spéculation. Je l'avais convaincu de notre rédacteur en chef adjoint de la ville, Sylvester Williams, qu'il serait préférable d'aller de l'avant avec une histoire sur la façon dont déconcertés et les policiers étaient entravés, et comment les conducteurs semblent indiquer une certaine connexion avec l'ordinateur.

"Aller de l'avant, Jay," Syl avait dit. "Il est vrai que nous avons eu un peu de chaleur, il ya quelques semaines de la police, et je ne voulais pas d'enflammer le public d'autant plus que l'ordinateur a été en cours de chargement sur un navire dans ce port. Vous ne savez jamais ce que les conclusions débardeurs ou d'un groupe de frange pourrait tirer d'une histoire spéculative comme ça. Et je déteste voir la compagnie d'assurance ou le fabricant prendre une perte sur un morceau de matériel coûteux comme celui à la suite d'une rumeur non fondée. Au moins, je ne suis pas prêt à en assumer la responsabilité. "

Formulé dans ces erms, je pouvais voir le raisonnement de Syl, mais il avait rien dit à moi le long de ces lignes quand je dépose le premier récit. Peut-être Syl était pas un mauvais bougre, après tout.

Notre propre morgue de journal avait une pénurie de clips et d'informations sur le fabricant de l'ordinateur. La société a été fondée à Toledo, Ohio, donc je pensais qu'il ne serait pas une mauvaise idée de payer ma douce amie à la bibliothèque publique une visite. Il était aussi bonne une excuse que je pus voir ma flamme retrouvée, Marcie Hill.

Je ne sais pas si je suis tout naturellement partielle aux bibliothécaires en général ou à celui-ci en particulier, mais dans quelques jours Marcie avait réuni une grande quantité de vieux articles de magazine, des clips et des rapports d'activité sur Century Technologies. Il n'y avait pas eu beaucoup dans les nouvelles ces derniers temps sur l'ordinateur Norillsk, mais il ya quatre ans il y avait une vague de controverse sur elle et l'opposition des conservateurs membres du Congrès et des groupes de pression qui ne veulent pas laisser les Soviétiques utilisent la technologie parce qu'il pouvait éventuellement être converties à un usage militaire.

Les pragmatiques, comme eux-mêmes, qui ont favorisé l'affaire avait fait valoir que, puisque les Russes allaient être fourni par une personne de toute façon, une société américaine pourrait ainsi être autorisé à bénéficier de l'entreprise appelés. Un Allemand et une société française avait déjà enchérir sur le travail et allaient remplir la commande si siècle n'a pas. Les Soviétiques faire savoir qu'ils préféraient l'ordinateur américain. Il était mieux faite et plus polyvalent. Le gouvernement américain a d'abord opposé l'octroi de la licence d'exportation, mais il était tout aussi clair que les gouvernements français et allemand seraient accorder la licence si le ne nous a pas. En effet, ils ont dit à l'enfer avec l'alliance de l'OTAN, nous préférons avoir l'entreprise. Sous la pression de groupes d'entreprises, le gouvernement américain a cédé et a accordé la licence. Ce fut une décision très serrée, mais après que la décision a été prise il y avait très peu dans les nouvelles.

Cela semblait un peu étrange pour moi, mais toute l'affaire était étrange. Plus étrange encore, Syl Williams avait approuvé quelques bons pour moi de voyager à Toledo d'interviewer les responsables de l'entreprise dans le cadre de l'article. Il doit avoir pensé qu'il y avait quelque chose à mon spéculation ou il ne serait pas approuvé cette. D'une certaine façon aussi, il collait son cou comme il a été aventurer sur le gazon de notre rédacteur en chef des affaires nationales. Mais il a justifié parce qu'il était lié à mon propre rythme de la criminalité locale.

Temporairement, au moins, je suis sorti de la maison de chien à The Enquirer.

Berg était d'une grande aide pour moi aussi. Je me suis présenté à nouveau à sa maison une nuit et il avait un rapport du FBI sur Conrad Axel, qui est avéré avait été actif dans plusieurs organisations radicales à New York dans les années 1970. Les rapports étaient en contradiction, cependant.Axel avait été associé à la fois avec l'aile droite et des groupes de gauche et avait été un professeur de mathématiques CUNY à un moment donné. Bien qu'il ait été soupçonné d'être impliqué dans des activités terroristes, comme indiqué dans les rapports, il n'a jamais été arrêté pour rien. Une récente entrée sur son rapport était qu'il était associé avec un groupe de la taille et de caractère inconnu, appelé uniquement par le nom d'Alpha Centauri. Le rapport avait été déposé par l'agent du FBI Adam Johnson, aussi connu comme Stefan Jovanovich.

"Hmmm. Très intéressant."

"Qu'est-ce que?" Demanda Berg.

"Cela n'a pas de sens, Berg. Alpha Centauri. L'étoile la plus proche. Qu'est-ce que ça veut dire?"

"Je ne ai pas la moindre idée," dit-il.

La seule autre chose que je l'ai noté sur le rapport était que Conrad Axel utilisé le pseudonyme de Kenneth Henderson. La recherche d'empreintes digitales était venu négative.

"D'accord, vous avez tout maintenant?," A déclaré Brick. Il froissa les rapports et les jeta dans l'évier de la cuisine et allumé un match pour eux. Je regardais les feuilles brûlées en cendres, et comme Berg lavé les cendres dans le drain.

"Il ya la preuve, pardner. Je jamais parlé de vous, vous avez vu, ou rien eu à voir avec vous sur ce cas. Et si vous le dites, je vais vous appeler un menteur. Vous avez obtenu ce? "

Berg était vraiment fâché contre moi. En fait, je me sentais ce cas a été déchirait les liens de notre amitié. Je lui ai demandé de faire des choses pour moi que je ne l'ai pas vraiment un droit de demander. Mais ensuite, il me avait obtenu dans ce cas où peut-être il ne doit pas avoir été si désireux de partager l'information. Nous étions dans un sens dans le même bateau.

Je suis impatient de mon voyage à l'Ohio, le lendemain, quand je suis revenue à la maison de l'appartement. Immédiatement, je savais que quelque chose clochait.

"Votre frère, Joe Andrews, est l'étage vous attend dans votre appartement," Al le portier m'a dit que je suis entré dans le hall. "Il est ici depuis environ deux heures. Il a insisté pour être laisser entrer. Je lui ai dit que je ne pouvais pas le faire sans votre permission. Il a dit que vous attendiez de lui à conduire dans le Missouri. Je l'ai dit, vous ne m'a jamais dit, mais quand il a produit un permis de conduire avec son nom dessus, je lui ai laissé. Je sais comment il se sent quand vous avez été conduite de cross-country."

Je suis abasourdi et alarmé. Je ne ai un frère.

8

Je ai ouvert la porte de mon appartement aussi soigneusement et lentement, comme je savais comment, mais il n'y avait aucun moyen de le faire en silence. Le bouton craquait anway, et le verrou de la porte claqua aussi fort que si je l'avais même pas essayé. Je suis entré à l'intérieur.

Son long visage mince silhouette se détachait pour ce premier instant contre la lampe près de la fenêtre. Les ombres sur son visage jeté par la position de la lumière ont révélé de petites marques de pustules et une cicatrice de deux pouces sur sa joue, et mince cheveux brun sable brossé sur le côté. Dans l'instant où je l'ai vu la silhouette, son apparence me semblait sinistre, et je était prêt à tourner autour et aller à la porte de l'appartement et de revenir sur mes pas dans le hall quand le son de sa voix profonde me fit sursauter.

"Pourquoi ne venez-vous pas en vous asseyez?" At-il invité.

Je tranchant lentement, en le regardant de travers.

"Mon frère en effet," je marmonné, mais il m'a entendu.

"Comment d'autre vous attendiez-moi de le faire? Je ne vraiment pas aime aller de briser les portes. "

"Combien de temps êtes-vous ici, et qui êtes-vous?" Demandai-je. "Je ne sais pas ce que dans le secteur de l'enfer que vous avez entrer dans mon appartement sous de faux prétextes. Qu'est-ce que vous voulez, ou devrais-je simplement appeler la police? "

"Je dois quelques questions de mon propre qui il ne serait pas une mauvaise idée pour vous de répondre en premier lieu," dit-il calmement, mais fermement, tout en restant assis. "Le premier est, nous aimerions savoir pourquoi vous tailing Conrad Axel."

"Partie d'une enquête, je travaille sur. Vous travaillez pour lui? "

"Laissez-moi qui pose les questions. Nous aimerions savoir pourquoi vous lui tailing, et qui vous le faisons pour."

Il avait été le doigté avec désinvolture le pistolet de 9 mm, il sortit de sa poche de manteau, mais maintenant il se leva pour révéler sa hauteur extraordinaire. Il glissa plusieurs étapes plus à moi, me saisissant shirt avec sa grosse main gauche.

“Je tentais d'obtenir des bagages revenu à lui,” je l'ai dit.

Un instant plus tard, je me suis senti un bruit métallique dur contre mon front, et un léger bruit de déchirure le long de mon visage comme une des petites saillies de son canon de fusil creusé dans ma chair.

“Vous ne serez jamais loin avec cela,” je l'ai dit, déchirant ma chemise de son emprise et en esquivant, tandis que je me sentais le sang chaud à venir sur ma joue. “Vous avez déjà été vu par quelqu'un d'autre, et je dois les amis les mieux connectés qui ne laissera pas de pierres au hasard jusqu'à ce qu'ils vous trouver.”

“Cela ne va pas vous aider tout, et comme pour votre petite amie dans le hall, je vais prendre soin de lui aussi,” dit-il, ses dents clignotant brièvement dans un sourire sans humour.

Il me poursuivait lentement dans un demi-cercle autour de la salle de séjour. Je fut séparé de lui par le canapé, la table et des chaises. Mais je étais tellement paralysé par la peur alors que je oublié de remarquer ce que je faisais. Je reculai à droite dans la table de café et tombe à la renverse, se brisant par le sommet de la plaque de verre et le renversement du lampadaire avec l'ampoule à incandescence de brûlure, qui vacilla un instant puis sortit. Cela laisse seulement la lumière de 25 watts dans le hall de la chambre.

“Vous maladroit singe!” Le voyou me regarda en riant que je me suis ramassé des morceaux de verre, qui avaient coupé mes bras et les mains à l'automne.

“Vous avez été farfouillé dans cette assassiner, avez-vous pas?” At-il demandé, en élevant la voix nettement que son caractère décalé de l'humour à son ton le plus menaçant. “Qui dans l'enfer travaillez-vous?”

Je l'ai dit: "Vous êtes en difficulté, peu importe pour qui je travaille, n'êtes-vous pas? Le FBI devrait être sur votre queue. Comment au sujet de la police et de l'Agence de sécurité nationale? Et vous ne voudriez pas de tuer un journaliste de la police, vous? Pensez à toute la publicité qui pourrait générer."

"Les morts ne parlent pas non plus," at-il dit, en prenant un pas de plus.

Mon esprit a travaillé sur les heures supplémentaires et mes sens étaient plus marquée que d'habitude. Il doit avoir été l'adrénaline dans mon corps avec le rythme accéléré de mon battement de coeur et le sang qu'il coulait dans je ne l'avais jamais vu ce mec avant dans ma vie, mais je lui ai jaugé bien dans mon esprit. il était probablement un prisonnier ou d'un contrat tueur échappé soit avec rien à perdre si il a été pris ou avec un tel professionnalisme froid qu'il ne l'avait jamais se faire prendre. Et il n'a pas été un beau parleur. Je reculai lentement, la sueur sur mes mains se mêlant avec le sang de mes coupes. Il y avait encore du verre dans ces plaies.

"Aidez-moi, le verre est vraiment me fait mal," hurlai-je, se fend pour le commutateur d'éclairage de la salle. Il avait ôté sa concentration pendant un moment, et maintenant il était sombre, totalement exception d'une légère fissure dans la porte. Puis il a tiré. La balle a effleuré mon abdomen.

Je sautai derrière une chaise rembourrée, et il était entre moi et la porte dans le couloir. Je pouvais voir l'éclat de la lumière de la porte décrire sa forme, et il a été la cueillette son chemin à travers le verre de table brisée et le cadre de la table quand je suis arrivé une autre idée.

Courber aussi bas que je pouvais derrière le dos de la chaise, je plantais mes pieds aussi fermement sur le sol comme je pouvais et poussé contre la chaise avec mon épaule droite. Si cette goon pouvait voir quoi que ce soit, il ne serait pas de très près.

Je l'avais poussé le fauteuil aussi vite que je le pouvais environ huit pieds à travers le plancher quand tout d'un coup, il a secoué contre ses pieds, et son corps a frappé la chaise avec un bruit sourd juste une seconde plus tard. Comme il se laissa tomber en avant dans le fauteuil de ses avant-bras et les mains sont tombés sur le dos de la chaise. Je saisis sa main droite avec le pistolet et arraché aussi fort que je le pouvais, mais il avait repris sa prise si rapidement qu'il pressé par inadvertance un coup de feu qui a frappé l'étage inférieur. Je me suis cogné ses avant-bras sur le côté aussi fort que je pouvais et jeté tout mon poids dans les plusieurs coups que je lui ai donné et je attendu que l'accrochage, crépitement qui me dire que je serais cassé ses bras. Mais sur la chaise qu'il avait appris à ses genoux rapidement et tomba en avant de telle sorte que ses bras sont tombés vers le bas des aisselles. Je lui Belted fois, deux fois dans le visage, puis tiré ses bras nerveux ensemble, les hissa dessus mon épaule et lui floppé sur le dos de la chaise sur le dos sur le plancher. Il a frappé avec un terrible accident. Je ai essayé à nouveau pour arracher l'arme, mais son emprise ne serrés et il serra encore une fois sur la gâchette. Cette fois, je fus frappé.

Je me suis cassé loin de lui et hors de la chambre et dans le couloir, et après la deuxième ou la troisième étape, je savais qu'il y avait quelque chose de mal avec moi. Je ouvris la porte de salle de bain car il était le seul avec une serrure et ensuite boulonné derrière moi. La porte était une en bois lourd et je prie qu'il ne pouvait pas frapper ouverte une fois qu'il a découvert où je me trouvais.

Je savais que ça lui prendrait que peu de temps pour venir à ses sens et allumer une lumière et comprendre où je suis terrée, alors je suis parti la lumière de salle de bain hors et a pris le dessus en porcelaine du réservoir de la toilette dans une main et sortis dans la baignoire directement derrière la porte derrière le rideau.

Il semblait une éternité que je l'ai entendu fouiller dans le couloir et malédiction pour lui-même. Il doit avoir été blessé, mais pas assez pour l'empêcher de se déplacer. Je recevais des vertiges. Le haut de mon pantalon jambe droite était humide et vaseux. Je tenais à le rideau de douche et hésité, puis le bruit de deux coups de feu plus réverbéré dans ma tête, et je suis tombé au milieu de la écrasement de porcelaine tout autour de moi dans la baignoire. Je me suis souvenu d'essayer de se déplacer et de se lever, mais au mouvement a été plus pénible que de ne pas bouger. Je gémis. Et puis je me suis évanoui.

9

Je fané dans et hors de la conscience. Je me suis souvenu des lumières et le murmure des voix, et je me suis senti le malaise de mes blessures, mais tout semblait hors de discussion. Je dois avoir été sous sédation.

Puis je me suis souvenu que quelqu'un essuyant mon visage et mes yeux semblaient venir dans le foyer. Il était ma mère, ses cheveux gris tirés en arrière en un chignon. Elle a dit quelque chose à une infirmière, qui a quitté rapidement la salle.

Puis elle se pencha sur moi et a mis mon visage dans ses mains.

"Jay, mon petit Nicolas Jay. Que diable avez-vous participé? "Elle m'a embrassé sur la joue, puis essuya à nouveau mon visage. Dans un sens, il se sentait bien. Je ne l'avais pas eu de maternage pendant des années.

"Qu'est-ce qu'il m'est arrivé? Où suis-je?"

"Vous êtes à l'hôpital, précieux. Mais le docteur Sullivan dit que vous allez être tout droit."

Je avait été touché à la cuisse et aussi directement dans l'abdomen ainsi que mes mains et les bras bandés avec les coupures je obtenu à partir de la vitre brisée et de la porcelaine. Il y avait des tubes IV fonctionnant à la fois de mes bras, l'un avec le sang, l'autre avec une solution.

"Vous avez perdu beaucoup de sang, petite chérie," dit ma mère. "Ils vous trouvent peut-être une heure après avoir été blessé. Si ne pas avoir trouvé ce petit vieillard à la réception, vous pourriez ne pas avoir survécu. Voilà ce que dit le Dr Sullivan. Il a dit que vous avez saigné à mort si elle avait été beaucoup plus longue de l'aide pour arriver à vous. "

Je me suis battu pour obtenir dans son lit, mais trouvé mes bras avaient été retenus. Je me sentais vidé et faible de toute façon, mais ma curiosité fus réveillé.

"Que voulez-vous dire Al-? Qu'est-ce qui lui est arrivé? "Ma mère était sur le point de me répondre quand je entendu des pas et des voix approchant ma chambre, dit alors une voix féminine," Il a été à venir autour lentement, mais je suis sûr que ça va être tout droit de lui parler maintenant."

Le capitaine Ferguson, le sergent Dietrich et un détective que je connaissais par hasard que Ralph Miller entra et se tint autour de mon lit. Ma mère a commencé à partir, mais Berg lui prit la main et la pria de rester assis.

"Al Rutherford est mort," a déclaré Berg tristement. "Il a reçu une balle dans le temple et gisait effondré sur la réception quand il a été trouvé à près de dix heures. Detective Miller a été appelé, et dans le processus de demander si quelqu'un savait au sujet de son assassiner, vous ont été découverts. Votre appartement voisins avaient entendu une certaine agitation et des bruits claquement, mais personne ne se doutait que vous étiez en difficulté jusqu'à ce que la recherche de détective Miller de l'édifice a fini par vous trouver. Vous êtes chanceux, vous ne l'avez pas mourir aussi, Jay."

Je sourit faiblement et lui serra la main.

"M. Andrews, "le capitaine a déclaré Ferguson, devenant toutes les affaires. "Nous avons pas encore pris toute déclaration de vous, mais avant que nous le faisons, je veux vous laisser avec cette pensée. Si cela n'a rien à voir avec ces questions dont nous parlions avant, vous feriez mieux de venir propre à nous avec toute l'histoire et avec eveything que vous savez. Sergent Dietrich ici m'a dit que vous avez pas complètement abandonné cette assassiner entreprise Jovanovich comme je vous ai dit de faire il ya quelques semaines afin que vous avez bien sûr poursuivi mon meilleur jugement."

Je jetai un regard Berg et je me demandais ce qu'il avait dit Ferguson. Je ne voulais pas Berg pour obtenir en néerlandais avec le capitaine si je pouvais l'aider.

Berg a quitté peu de temps après avec ma mère et Ferguson et Miller sont restés avec moi. Je leur ai parlé de ma découverte de la double identité de Jovanovich de mes visites sur le navire et les problèmes Jovanovich avait eu après avoir rencontré la direction du KGB Sarnov. Et je leur ai parlé de mon voyage avec Berg à Fells Point, et mon suivi de l'opérateur de lancement et Conrad Axel, puis plus tard de mon suivi de Axel à travers le talon de bagages ou plutôt son suivi de moi.

"Alors ce qui est arrivé," je l'ai dit les deux, concernant l'histoire de la façon dont le goon avait trompé en lui laissant Al dans mon appartement.

"Autre chose," a exigé Ferguson.

Je essayé de lire son intonation et l''EXPRESSION de son visage pour tout indice qui il aurait su que Berg avait obtenu un rapport du FBI sur Axel, mais je ne pouvais pas dire si Fergy bluffait ou non. Puis je me suis souvenu que Berg avait dit qu'il avait nié qu'il m'a aidé du tout, donc je lui ai dit que ce fut tout. Dans mon état, je ne pouvais toujours prétendre oubli.

La prochaine journée détective Neal Robertson est arrivé avec le détective Miller pour aller sur les détails de mon histoire à nouveau. Depuis que je l'avais lié l'assassiner d'Al à l'assassiner de Jovanovich à travers mes propres activités, Robertson a été appelé et est allé sur tous les détails de mes rencontres. Robertson a également allé sur certains clichés anthropométriques que estimés à l'apparition de mon agresseur, mais on n'a pas frappé sur l'un d'eux. Plus tard, un dessinateur de la police est venu et a fait un croquis composite qui semblait proche de ce que je me suis souvenu.

Environ une semaine plus tard, la police a obtenu un succès sur leur portrait-robot. "Bernie Rukel," Detective Robertson m'a dit. "De l'État de New York. Meurtrier et l'homme frappé. Un vrai professionnel. Il a échappé de la prison d'Attica il ya environ quatre mois."

Personne n'a eu aucune idée où pourrait être située Rukel. Ils ne pouvaient localiser Conrad Axel. La police locale à New York était venu avec un blanc complet.

Je l'avais été à l'hôpital pendant environ douze jours et je suis gettng malade de feuilletons et le confinement constante quand un homme est tombé dans un après-midi à l'improviste.

Il portait un costume à fines rayures de hors-noir avec une veste et portait une valise cher. Il avait l'air un peu mal à l'aise dans ses vêtements spiffy et soufflé après une ascension de plusieurs volées d'escaliers. Il était chauve, avec des lunettes épaisses dans des cadres brun foncé, et avait l'air si égocentrique que je devais me retenir de rire à haute voix.

"Irving Marshall," dit-il, me glisser une carte après qu'il était venu sur le côté de mon lit. D'ici là, ma santé était améliorée de sorte que je pouvais mentir calé, et je n'a pas eu ces maudits neeedles IV coller dans mes bras.

Le nom a sonné une cloche dans mon cerveau, mais je ne savais pas trop où. Mais comme je l'ai regardé de plus près la carte je me suis souvenu: Marshall était le véritable enquêteur pour le Conseil national de sécurité.

"Qui pensez-vous vraiment travailler pour, M. Marshall?"

"Je suis vraiment l'enquêteur de la présidente, si vous devez savoir. Mais je suis formellement attaché au personnel du Conseil de sécurité. On m'a demandé spécifiquement de se pencher sur ce cas. Je ne suis pas un habitué il. Je suis un consultant en sécurité internationale. Été dans l'entreprise de 14 ans après avoir servi pendant 22 ans dans la Central Intelligence."

"Vous êtes en semi-retraite, n'êtes-vous pas? Vous préférez ne pas travailler du tout et vous ne moins que quelqu'un vous pousse vraiment à vous impliquer ,. Vous semblez un peu nerveux. Ai-je raison?"

Ma lecture de lui l'énervait; mais il a essayé de ne pas le montrer. Pourtant, je remarquai les petites perles de sueur sur son front nu.

"Pourquoi aurait frappé l'homme Bernie Ruken veulent vous tuer?" Il a demandé.

Je avais été sur tout le reste avec la police et je pensais qu'il savait tout cela de toute façon. Donc, je essayé une autre tactique.

"Je pense que cela a à voir avec le Groupe Alpha Centauri. Il doit travailler pour eux. "

"Que savez-vous à propos de Alpha Centauri?"

"Rien, sauf que Conrad Axel est connecté avec eux, et que Bernie Rukel a été envoyé après moi quand ils ont découvert que je suis sur le cas d'Axel."

"Pourquoi êtes-vous vous impliquer dans cette, mon fils? Avez-vous avez pas le sens de rester en dehors de celui-ci lorsque clairement que vous n'êtes pas une partie de celui-ci? "

Je ne pouvais pas penser à quelque chose d'autre à dire, sauf que cela faisait partie de moi d'être un journaliste.

"Vous ne pouvez pas dire cela. Avec tout le respect dû aux membres de la presse, vous ne devez pas vraiment beaucoup à gagner à se lancer dans ce cas. Non, vraiment, jeune homme ,. Il serait dans votre meilleur intérêt juste pour le laisser seul. Mais si vous devez venir à travers quelque chose, rappelez-vous juste d'entrer en contact avec moi. Je vais gérer cela."

Je sorte de manière aimé paternel de Marshall, et il ne m'a pas poussé pour obtenir des informations comme un de ces interrogateurs de la police.

"Je vais entrer en contact avec vous plus tard si nécessaire. En attendant, s'il vous plaît prendre mon mot pour lui: ces garçons jouent pour de bon dans le grand temps, et si vous ne voulez pas de se laisser distraire en permanence, il serait préférable de rester à l'écart tout à fait. Nous ne pouvons pas garantir ce qui va vous arriver."

Il est parti, et je eu sa carte au cas où je besoin.

10

Je suis inquiet de gettng où je resterais après que je suis sorti de l'hôpital. Mais on m'a assuré qu'il y aurait renforcement de la sécurité à la maison de l'appartement, et il y avait en effet des portes fortes installées et rond-le-horloge, les hommes de sécurité professionnels. Les résidents des appartements avaient été assez contrarié par ce qui est arrivé, et même si je ne reviens jamais, la gestion de l'appartement était tellement préoccupés qu'ils perdraient leurs locataires qu'ils ne font pas les changements. Berg m'a aussi donné une pièce de rechange .22 pistolet de son garder avec moi dans l'appartement en cas Rukel essaya à nouveau de faire le score sur moi qu'il avait omis de le faire la dernière fois.

Je été à la maison trois jours, toujours en convalescence, lorsque Marcie a montré à visiter avec un dîner couverte, une bouteille de vin et un bouquet de fleurs. Je ne pouvais pas être plus surpris alors qu'elle marchait dans.

Je regardais dans les yeux noisette, incrédule. Il avait fait trois semaines que je l'avais vu et je pensais qu'elle avait complètement oublié sur moi.

"Pas du tout, Jay. Je ne sais même pas ce qui vous est arrivé jusqu'à hier, quand je essayé de vous appeler au travail et on m'a dit ce qui est arrivé."

Je lui étreint, mais pas trop près, parce que mon abdomen toujours mal. Elle m'a grondé pour ne pas l'appeler.

Nous buvions du vin, et je mets un peu de musique de FM. Nous avons eu une excellente vue de ma fenêtre du trafic ci-dessous et les lumières de la ville dans la distance, et je apprécié la poésie tacite de tout simplement assis avec elle et regarder par la fenêtre. Mais je suis pas en état physique ou mental de l'esprit trame pour obtenir romantique.

Marcie portait un rouge foncé costume de corps à manches courtes et des jambes courtes. Ses cheveux noirs courts recroquevillé sur les côtés et elle avait une odeur de parfum léger qui sentait presque amande.

"Jay, ce que vous cherchez dans la vie? Vous semblez être inquiet pour quelqu'un qui doit être le sentiment qu'il a tout."

Il était le genre de question qui ne nécessite pas une réponse tout de suite ou pas du tout. Pour dire la vérité, je ne sais pas quoi dire.

"Je veux dire," dit-elle, se percher sur ses genoux sur le canapé et en regardant vers moi dans le fauteuil à proximité, "Vous êtes un drôle de type. Pourquoi serait-on sortir de sa façon d'avoir des ennuis quand vous n'êtes pas vraiment impliqué là-dedans? Avez-vous avez pas votre propre vie à mener sans entrer dans cet espion entreprise? "

"Qu'est-ce qui vous fait penser qu'il est espion entreprise?" Demandai-je, prétendant que sa question était absurde.

"Allons donc, Jay. Je vous ai déjà parlé à Berg. Comment pensez-vous que je l'ai appris ce qui est arrivé à vous? "

Je ne disait toujours rien. Puis il est venu à moi.

"Je ne savais pas que vous saviez Berg."

"Je ne l'ai pas. On m'a dit que vous étiez l'un de ses meilleurs amis, que je pourrais apprendre où vous vous trouviez à travers lui. Vous ne m'a pas dit quoi que ce soit."

"Je ne savais pas que tu tenais."

Elle caressa le côté de mon visage. "Bien sûr, je me soucie de vous, Jay. Tu m'as manqué. Je me demandais pourquoi vous ne l'avez pas appelé. Je pensais que nous avions quelque chose qui se passe ici, et je avais peur en quelque sorte perdu."

Je craignais d'espérer que nous avons eu quelque chose à faire, mais elle était là. Je ne savais pas si je serais mieux par moi-même ou avec elle. Je ne l'avais pas décidé qui était le mieux pour moi, sauf que je ne jouis quand elle était autour.

"Vous savez, Jay. Je ne vous ai pas compris. Vous avez tout, et pour moi, il semble que vous jeter. "

"Pourquoi dites-vous cela?" Elle me connaissait mieux que je me suis rendu.

"Eh bien, je parlais avec Sylvester Williams à The Enquirer, et je lui ai dit que je suis préoccupé par vous. Et il m'a dit que vous avez vraiment tombé hors de la piste un peu plus là-bas et ils ne savent pas quoi faire avec vous. Il a dit qu'il ne voulait pas vous laisser aller, mais si votre travail n'a pas amélioré il aurait à faire quelque chose. Alors ce qui est arrivé. Il a dit qu'ils ont été très patient avec vous."

"Ce que les entreprises avez-vous fureter partout avec mon employeur? Je ne demande pas vos superviseurs comment vous faites. "Je fus surpris qu'elle avait le culot de vous impliquer.

"Jay, je posais simplement la question pour vous. Vous ne me dit pas ce qui est arrivé. Voilà ce qu'il m'a dit. "

Nous avons mangé le dîner, elle a apporté. Puis nous sommes allés sur le balcon extérieur et assis ensemble. Je me suis beaucoup sur mon esprit et ne l'avais pas encore résolu la question.

"Tout ce que je faisais des recherches pour vous, vous savez, à propos de Century Technologies et l'entreprise de comptuer et des trucs. Cela n'a pas été pour le journal, il était, Jay? "

"Comment peux-tu dire ça?"

"Vous êtes vraiment se lancer dans quelque chose de grand, n'êtes-vous pas? Je ne sais pas pourquoi, mais vous êtes. "

Je ne pouvais pas le nier. Elle me lisait comme un livre.

"Vous ne pouvez jamais dire si je vais utiliser cela pour une série d'histoires ou non. La plupart des choses que je fais a été assez simple, sans beaucoup de creusement et de la recherche. Ceci est différent. "

"Mais ils ne vous ont pas donné la mission soit," dit-elle.

"Vous êtes plus intelligent que vous regardez. Ou peut-être plus intelligent que je pense. "

Elle a souri.

"Pourquoi ne parlons-nous pas pour vous maintenant?"

Elle ne serait pas détournée.

"Vous savez, je me demandais, Jay, est la raison pour laquelle vous êtes dans l'entreprise de presse. Je sais que votre père et tout. Mais vous ne semblez couper juste pour elle."

"Où avez-vous été toute ma vie? Tu ne vois pas que je ne peux pas le supporter? Je déteste le poignarder dans le dos, les petite politique, la collecte des têtes parlantes et ego gonflés courir autour de ces papiers. Il semble que ces gens passent leurs vies entières se soucier de la façon dont tout le monde est vivant, sans avoir beaucoup de leur propre vie ...

"Pourquoi pensez-vous continuer à le faire si cela est la façon dont vous vous sentez?"

"Parce que je ne sais pas quoi faire d'autre. Je ne sais pas comment sortir de celui-ci, "je criais si fort que je fis la grimace de la plaie dans mon estomac.

"Donc, vous courez autour de jouer détective privé et d'obtenir d'autres personnes ont été tuées et vous-même abattu parce que vous ne pouvez pas comprendre si oui ou non vous aimez votre travail."

"Écoutez, je ne dois pas prendre cela de vous ou de quelqu'un," je l'ai dit, en essayant de me relever, puis en arrêtant cause du frottement de ma blessure à l'estomac contre le bandage.

Quand je l'avais réglé en arrière et ai obtenu mon souffle, je la regardais. Son visage a été enterré dans ses mains. Je crus entendre un léger bruit de sanglots.

"Oh, maintenant, ne faites pas cela. Allez ... maintenant l'arrêter. "Je essayé de tirer ses mains de son visage, mais elle me repoussait.

Je attendu une minute et la regardais.

"Marcie, qu'est-ce que tu veux de moi?"

Ses joues étaient striées de larmes qui brillaient des lumières de la nuit. Elle renifla, et je lui ai donné une serviette que je l'avais fait sortir avec mon café.

"Comment pensez-vous que je ressens quand quelque chose comme ce qui est arrivé à vous, qui se passe? Et vous ne même pas me dire. Et pourquoi cela arrive n'a même pas de sens. Avez-vous pas que je me sens mal que vous ne se soucient même pas assez pour me dire? "

Je me voyais se impliquer avec ce 25 années-poussin qui avait été marié avant jamais et voulait le faire, sans se rendre compte qu'un tel lit de roses avait beaucoup d'épines en elle. Ces jeunes filles ne comprenaient pas, bien que je tenais pour Marcie.

"Vous n'êtes pas heureux, vous êtes Jay?" Dit-elle, essuyant ses yeux. "Mais il n'y a rien que je puisse faire pour vous. Je ne peux pas comprendre pourquoi vous faites ces choses."

Je souris légèrement. Il me plaisait secrètement qu'elle devrait être si préoccupé, même si je me méfiais de l'avoir peut-être se jeter sur moi.

"Vous savez, Marcie. Je suppose qu'il est l'aventure de ce qui me attire. Je ne peux pas me voir assis sur le banc de touche long de la vie à regarder les autres faire leurs propres choses, avec moi en tant que spectateur. Je suppose que ce pourquoi je ne suis pas heureux d'être un journaliste. Mais il y avait beaucoup de pression pour moi de devenir un."

"Qu'est ce que tu veux être?"

"Je voulais être un agent de police, mais alors je décidai que je ne l'ai pas comme ça parce que de la discipline, la routine de pseudo-militaire qu'ils passer. Je l'avais vu assez de près comme un journaliste que je savais qu'il était pas pour moi. Aussi étrange que cela semble, je l'ai apprécié chaque peu de ce cas Jovanovich aussi longtemps que ce genre de choses dure reste dans des limites. Je serai plus intelligent la prochaine fois pour rester loin de ces problèmes. "

"Oh, Jay" dit-elle, enfouissant sa tête sur ma poitrine. "Je m'inquiète pour toi. Je ferai tout mon possible pour vous aider."

Je lui caresse les cheveux et elle est restée avec moi pendant quelques minutes. Puis je regardai dans les yeux et l'embrassa. Elle était une sorte de fille parfaite pour moi.

Nous avons passé le reste de la soirée ensemble à parler et à écouter de la musique. Elle resta jusqu'à onze heures, puis à gauche.

Je dormis profondément cette nuit. Les feuilles, de féculents propres étaient à l'aise, et je ne étais pas seul. Je devais le petit souvenir chaleureux des heures nous avions passées ensemble brûlant comme une petite bougie à l'intérieur de moi.

11

Personne ne l'avait remarqué beaucoup quand hit homme Bernie Rukel tué le portier de l'immeuble et m'a blessé. Baltimore a trop nombreux homicides de toute façon et l'assassiner d'un petit vieillard ne commandait plus environ deux courts paragraphes de l'attention des médias.

Mais la police avait obtenu sur le cas rapidement, et environ quatre semaines après l'assassiner, ils ont arrêté Bernie Rukel. Je ne sais pas comment ils ont fait, mais son arrestation remué beaucoup plus d'attention que le fait assassiner. Rukel était un tueur à gages celeberated qui avaient été mis de côté apparemment pour toujours par les procureurs à New York, mais seulement quelques mois avant sa tentative de ma vie, il avait échappé à la prison Attica. À l'époque certains commentateurs de presse faisaient le point que si Rukel avait été exécuté en tant que procureurs initialement prévus, ce ne serait jamais arrivé. Maintenant que Al a été assassiné et Rukel a été arrêté en tant que suspect, les commentateurs ont commencé en remuant leurs stylos à nouveau avec "You-sos je racontée." Ils ont également ajouté le point insidieuse que si État de New York n'a pas voulu exécuter leurs meurtriers , alors le moins qu'il pouvait faire quand ils se sont échappés était d'instruire leurs assassins pour tuer les New-Yorkais et non hors de statères.

En fait, je ne fus jamais un fan de marque particulière de Ambrose St. Louis d'humour noir, tel que publié trois fois par semaine dans le Baltimore SENTINEL, mais je ne pouvais pas empêcher de rire sous cape à ce commentaire. Voilà exactement ce que je ressentais.

Une fois LA SENTINELLE ramassé sur l'arrestation Bernie Rukel, cependant, ils ont attrapé sur l'histoire locale. Tout d'un coup, ils se sont intéressés à mon implication, demandant à toutes sortes de questions suggestives dans leurs colonnes de nouvelles au sujet de pourquoi Rukel avait été embauché pour marquer un coup sur moi. Je suis maman tout le chemin. Tant le SENTINEL et la police auraient été en colère avec moi pour dire quoi que ce soit, et que inclus Bureau du Procureur de l'État aussi, comme je suis devenu simultanément un témoin dans le assassiner de Al et un compagnon de la victime. Je voulais avoir les accusations d'agression avec l'intention de tuer baissé impliquant moi tant qu'ils ont une conviction sur la assassiner impliquant Al. Mais tout ce qui est devenu inutile que New York a refusé d'extrader Bernie comme ils le voulaient à régler avec lui-même.

L'effet de tout l'incident, cependant, était de me plongé dans le feu des projecteurs quand je vraiment préférerais ne pas avoir été là. La couverture de la sentinelle a également forcé la main des éditeurs au Enquirer. Ils ne pouvaient pas admettre que je jouais enquêteur indépendant; ce serait étrange regard et il serait difficile à manipuler. Donc, ils ont fait la meilleure chose suivante: ils me assignés à faire l'histoire.

Syl Williams avait vraiment mis en quatre pour me faire entrer dans un travail intéressant pour me garder de paraître mauvais sur toute cette affaire. Et bien sûr, il en queue d'aronde avec ses idées antérieures. Après il l'a annoncé à moi, je suis sur un avion à destination de Toledo, Ohio deux jours plus tard.

"Nous ne disposons pas de commentaires à faire à tous sur le lien présumé d'un agent du gouvernement au projet de l'ordinateur Norillsk," le bien-manucurés, homme presque chauve dans le costume trois pièces m'a dit. "Tout ce que nous sommes en fournit la meilleure technologie disponible, que ce soit pour notre Amérique du Sud, Amérique du Nord, l'Extrême-Orient ou des clients soviétiques."

Il n'y avait pas beaucoup plus que cela que C. Malcolm Wainwright, vice-président exécutif et chef de la direction de Century Technologies me disaient. Les communications d'entreprise semblent être assez étroitement contrôlée; et comme un out-of-Towner il serait particulièrement difficile pour moi de trouver quelqu'un pour me montrer les connexions à l'intérieur.

Le rédacteur en chef du TOLEDO COUTEAU de la ville était, alors je pris une promenade sur l'hôtel de ville et je pensais que je verrais si il y avait autre chose que je pourrais y apprendre.

L'attaché de presse du maire, un compagnon de chérubin avec des lunettes dont le nom était Edward Christopher, joyeusement m'a dit qu'il y avait eu une opposition considérable dans la ville à la société d'accepter le travail soviétique, mais que finalement le commnity d'affaires avait rallié derrière siècle car il y avait un quantité considérable d'argent et un grand nombre d'emplois en jeu. Cela au moins était un peu de couleur intéressant pour mes comptes de nouvelles ,. Il m'a dirigé vers la chambre de commerce qui avait publié un certain matériel promotionnel sur le contrat de l'ordinateur après il a été décerné.

Le matériau était peluches largement promotionnel. Mais je l'ai trouver un couple de noms intéressants. L'un d'eux était une image d'un grand homme en surpoids avec des cheveux noirs et des lunettes épaisses identifié comme Michael Appler, concepteur de systèmes. Il a été montré dans un picutre avec un autre employé, un, plus légère, plus courte homme chauve avec le titre de Systems Engineer et identifié comme Earl Wyman.

Le nom Appler sonné une cloche. Je me suis souvenu qu'il avait été le seul représentant de la compagnie à bord du navire peu de temps après le corps de Jovanovich a été trouvé. Initialement, une idée me vint lui rendre visite à l'entreprise, mais ensuite je me suis une meilleure idée.

"M. Appler, "je l'ai dit, debout à la porte de l'écran à sa maison le soir même. "Je suis un écrivain pour le magazine de la technologie moderne. Nous faisons un reportage sur le projet informatique Norillsk, et comme vous êtes le concepteur de systèmes Je me demandais si vous pourriez me dire, sans donner aucun de vos secrets commerciaux, ce que l'ordinateur Norillsk est conçu pour faire."

Il me laisser entrer dans sa maison, et dans sa manière traînante me conduisit à la salle de séjour où nous avons tous deux assis. Bien que certainement une hulk physique surdimensionné de l'homme, avait Appler, une attitude presque timides sensible et son apparence était celle de quelqu'un qui était vraiment un intellectuel dans son domaine. Il semblait heureux que quelqu'un lui poser ces questions.

"Vous comprendrez que je ne peux pas être trop spécifique. Mais il est un projet intéressant, si rien d'autre de l'échelle, il a présenté de nouveaux défis pour les gens dans notre domaine. Mais avant d'entrer dans cette, comment avez-vous obtenu mon nom? Et pourquoi tu ne vas pas à travers la société pendant les heures normales d'affaires? "

Je lui ai dit que je l'avais déjà parlé avec le vice-président exécutif Wainwright, et que je suis tout simplement en train d'utiliser mon temps plus efficacement, comme je l'étais hors de la ville et devrait être de quitter le lendemain.

Comme il me l'a dit, l'ordinateur Norillsk était mis en place comme le centre névralgique d'un vaste système, une sorte de chambre de compensation pour les systèmes informatiques plus petits étant utilisé pour d'autres fonctions dans le développement de zones en Sibérie et en Asie soviétique.L'ordinateur lui-même n'a pas été attribué à une industrie en particulier. Au contraire, il a été conçu comme Appler m'a montré, pour récupérer des informations à partir d'un réseau d'ordinateurs qui ont été mis en place dans toute la région. Le but était d'avoir l'information à la botte immédiate et appeler des autorités centrales et des planificateurs économiques et militaires. Grâce à un système de satellites géostationnaires, Appler expliqué, chacun des soixante-quinze ou plus petits ordinateurs stationnés dans les villes soviétiques et dans d'autres endroits stratégiques, serait faisceau leurs données à l'ordinateur central à Norillsk. Le trafic entre le super-ordinateur et les régionales était à deux voies. Les ordinateurs régionales pourraient nourrir informations dans l'ordinateur central, et parfois recevoir des évaluations de leur propre matériel: mais ils ne pouvaient fonctionner sur les longueurs d'onde de leurs propres canaux. Ils ne pouvaient pas transférer à la banque de données d'un autre ordinateur régionale. L'aspect prétendument infaillible de l'ordinateur central du point de vue des autorités était que chaque ordinateur régionale exploité sur ses propres fréquences distinctes dans ses transmissions par satellite avec Norillsk. Bien sûr, il y avait des mots de passe necesssary pour avoir accès à la banque de données à partir d'un emplacement régional qui devait être transmis à Norillsk avant même le technicien pourrait entrer dans la banque de son propre ordinateur régionale. Ces mots de passe peuvent être modifiés à tout moment par Norillsk, et un enregistrement de chaque entrée dans un ordinateur régionale par un technicien, ce qu'il a été récupéré et quand automatiquement enregistré à Norillsk.

Comme le meilleur système possible pour contrôler l'information régionale-développé qui fut jamais, les autorités centrales seraient toujours savoir qui est entré dans l'ordinateur, ce qui a été prise de lui, et eveything autre chose qui est arrivé. Comme Appler a décrit à moi, chaque ordinateur régionale était comme un déposant fort à une banque. Deux touches ont dû être utilisées pour ouvrir chaque boîte individuelle, et chaque déposant eu accès à sa propre case. La différence était que chaque canal d'ordinateur stocké milliards de bits d'information, et les deux touches pour l'accès à chaque canal ou "coffre-fort" ont été contrôlés par la "banque" Norillsk. Qui a placé une quantité énorme de pouvoir dans les mains des autorités centrales, plus que la puissance presque absolue dont ils jouissaient auparavant. Qu'est-ce que le système a promis de réaliser quand il était complètement en ligne était de surmonter l'traditionnellement lourde et fastidieuse collecte d'informations par l'Union soviétique, qui avait causé les pays occidentaux appellent par dérision pour le pays “le géant en arrière.”

Ce fut l’explication plus complet que je l’avais entendu parler de l’ordinateur Norillsk partout. Bien sûr, je pouvais voir maintenant pourquoi les planificateurs militaires stratégiques américaines avaient été concerné à ce sujet. Mais dans le même temps le défi de concevoir un tel système était une considération que les dirigeants d’entreprises ont pesé plus lourdement.

Le lendemain, dans les bureaux de couteau que je eu la chance de parler davantage siècle avec Drew Hamilton, un journaliste vétéran et chroniqueur. Je l’avais mentionné à lui que je parlais avec Michael Appler à propos de l’ordinateur Norillsk incroyable.

“Oui, il est un gars assez intéressant, mais un peu étrange,” a déclaré Hamilton. Le journaliste vétéran était aveugle de l’œil gauche, qui a été couvert par une tache noire.

Je lui ai demandé ce qu’il voulait dire.

“Eh bien, je l’ai fait une histoire sur Appler fois et tout appris sur son fond. Il a un esprit brillant. Aucun doute là dessus. Il est génial dans son domaine. Mais il semble qu’il souffre de terribles insécurités. Moi-même, je pense qu’il est un peu crédules. “

Je essayé de susciter ce Hamilton voulait dire, mais il a dit qu’il était occupé et simplement m’a renvoyé à un fichier de clips. Ils étaient ses anciennes colonnes. Il m’a dit de regarder en arrière à travers elle depuis plusieurs années pour une histoire impliquant Appler. Après quelques recherche je trouve un article intitulé, “Designer siècle Ordinateur découvre Soviet Connection peu probable.”

Il était un morceau d’intérêt humain sur la façon dont Mike Appler avait obtenu réunis avec un demi-frère de New York. L’article disait:

Michael Appler, concepteur de systèmes de l'ordinateur soviétique étant fabriqué par Century Technologies de Tolède, a non seulement une connexion soviétique, mais deux.

Un orphelin de l'époque de la Seconde Guerre mondiale après, Appler a récemment uni avec un demi-frère de New York City. Les deux sont des fils du physicien soviétique Nikolai Barbakov fin.

Ce développement assez surprenant est devenu connu que récemment quand Appler a été contacté par son demi-frère, Conrad Axel, qui a dit qu'il avait Appler certaines correspondances et les mémoires de son père défunt de nommage autre fils, connu seulement à la naissance comme Mikhail Barbakov. Selon les informations reçues de Appler lors d'une collecte de nouvelles rencontre par ce chroniqueur sur l'ordinateur, une connexion soviétique jusque-là inconnue de Appler lui a été révélé seulement après son demi-frère supposé, Conrad Axel, lui avait tracée par les organismes sociaux et les dossiers judiciaires de la famille. L'intention de Axel à trouver "Mikhail Barbakov" était non seulement familial, comme l'a expliqué Appler, mais aussi comme exécuteur modeste succession de la fin Barbakov, il y avait aussi un petit héritage à transmettre au fils.

Selon les informations transmises au Appler, il était le fils naturel de Barbakov et Yelena Petrovna, la seconde épouse de Barbakov. La première femme de Barbakov et la mère de Conrad Axel étaient morts pendant la Seconde Guerre mondiale. Conrad Axel est resté dans l'Union soviétique, avec son père, tandis que sa belle-mère, enceinte de deuxième fils du père, émigré aux Etats-Unis. Plusieurs années plus tard, alors qu'il était devenu évident que le professeur Barbakov ne serait pas accordé un visa d'émigration, Yelena Petrovna divorcé Prof. Barbakov et a épousé Richard Appler. Le fils, Mikhail Barbakov, a été adopté par le couple Appler.

Plus tard, à la fin des années 1960, Conrad Axel a émigré aux États-Unis sans son père.

Il est depuis devenu un instructeur de mathématiques de collège dans la région de New York.

"Je ne m'y attendais pas à être de cette façon," a commenté Mike Appler. "Je peux seulement dire que je suis reconnaissant que je eu la chance d'apprendre de cette connexion."

Il a dit qu'il a gagné non seulement un héritage de près de 10 000 $, mais qu'il a aussi gagné un frère.

"Cela vaut la peine pour moi plus que tout ce que je pouvais obtenir," a déclaré Appler.

Appler dit que sa mère est décédé depuis, mais que son beau-père, Richard Appler, confirmé detals de cette connexion.

Je interrompu Hamilton dès que je pourrais obtenir de lui, pousser la colonne sous son nez.

"Croyez-vous vraiment? Est-ce que tu vraiment?"

"Qu'est-ce que c'est?"

"Conrad Axel le demi-frère. Cela semble assez grand pour moi. "

"Pourquoi ne devrais-je le croire?"

"Axel essayé de me tuer."

Je lui ai dit l'histoire de ma proximité échapper à la mort aux mains de Bernie Rukel. Mais il semblait-il, comme tout le monde, était sceptique que cela aurait été conçu par Conrad Axel. La police était venu à cette conclusion aussi quand il était évident que Axel était introuvable à New York.

"Vous avez une sorte de vendetta ou quelque chose?" Demanda Hamilton, en me regardant.

"Je suppose que vous pourriez dire que," je l'ai dit. "Mais il est plus que cela. Conrad Axel est impliqué dans cette affaire d'ordinateur trop. Ne pas un instant croire qu'il est tout simplement un parent réunifiée. Si rien d'autre, il utilise la routine frère réunis comme camouflage à d'autres fins."

Hamilton semblait modérément intéressé, mais sceptique.

"Écoutez, gamin," dit-il. "Vous ne pouvez pas faire le tour toujours à la recherche d'une conspiration dans chaque histoire que vous couvrez. Les chances sont qu'il n'y a rien à lui et vous souffrent d'une imagination débordante. Vous savez, il est seulement une fois dans une vie que d'un cambriolage de troisième ordre conduit à la démission du président des États-Unis. Même avec assassiner. La plupart d'entre eux sont tout simplement pas cher, les meurtres sans mobile. "

Hamilton continua son travail et je suis allé sur mon chemin. Je ne l'avais pas prouvé une chose. Tout ce que je devais étaient petits suppositions et peut-être que je était hors de la piste. Mais je voulais parler à Appler juste une fois. Il pourrait me dire plus sur son demi-frère.

"Oui, que voulez-vous?" Il a demandé sèchement à travers la porte d'écran de sa maison. "Quand je vous dis d'aller à travers les bureaux de la compagnie?"

Je ne répondis pas.

"Après avoir parlé avec vous," Appler dit, "Je suis arrivé avec la direction au sujet de notre entrevue et ils ont dit qu'ils jamais entendu parler de vous et de ne jamais autorisé aucune entrevue. Je suis désolé, je dois plus rien à vous dire. "

"Dites-moi une chose, monsieur Appler. A propos de votre frère Conrad Axel. Est-ce qu'il travaille avec vous sur le projet de l'ordinateur? "

"Où avez-vous son nom?" Il a demandé, ses yeux se creusent.

"Mes sources," je l'ai dit. "Je comprends que vous ont été réunis avec lui il ya plusieurs années?"

"Je dois plus rien à vous dire," at-il dit, en claquant la porte.

Je me dirigeai vers ma voiture de location et a conduit à l'aéroport. Le prochain vol en direction de Tolède était en deux heures. Je dois tenir autour et de tuer un certain temps.

Je reçois attente agité et agité pour les avions, donc je marchais à plusieurs reprises à travers le terminal. Mon bagage était déjà vérifié, donc je ne pas avoir à vous soucier de garder un oeil sur elle.

Je me suis arrêté de naviguer à travers une grille de magazines à un stand de nouvelles, quand je levai les yeux et vu un homme chauve, lunettes cornes cerclées sombres, vêtu d'un costume sombre trois pièces, l'achat de quelques petits articles au caissier. Peut-être était sa voix qui semblait familier, ou je était juste la chance de l'avoir remarqué, à ce moment, mais il se précipita dehors et se dirigea droit vers la sortie du terminal. Je suivais à une distance sécuritaire et regardé héler un taxi, entrer et être chassé. Je me souvins alors qui il était: Irving Marshall de la National Security Agency. Il était alors que je devais une envie de parler de nouveau avec lui, et versez tout ce que je savais. Mais je retins le sentiment. Je tombe sur lui plus tard. Il y aurait beaucoup de temps pour le faire après son retour à Washington.

12

Je essayé de trouver Conrad Axel. Sa connexion à Michael Appler comme une sorte de demi-frère semblait étrange pour moi surtout à la lumière de tous ses autres connexions-à Bernie Rukel douteuses, à Wally Irwin l'opérateur de lancement, le groupe appelé Alpha Centauri et Stefan Jovanovich, autrement connu comme L'agent du FBI Adam Johnson.

Après l'assassiner de Rukel d'Al et pendant ma propre convalescence, je avais donné le nom de la police Axel comme quelqu'un qu'ils pourraient vouloir interviw. Ils réussi là où je devais pas à obtenir son adresse à partir de Lufthansa Airlines. Mais ils ont rapidement appris que son adresse était d'aucune utilité pour eux car il était juste une adresse postale de quelque service de répondeur Manhattan. Même le service de répondeur conservé sans laisser d'adresse pour son courrier. Il avait toujours quelqu'un ramasser. Depuis la police avait seulement ma conjecture aller, ils laissé là et attendre que quelque chose arrive, ce qui bien sûr n'a pas fait.

Bernie Rukel avait pas eu beaucoup d'aide, soit, mais il avait certainement essayé. Le seul problème était les autorités voulaient plus que ce qu'ils voulaient l'homme dit-il mis un contrat sur moi. Bernie avait essayé de faire une affaire pour gagner une réduction du temps en échange d'informations sur Conrad Axel, mais le procureur avait fait aucune promesse, et sans une promesse écrite Bernie refusé de chanter. Je suppose qu'il a figuré l'information pourrait être utile de quelque chose à lui plus tard, alors pourquoi le donne maintenant gratuitement? Pourtant, ce que nous a laissé à la case départ.

Je suis allé à la City University de New York, où Axel avait été un instructeur, et essayé d'apprendre si il y avait une adresse que je pourrais obtenir à partir de là. Un commis dans le bureau du personnel m'a dit qu'il avait pas travaillé pendant trois ans. Elle m'a donné sa dernière adresse connue pour lui, mais il ne m'a pas aidé du tout. Après avoir pris un taxi pour l'immeuble dans le village, où il était censé être vivant, tout ce que je appris est qu'il était plus inscrit en tant que locataire, pas sous ce nom d'emprunt, ni son de Kenneth Henderson.

Je commencé à vérifier certaines des organisations qui ont été répertoriés dans le rapport du FBI sur lui que Berg avait piraté pour moi. Il avait été un membre à divers moments de la Fabian Society, la Fondation éthique Fellowship, le Socialist Workers Party, la Société Whig et Omega Groupe. Aucune de ces organisations eu aucun contact en cours avec lui, si. Toutefois, le Socialist Workers Party était étonnamment utiles.

"Oui, ce que je peux faire pour vous?" La jeune femme, légèrement en surpoids avec les lunettes à montures métalliques et la chemise de travail en denim m'a demandé, avec une sécheresse marquée dans sa voix.

Mon costume d'affaires dû lui préviens que je faisais partie de "l'ennemi," la classe exploiteuse capitaliste.

"Oui, eh bien, Jay Andrews ici de Baltimore QUESTION," je l'ai dit, en lui montrant ma carte de presse. "Je me demandais si vous pourriez être en mesure de me aider."

"Ainsi, un membre de la presse? Vous savez, je fais un peu de moi-même écrit. Mais il est pour notre petit journal. Pensez-vous que je pourrais obtenir quelque chose publié dans un grand quotidien? "

"Peut-être," je l'ai dit. "Mais vous devez être bon. Ils ne se contentent pas d'imprimer quoi que ce soit, vous savez. "

"Je dois quelque chose manifeste économique des femmes. Pensez-vous qu'ils pourraient l'utiliser? "

Je signe que oui, mais je savais que la réponse était vraiment pas.

"Je ne connais personne qui achète toute la copie indépendant de l'extérieur," je lui ai dit. "Il est à la recherche de sujets d'actualité."

Je donnai l'adresse de son Art Rosenfeld au Enquirer et lui ai dit de mentionner mon nom lors de l'envoi dans. Savoir Art et comment il pourrait réagir à sa copie, je pouvais imaginer les jurons qui émaneraient de son plus grand orifice du visage.

“Ce qui est si amusant?” Elle m’a demandé.

Je riais à l’intérieur de la pensée de l’art et je ne pouvais pas cacher trop bien, mais je essayé du mieux que je pouvais.

“Oh, il était juste une blague privée. Art Rosenfeld est un bon ami à moi et il a fait quelque chose la dernière fois que je l’ai vu qui m’a vraiment commencé. Mais ce que je suis venu ici pour, Mme ... “

“Montclare,” dit-elle.

“Montclare, a été, je me demandais si vous aviez encore quelqu’un sur vos listes de membres nommés Kenneth Henderson, ou éventuellement Conrad Axel.”

Elle fronça les sourcils, et je ne pouvais pas lire le sens de son expression jusqu’à ce qu’elle a dit, “Oui, Henderson. Le nom colle dans mon esprit. Je ne donne pas normalement des informations sur les membres, mais tant qu’il est pas un membre de plus, je ne vois pas comment ça va faire mal. “

“Pourquoi, at-il été expulsé?”

“Je ne dirais pas exactement expulsé, eh bien, je suppose que vous le feriez. Le comité de pilotage avait plusieurs raisons de douter de sa sincérité comme un radical engagé. Je me suis assis à quelques-unes des réunions alors ils ont examiné son appartenance. Il semblait tout simplement pas à intégrer, et certains de nos membres pensait peut-être qu’il a été de vendre la mèche. Voilà quelque chose que nous avons à vous soucier de, vous savez, la possibilité que le gouvernement des agents infiltrés et informateurs seront infiltrer notre organisation. Mais nous avons trouvé des moyens de les débusquer, juste au cas où vous obtenez des idées.”

“Pas du tout, Mme Montclare,” je l’ai dit. “Je suis intéressé par une seule chose. Vous avez raison à propos de Henderson. Il est un personnage louche et nous étudions d’autres rapports, il a été impliqué. Seulement, nous ne pouvons pas l’atteindre. Nous avons pensé que vous pourriez avoir une adresse. “

Elle a cherché à travers plusieurs listes de diffusion vieilles qu'elles entretiennent, et est finalement arrivé à une adresse sur 142e Rue, pas trop loin du Campus CUNY.

Je pris un taxi à l'adresse Axel, et a réussi à obtenir à l'intérieur de la maison pendant que Brownstone appartement un autre locataire quittait. L'alias de Axel était en effet sur la liste des noms résidents par les boîtes aux lettres dans le hall, avec son numéro d'appartement.

Il était 16 heures Axel pourrait ou non être. Je suis monté lentement les trois volées d'escaliers à son niveau, chaque marche grince le long du chemin. Je devais un vague sentiment de crainte, pas vraiment une peur ou l'appréhension, car je savais qu'il ne me avait jamais vu auparavant. Bien qu'il me connaissait, il probablement ne savait pas à quoi je ressemblais, à moins que je me trompais. Si je ne me trompe pas, je eu l'avantage, autant que Bernie Rukel avait l'avantage de la surprise sur moi. Seulement, il y avait une différence: je ne prévoyais pas tuer Conrad Axel. Je voulais juste savoir ce qu'il faisait.

Non répondu à la porte après avoir frappé plusieurs fois. Mais aussi il semblait qu'il avait ramassé ses messages récemment et était toujours toucher la base du moins avec son appartement. Il semble également probable qu'il partageait son appartement avec personne d'autre, ou que si il l'a fait, que quelqu'un était absent aussi.

Je me suis caché dans le placard de concierge à proximité et prêt à attendre jusqu'à ce qu'il revienne. Mes jambes me faisaient mal de tant de marcher sur les trottoirs en béton, des courses en taxi et le trajet en train de Baltimore. Je truqué un siège de fortune dans la baignoire du concierge et se rassit avec les robinets pressants aganst le bas de mon dos. Il y avait une odeur de moisi dans le placard, mais il était sombre et pas si chaud que le couloir. Mes jambes me faisaient mal que je me suis assis. Mon dos était pas trop à l'aise. Je posai ma tête dans mes mains et me suis endormi.

Je pas eu le temps de penser à combien de temps je dormais, mais il ne pouvais pas avoir été trop longtemps parce que je sentais encore fatigué.

Je fus réveillé par le claquement d'une porte et le bruit des pas, parce que, debout face à face avec lui dans le placard, je l'avais rappelé les entendre.

"Qu'est-ce que l'enfer?" At-il dit, en me regardant d'un air interrogateur. "Je l'ai vu tout cela."

Je ajusté ma vue et fané dans et hors de la conscience brièvement jusqu'à ce qu'il m'a semblé que l'homme que je regardais était le même Conrad Axel je l'avais vu à Fells Point de Baltimore dans ce bar avec Wally Irwin.

"Qui êtes-vous?" Il a demandé.

Le plafonnier venait d'être allumé dans le placard et je me tenais là, clignant des yeux bêtement, et mon nom a été posé sur le bout de ma langue, prêt à être lâché, quand je me suis souvenu en un instant ce que cela aurait été une erreur .

"Mon frère-frère, mon frère-frère," je l'ai dit, cherchant à tâtons un mot ou un nom que je pourrais associer.

"Qu'est-ce que c'est? Dont le frère-frère? "Il était carrément hostile.

"Je l'attends sur l'étage suivant. Il était censé être, mais les placards à l'étage ont été verrouillée, alors je suis venu vers le bas pour rester dans celui-ci. "

"Qui est ton frère-frère?"

Je restais là, bouche bée. Je ne savais pas quoi dire.

"Tu ment. Qui vous a laissé dans ce bâtiment? "

Je ne pouvais toujours pas répondre.

"Je vais appeler la sécurité. Ils auront la police dans une minute. En attendant, vous pouvez simplement rester là où vous êtes."

Il m'a repoussé dans le placard, puis a claqué la porte. Je poussai contre lui mais il avait contreventement son corps contre elle.

"Maintenant, comment allez-vous appeler les flics?" Hurlai-je à travers la porte, "quand vous avez à rester ici en tenant la porte?" Je suis pleinement éveillé et alerte maintenant.

"Je vais te tirer dessus," at-il dit, la réouverture de la porte et pousser un nez retroussé .38 Smith et Wesson entre mes yeux.

"Non, vous ne sera pas. Vous ne pouvez pas risquer d'avoir une enquête assassiner si près de la maison. Peut-être que sur le gazon de quelqu'un d'autre, mais pas sur votre propre. Quoi qu'il en soit, je ne pense pas que vous avez l'estomac pour tirer un assassiner hors-vous de toute façon ".

Il pencha le pistolet, mais je pourrais dire de l'expression sur son visage qu'il bluffait.

"Vous avez raison," dit-il, tirant l'arme.

"Qui êtes-vous?" At-il répété, sans attendre ma réponse. "Allons dans mon Apartrment et de parler."

Il m'a poussé en face de lui dans le couloir jusqu'à la porte de son appartement, et je attendu par le côté jusqu'à ce qu'il fouilla avec ses clés et ouvrit la porte.

"Montez," qu'il commandait.

Je suis allé dans son appartement à la décoration spartiate. Il fit signe à une chaise pour moi d'être assis loin dans le plus éloigné de la porte.

Je regardai autour et dimensionné jusqu'à l'endroit. "Pourquoi ne pas vous mettre cette chose loin?"

Il a mis le pistolet sur une bibliothèque dans un inconfortablement courte portée de sa main.

"Tout d'abord, je voudrais savoir pourquoi vous avez essayé de me tuer."

"Qui es-tu?"

"Jay Andrews, journaliste pour le Baltimore QUESTION. Vous avez de la chance, je vous traqué la place des flics. Si ce sont eux, ils vous ont menotté maintenant."

"Discussion Brave, courageux de parler." Il avait un accent, je ne pouvais pas placer. Il pourrait avoir été slave.

Il fit une pause pendant quelques instants dans l'incandescence de la salle de séjour, puis éteignit une radio qui avait joué doucement.

"Vous avez été farfouillé dans mon entreprise. Je voudrais savoir pourquoi. "

"Vous êtes une personne intéressante, Conrad. Je dois un nez pour les nouvelles et je tiens à ramasser une bonne histoire. Il semble chaque fois qu'il ya une assassiner dans un port de Baltimore, ou un frère qui est par coïncidence liée à un homme clé dans cette affaire de l'ordinateur, ou une tentative de ma vie, votre nom arrive juste à venir. Je voudrais savoir pourquoi. "

"Si vous ne vous dérange pas, M. Andrews, je vais poser les questions. Vous semblez oublier que vous êtes un invité à ma place."

"Oui, je oublié. Et vous avez le fusil vous ne seriez pas oser utilisation. Parlez-moi de ce groupe Alpha Centauri. Vous avez apparteniez à tout autre groupe de frange qui il est. Or, quel est celui-ci? Un produit de votre imagination? "

Il plissa les yeux, et il serra les poings, puis se retint.

"Il n'y a aucune raison d'en discuter avec vous. Qu'est-ce que vous savez que vous savez déjà. Qu'est-ce que vous ne savez pas que je ai pas l'intention de vous dire."

"Allez, Conrad. Nous avons pas de secrets. Nous pouvons profiter de la confiance mutuelle. Vous devez être sérieux si vous avez embauché Bernie Rukel de tuer pour vous."

"Personne ne sait que, sauf vous, et vous ne savez pas que ce soit. Rukel n'a pas dit une chose, nous avons vu à ce que."

"Vous lui avez payé? A quoi bon une récompense sera de lui en prison? "

"A quoi bon lui faire chanter?"

"Vous avez juste là."

"Donc, le seul qui me tracasse est vous. Quand je dis ce qu'il faut faire avec vous, je vais le faire."

"Qu'allez-vous faire avec moi, Conrad?"

“Peut-être que je devrais finir avec vous ici.”

“Ne soyez pas si mélodramatique. Où est le côté ensoleillé de votre personnalité? Tu ne peux pas sourire? “

Ma remarque a cassé sa façade arrière pour un moment comme il fit un demi-sourire, puis repris son ancienne physionomie.

“Quoi qu’il en soit,” continuai-je, “il ne serait pas vous aider à le faire. Il ya plusieurs personnes qui savent déjà où je suis, et sauront qui à rechercher si elles ne me trouveront pas. “Conrad avait aucun moyen de savoir qui je pourrais avoir partagé des informations avec.

“Ahhh, chaque chose en son temps. Je pense qu’il est temps que vous avez déplacé le long maintenant. Tu ferais mieux de faire attention où et comment vous tirez de votre bouche, ou déplacez votre stylo. Il est pas tout aussi simple et aussi couper-séché que vous pourriez penser. “

Il a tenu la porte pour moi, et solidement fixée après je suis parti. Nous avions eu une impasse, et à ce moment je ne savais pas qui avait le adantage, et qui était mieux pour mon ayant trouvé.

13

Je l'avais été coupée pendant trois jours, et les deux premiers je l'avais passé suivi Axel dans la chaleur étouffante Août, avec le troisième jour passé dans mon appartement Baltimore. Je me suis souvenu parce que ce troisième jour il était impossible d'aller à l'extérieur, il y avait une averse de pluie constante toute la journée à partir de l'humidité accumulée pendant la chaleur des dix derniers jours.

Je ne suis pas comme ébranlée que je pensais que je pourrais ai été de ma rencontre avec Conrad Axel. Quelque part le long de la façon dont je l'avais acquis une certaine audace et la confiance en soi. Peut-être qu'il est venu d'avoir survécu à une agression par Bernie Rukel; peut-être qu'il m'a donné la conviction que je devais vivre et survivre les rencontres difficiles. Je me sentais comme un nouveau frère de fraternité qui avait survécu à un bizutage difficile. Mais pas plus que je dois faire d'illusions. A partir de maintenant, je fis le petit pistolet .22 Berg m'a donné, en rentrant dans son petit étui intérieur de l'avant de mon pantalon entre eux et mes mémoires. Il était un malaise au début, mais je essayé de l'ignorer, et bientôt je pouvais.

Il y avait peu à faire ce jour-là. Marcie a été absent pendant un week-end prolongé avec ses parents. Berg était au travail, et ma mère m'a ennuyé.

Je suis allé à un film d'après-midi par moi-même au théâtre local, une reprise de l'après-midi de "Express Von Ryan." Sauf pour quelques enfants bruyants, je devais le lieu pour moi-même.

À la fin du film que je mets sur mon moite, rainsoaked manteau et a commencé dans la bruine le long du cours de dix bloc pour mon immeuble quand il me vint que je pourrais être plus vulnérable là-bas que dans l'appartement de Axel. Après tout, je pensais un accident pourrait être facilement mis en scène et serait très difficile de lier avec quelqu'un qui pourrait avoir une raison pour aider le long.

Je trottine avec appréhension le long de plusieurs rues détrempées, en commençant maintenant à agiter avec le trafic aux heures de pointe, en regardant en arrière et en arrière pour un visage familier ou une voiture approche qui semblait être à sa place. Ils avaient tous l'air terriblement familier, ils ont tous l'air trop ordinaire, ce qui en soi me faisait peur car je ne sais pas laquelle choisir quand il a finalement approché. Je pée long, à la recherche de gauche à droite, sentiment que je soit une victime de ma propre imagination sur-actif ou un véritable victime potentielle.

Je me sentais comme tirant le pistolet et en l'agitant pendant que je courais, mais je me suis retenu que les gens seraient sûrement pensent que je suis un fou sur un saccage, luttant contre les démons dans ma propre tête et posant une menace pour la société civilisée. Au lieu de cela je continuais tapotant mon côté où il était.

A un moment je suis tombé tête la première dans une rue animée contre un signal rouge et était très près sont détourés par un bus venant en sens inverse et un taxi. Je suis parvenu à se glisser entre les deux comme ils passaient avec des cornes avec des pleurs et des crissements de freins, un acte qui m'a amené à mes sens momentanément, assez pour moi de revenir à SCAMPER le trottoir à la première occasion. Comme je me tenais là, plusieurs voitures ont klaxonné alors que d'autres pilotes ont crié en colère contre moi à travers leurs fenêtres entrouverte. Mon cœur battait la chamade.

Je me réunis pour les deux prochains blocs de retour à la maison d'appartements, le ralentissement de ma vitesse et dans le dernier bloc simplement marcher. Je suis trempé de la pluie et de ma propre sueur, et je besoin d'une douche et d'un nouvel ensemble de vêtements, mais je me suis arrêté à une cabine téléphonique seulement quelques centaines de pieds de l'entrée de la maison appartement.

Je ai eu deux appels téléphoniques à faire.

"Expédition de la police. Puis-je vous aider?"

"Il ya deux rôdeurs autour de la maison d'appartements à 29 et Druide Park Drive. S'il vous plaît envoyer des voitures de patrouille. Il y avait une assassiner dans ce bâtiment il ya deux mois. "

"Qui est ce parler?"

"Je ne peux pas me identifier. Juste s'il vous plaît envoyez-les immédiatement. Il pourrait y avoir des problèmes. "

Le second appel que je fis la ligne était occupée. Je me précipitai vers l'entrée d'un garage sous le bâtiment, couru en bas de la rampe et montai dans ma vert coupé sport. Avec une vague de ma main à la garde sur le stand, je partais.

Même à la vitesse supérieure, il était un long-courriers à Washington DC, et je devais être prudent sur les courbes lisses de Jones Falls Expressway, en tant que premier je me suis dirigé au nord de Baltimore Beltway, complété un demi-cercle proche, alors inversé à un direction sud sur le Washington Parkway. A mi-chemin je me suis arrêté pour faire à nouveau ce deuxième appel téléphonique. Mais encore une fois il y avait un signal occupé.

A présent, il était 17h45 et le trafic autour de la Capital Beltway était lourd comme d'habitude, comme étouffé dans un sens comme dans l'autre. La bruine avait accéléré une fois de plus dans un tempo régulier de la pluie régulière et entre les vitres de voitures embuées, les phares et le trafic bouché le voyage était misérable. Je ne l'espérais pour se rendre à son bureau avant de quitter, parce que sinon je ne sais pas où le trouver.

Je zippé bas Rock Creek Parkway, puis sauté sur Connecticut Avenue. Et quand je trouvé le numéro je me suis arrêté. Irving Marshall ne fonctionne pas loin de là où l'appartement de Stefan Jovanovich avait été. Seuls quelques bâtiments et pâtés de maisons. Je ne pouvais pas empêcher de remarquer la coïncidence.

Il y avait un flux régulier de locataires d'entrer dans le bâtiment à 06h15, et mon imperméable avait séché un peu dans le trajet en voiture, et je lissés mes cheveux pour me rendre présentable. Mais venir avec un groupe de locataires, le gardien n'a toujours pas me laisser passer. Je devais mon flash entrée de clé ou de gain par le locataire.

Je sonne la suite de Marshall à plusieurs reprises, mais après avoir attendu quelques minutes il n'y avait toujours pas de réponse. Je quittai le hall de l'appartement et se dirigea vers la rue où ma voiture était garée, pensant que je contrecarrés. Si il y avait ceux qui pourraient croire ce que je savais, il était Marshall. Et pourtant, je ne pouvais pas l'atteindre.

Je vis un téléphone payant dans la rue, et en esquivant le trafic, je me dirigeai vers elle. Il y avait encore un signal d'occupation à ce numéro.

Je devais parler à Marshall, ma vie était en danger. Il se dit que ce serait si je continuais à jouer autour en cela, et peut-être, je pensais, je pourrait prendre des dispositions pour la protection des témoins du gouvernement fédéral ou quelque chose. Je pris tout le bloc carré autour d'atteindre l'arrière de l'immeuble. La porte de service arrière conduit dans une allée et a offert l'accès au bâtiment.

Je essayé de brouiller une de mes cartes de crédit en plastique dans la serrure, shimmy ouvert, mais il ne serait pas bouger. Comme je suis de jouer avec la troisième carte que je essayé, je entendu des pas rapides à l'intérieur de venir vers moi. Je devais juste le temps de retirer la carte avant que quelqu'un a frappé la barre à l'intérieur de la lourde porte, jetant ouvrir. Il m'a manqué par pouces. Il était un homme de maintenance vêtus de verts de travail et il m'a à peine remarqué comme il se dirigea rapidement vers le bas de l'allée et monta dans son camion. Il doit avoir été passé façon quitter le temps pour lui et il avait hâte de rentrer à la maison.

Je me glissai à l'intérieur mais trouvé tout verrouillé. L'ascenseur de service était ouvert et au rez de chaussée, et je pris une chaise et calé dans la porte pendant que je regardais autour. La porte du couloir a été verrouillé. Je suis allé les deux prochains vols d'escaliers et a trouvé la porte menant de enfermés aussi.

"Merde!" Je maudis moi-même, ma voix résonne haut et en bas de l'escalier. Je suis retourné à l'elevatior, mais vu pas beaucoup d'espoir dans cette avenue soit comme tous les boutons ont été contrôlés par une clé que je ne l'ai fait. Je mets la chaise à sa place par la porte et attendu pour quelqu'un l'appeler.

Je dois avoir été dans l'ascenseur pendant quinze minutes lorsque le bouton de la douzième étage allumé. La porte se referma automatiquement et l'ascenseur a commencé son ascension. Au moment où nous sommes arrivés à la troisième étage, je l'avais perforé Nombre 7. Il éclairait, et bien sûr, avant qu'il ne procède à 12, il est arrêté à 7.

Je frappai à quatre reprises sur la porte de Suite 708, qui a été marqué avec le nom de Marshall sur elle, et me préparais à partir quand je entendu une voix de femme.

"Qui est-ce?," Dit-elle.

"Jay Andrews, Agence de sécurité nationale."

"Oh, je suppose que ça va."

Elle défit un couple de serrures à pêne dormant et la porte ouvrit.

"Oui, je vous attendais," dit-elle, puis se figea dans son élan après avoir obtenu l'intérieur.

"Vous n'êtes pas de la National Security Agency, êtes-vous? Le saviez-vous pas dit Agence de sécurité nationale? "

J'ai hoché la tête. "Oui, voilà où Irving est de, je crois. Où est-il? Et qui sont ...? "

Il était sur le sol, une flaque de sang autour de ses épaules.

"Vous l'avez tué. Pourquoi?"

"Je ne l'ai pas tué," dit-elle. "Il était mort quand je suis venu par. Nous sommes proches collaborateurs ... nous étions.

Je ne voulais pas d'appeler la police. Au lieu de cela, je appelé la NSA."

Il n'y avait aucune preuve d'une lutte ou de quoi que ce soit. Marshall a couché avec sa main serrant un récepteur de téléphone, qui était hors du crochet. "Comment avez-vous appeler la NSA si il a le récepteur?"

"Nous-il a une autre ligne privée." Elle me conduisit dans son cabinet et m'a montré un deuxième téléphone. Contrairement à celui de la salle de séjour, celui-ci avait toujours une tonalité.

Elle était quelque part entre une blonde et un cheveux gris, en fin de la quarantaine, et elle a donné l'impression d'être un professionnel cool.

"Alors, pourquoi avez-vous pas appelé la police?" Demandai-je. "Je savais que cet homme, il mérite mieux que cela."

"Qui êtes-vous?" Demanda t-elle. "Qu'est-ce que votre entreprise ici?"

"Je devais quelques informations pour lui dans une de ses enquêtes, seulement maintenant il ne peut pas l'obtenir."

"Vous pouvez me le donner."

"Comme l'enfer je le ferai. Je vais appeler les flics."

Je suis retourné à l'étude pour faire un appel téléphonique. Elle me suivit dans la salle, et après je décrochai je l'ai entendue ferme et voix féminine derrière moi.

"Maintenant, il suffit de maintenir juste là."

Je gelé pour un moment, juste assez longtemps pour sortir le .22 sous ma ceinture. Comme je me suis retourné, nous avons été confrontés les uns les autres avec des fusils soulevées.

"Fire loin," je l'ai dit. "Mais vous aurez à prendre une partie de votre propre médecine aussi."

"Très bien, que voulez-vous?"

"Je veux juste savoir ce que l'enfer qui se passe avec cette entreprise Alpha Centauri, pourquoi Irving Marshall a été tué juste, pourquoi Stefan Jovanovich, Al Rutherford et presque moi-même ..."

“La mort d’Irving était regrettable,” dit-elle sans une trace de pitié. “Mais cela fait partie de l’entreprise. Si vous êtes dans l’intelligence, se faire tuer est juste un risque professionnel à éviter si possible.”

“Cela est facile à dire pour toi.”

“Peu importe,” dit-elle la matière d’un ton neutre. “Cela arrive tout le temps.”

Je ne l’avais pas encore compris cette femme dehors. Pour tout ce que je savais qu’elle avait commis l’assassiner, ou peut-être qu’elle me disait la vérité. Je savais qu’elle allait devoir tout expliquer à la police, parce que je les appelais.

“Ne pas,” elle a dit que je l’étais au milieu de composer les numéros. “Il ya des raisons.”

“Quelles sont les raisons?”

“Il ya quelque chose de grand descendre que je ne suis pas libre de discuter.”

“Et je suppose Irving ici peuvent discuter?” Dis-je d’un ton sarcastique.

“S’il vous plaît. Il est la raison pour laquelle il a été tué. La police ne serait pas comprendre. Au mieux, ils seraient simplement bâcler en place. Au pire ils le feraient ... “

“Supposons que vous les laisser décider? Je ai eu assez de tout cela “.

“Comme vous voulez. Je serai de retour dans un moment pour répondre à toutes les questions qu’ils pourraient avoir. “

Je me tenais à la regarder avec étonnement qu’elle allait quitter puis de revenir plus tard. Elle sortit de l’appartement une mallette qui appartenait à Irving Marshall.

14

Je dois avoir attendu près de quinze mintues pour la police pour arriver, et je commençais à être nerveux à propos de ce que je leur dirais. La femme avait disparu, et je commençais à douter qu'ils croient qu'elle avait été ici et que je venais d'arriver. Je étais plus que un peu inquiet aussi qu'ils pourraient remettre en question mes moyens d'entrer dans le bâtiment et la nature de mon entreprise avec Marshall. Maintenant que j'y pense, je devenais vraiment dans ce jusqu'à mon cou.

Mais en regardant Marshall, dans une sorte de façon perverse il y avait un peu de réconfort à être tiré du fait qu'il semblait mort depuis un certain temps. La mare de sang autour de la partie supérieure de son corps avait séché, pour la plupart, sauf dans le centre, et comme je l'ai essayé de tirer l'une de ses jambes pliées droite je ne pouvais pas; rigor mortis avait fixé. Il était mort depuis quelques heures.

La police est venue quelques minutes plus tard, et je a été condamnée à rester dans l'étude de Marshall jusqu'à ce que les flics en uniforme pourrait obtenir les détectives en civil du siège central. La détention provisoire moi, il a donné l'occasion de regarder par-dessus la collection Marshall de livres et de cartes.

"Voulez-vous venir cette manière s'il vous plaît?" Une voix ferme interrompu mes pensées quelques minutes plus tard.

"Détective Miles Boggess, Metropolitan Police Department," l'homme trapu aux cheveux noirs lisses et la moustache touffue m'a dit, brièvement clignoter son badge.

"Nous avons déjà pris la déclaration de la dame, Elizabeth Ashburton Pinella de la National Security Agency. Elle dit qu'elle vous trouve ici avec son corps quand elle est arrivée."

Je me redresse.

"Je suppose que cela fait de moi un suspect, le fait maintenant pas, détective?"

“Pas nécessairement, mais nous devons examiner les possibilités.”

“Envisager cette possibilité. Si je suis venu ici, l’homme a été abattu par moi ou par quelqu’un d’autre qui m’a précédé. Si je lui ai tiré dessus, où est le pistolet? S’il vous plaît chercher l’appartement, ou de voir si vous pouvez trouver sur le trottoir ci-dessous l’extérieur de la fenêtre.”

“Que diriez-vous celui-ci?” At-il dit, atteignant en avant et en prenant mon .22 revolver.

“N’a pas été tiré. Pas de cartouches passé. A été récemment nettoyé de sorte que vous ne trouverez pas de traces de poudre sur elle. Je crains, détective Boggess, que vous avez de la difficulté épinglant celui-ci sur moi. “

“Alors, pourquoi êtes-vous ici? Ce que les entreprises que vous avez eu avec Irving Marshall? “

Je lui ai donné ma déclaration, aussi détaillé et précis que je savais comment. Seulement il y avait une chose que je laissé de côté, que je pourrais toujours leur donner plus tard, tout en revendiquant une perte de mémoire la première fois.

Il m’a fallu un certain temps pour traquer Elizabeth Ashburton Pinella, et quand je l’ai finalement, elle semblait heureux d’entendre de moi.

“Je vous attendais pour votre appel,” dit-elle. “Je vous aurais laissé une carte. Mais vous pouvez comprendre les circonstances, je suis sûr. “

“Je pense que nous devrions nous rencontrer pour le déjeuner. Que diriez-vous du café le 22 et M Streets? Une trentaine de demain. “

“Je serais là.”

Nous avions une journée assez occupé, et pour moi un plus que d’habitude productive un, quand Syl Williams m’a fait signe de la porte de son bureau. Je me dirigeai vers lui.

“Nous allons avoir une réunion dans le bureau de Brown dans quinze minutes. Vous, moi et Brown. “

“D’accord.”

Je ne savais pas ce qui était tout au sujet, mais essayé de conclure une courte histoire sur un vol de banque sur le côté ouest de Baltimore avant que je suis entré.

"Mark ici," Syl dit, en fermant la porte en toute sécurité après que nous avons tous été placés à l'intérieur, "a quelques choses qu'il veut vous dire."

Je regardais Mark Brown, qui devrait entendre parler immédiatement. Mais à la place ni l'un d'eux a dit quoi que ce soit. Leur silence était de mauvais augure.

"Vous savez, votre père était tout à fait un homme ici," Mark a commencé. "Il a fait beaucoup pour le présent document, en particulier pendant les années difficiles." Le rédacteur en chef de la ville a toujours eu un air impérial autour de lui, une combinaison de gars dur et enfant gâté que je ne aime vraiment.

"Non pas que l'entreprise de presse est pas difficile maintenant," Mark a continué. "Il est, mais il était encore plus difficile alors qu'il ne l'est aujourd'hui, et de travailler à partir de son point de vue, je peut voir quel genre d'homme il était. Il avait moins à travailler que nous faisons, et beaucoup plus de problèmes. "

Je mordis ma lèvre, si je voulais cher pour lui dire de plaire à arriver au point.

"En parlant en toute franchise, maintenant," a déclaré M. Brown, de changer de vitesse, "il était probablement l'un des meilleurs journalistes que nous ayons jamais eu, et il est injuste de juger quelqu'un d'autre par les normes qu'il établit pour lui-même. Ils seraient tout simplement trop strictes. "

"Oui, eh bien, je l'espère vous ne me jugez pas par eux, même si je ne peux pas vous blâmer pour me comparer à lui," je l'ai dit, regrettant instantanément que je venais de dire quoi que ce soit.

"Nous avons essayé d'être sensible à cela. Vous avez fait un travail honorable, mais ... "

"Qu'est-ce qu'il veut dire est que vous avez fait un bon travail," Syl Williams intervint.

"Voilà agréable à entendre," je l'ai dit.

"Mais," Mark a continué, "vous n'êtes pas dans cette de tout votre cœur la façon dont votre père était, ou je pourrais ajouter, la façon dont nous nous attendons à quiconque d'être en elle."

Je ne dis rien. Je commençais à obtenir la dérive.

"Syl ici a été un de vos meilleurs partisans," Mark a continué ,. "Mais la façon dont vont les choses ces derniers temps, il semble qu'il est dans votre coin plus que vous êtes."

"Que voulez-vous dire?" Je suis choqué.

"Nous étions juste informés ce matin par la police de Washington que vous avez été interrogé en tant que suspect dans l'assassiner de l'homme Agence nationale de sécurité là-bas. Maintenant, tout ce que dans l'enfer faites-vous? "Il se tourna, libérant un torrent d'émotion refoulée.

"Je peux expliquer..."

"Explications, explications" rugit-il. "Fous le camp d'ici. Tu es viré. Nous vous avons nourri le long assez longtemps. Vous êtes un journaliste, ou dois-je dire que vous étiez un journaliste."

"Essayez de calmer un peu, patron," dit d'un ton apaisant Sysvester. "Juste essayer de le juger sur ses mérites propres, pas sur les normes de son père."

"Je l'ai fait, et il a échoué, même par ses propres normes, si il en a. Je ne vais pas avoir ses activités parascolaires embarrasser ce journal plus longtemps."

Je devenais étouffé avec émotion. Je ai essayé et balbutia quelques mots, mais je ne pouvais pas en dire plus de peur que je voudrais briser en larmes.

"Prenez quelques semaines de repos," Syl dit rassurant comme il me l'a montré la porte. "Disons simplement considèrent comme une vacances forcées pendant quelques semaines. Je vous le ferai savoir au sujet de la rémunération. Reste en contact."

Je suis sorti dans un état second, rassemblé mes choses ensemble et quitté la salle de rédaction. Tout comme je suis dans l'ascenseur Je me retournai et regardé en arrière à travers les cloisons de verre. Syl parlait encore à Mark Brown, et la porte du bureau était toujours fermée.

Le reste de la journée a été remplie de tristesse incroyable. Je pleurais en me jusqu'à ce que je pourrais pleurer pas plus, et quand je suis fini, je me sentais vidé et sans âme. Je ne savais pas quoi faire ensuite. Je ne l'avais jamais réfléchi ou une contrepartie à ce que je ferais si je ne travaillais pas à Enquirer. Et je me sentais impuissante à parler avec qui que ce soit. Je savais que ma mère serait horrifié. Ce fut la seule chose qu'elle voulait plus que tout, pour moi de suivre les traces de mon père. Marcie était encore hors de la ville, et Berg je ne voulais pas parler. Et quels amis quelques-uns que je ne dois au travail, je ne pouvais pas parler non plus. Comme la journée avançait, je repris un peu. Je pris un lecteur à travers le nord du comté de Baltimore, et arrêté à Loch Raven Reservoir, et marchai, puis roulé un peu plus. Le plein air et les arbres étaient comme un tonique pour moi, et je commençais à penser un peu plus clairement. Et quand je suis rentré dans mon appartement alors que le crépuscule tombait, je buvais deux gin et toniques, tourné la radio doucement, et suis allé dormir. Toute la nuit, mes pensées baratté avec mes rêves et la musique et le commentaire de la radio. Ce fut une nuit étrange, et quand je me suis levé à 10 heures le lendemain matin, je me sentais physiquement reposé mais toujours émotionnellement vidé, mon sang-froid un patchwork fragile des pensées et des émotions qui pourraient à nouveau se désintégrer sous pression.

15

Puis je me suis souvenu que je devais voir Elizabeth Pinella. Je débattu pour savoir si la laisser tomber en raison de ce qui est arrivé, mais plus je pensais à ce sujet, le mieux l'idée semblait. Il n'y avait pas anythng je pouvais faire sur le travail à ce stade de toute façon, et il pourrait me sortir de mon humeur bleu pour participer à quelque chose d'autre, alors je suis prêt.

"Vous regardez wan et pâle, certanly pas le robuste jeune homme que je voyais la semaine dernière," dit-elle avec un sourire. Elle était arrivée quelques mintues plus tôt et avait déjà elle-même commandé une boisson. Je me suis assis.

"Oui, eh bien, les événements de ces derniers jours ont été riches en événements."

"Comment cela?" Elle était charmante, mais je n'a pas été sur le point d'être désarmé.

"Tout d'abord, nous avons la petite affaire de vous dire à la police que vous avez trébuché sur moi à l'appartement de Marshall, ou avez-vous oublié? Je ne comprends vraiment pas étant doigts comme un suspect, je pensais que vous aimeriez savoir. "

"Vous ne devriez pas vous inquiéter à ce sujet," dit-elle.

"Rassurez-vous, je ne le fais pas. Il ya suffisamment de preuves pour soutenir mon innocence. Mais vous avez compliqué les choses un peu, vous ne pensez pas? Maintenant, il est ma parole contre la vôtre. En outre, il ya le problème de comment je pourrais entrer sans une clé et sans effraction. Quelqu'un devait me laisser entrer. "

"Marshall ou moi-même," elle répliqué. "Et puisque Marshall était déjà mort, il devait être moi, qui bien sûr nous savons tous les deux."

"Alors, pourquoi persister dans une charade me impliquer? La police vous attraper si vous l'avez tué. As tu?"

Elle secoua la tête.

“Et pourquoi devrais-je ou la police vous croire?”

“Vous semblez ignorer que je pouvais avoir une raison pour raconter à la police ce que je faisais. Je savais que tu viennes à moi.”

“Donc je suis ici. Pourquoi?”

“Vous êtes impliqué. Vous savez probablement autant que tout étranger fait sur l’ordinateur et Alpha Centauri. Personne d’autre n’a été regarder de si près de l’extérieur, sauf vous. Et je veux que vous soyez tranquille à ce sujet.”

“Il n’y a pas moyen que je vais me compromettre.” Inside je sentais que je devais briser.

Il y avait un silence gêné pour les prochaines minutes, ponctué seulement par les allées et venues des serveurs et l’agitation des ustensiles et de la vaisselle.

“Écoutez,” dit-elle, se penchant en avant. “Il est pas ce que vous pensez. Je travaille en étroite collaboration avec Irving, nous étions très proches. Il savait ce que vous faisiez peut-être mieux que vous vous rendez compte.”

“Cela ne semble pas trop crédible. Nous avions rencontrée qu’une seule fois. “

“Je sais, mais nous sommes un cercle serré sur ce projet. Nous savons qui fait quoi. Voilà pourquoi il est particulièrement facile de repérer quelqu’un qui est pas censé intégrer.”

“Qu’attends-tu de moi?”

“Je veux que vous vous démêler.”

Je me suis assis à la regarder pendant quelques instants, essayant de la comprendre.

“Vous savez que je fait une déclaration à la police.”

“Oui je sais. Je l’ai lu. Il était très gentil de ta part de ne pas tout dire “, dit-elle avec un sourire narquois. “Oh, oui, et juste au cas où vous vous poseriez la question, nous avons nos contacts. Vous pouvez être assurés que nous ne voyons vraiment votre déclaration. “

“Et si je me souviens le reste, et le publier que la police a mené une enquête à moins que convenable.”

“Pas de problème là non plus. Je suis arrivé avec votre journal d’aujourd’hui, avant votre arrivée. Qu’est-ce au sujet d’un congé indéfini? “

Elle m’a n’y avait.

“Très bien, alors qu’est-ce que vous avez dans la mallette?” Demandai-je, debout.

“Asseyez-vous. Irving a récupéré une partie des plans de Alpha Centauri la veille, il a été assassiné. Il me les a données pour la copie. En attendant que quelqu’un est venu le chercher, quand ils ont découvert qu’il avait pris eux. Voilà pourquoi il a été tué. Mais je pense qu’ils l’auraient tué indépendamment du fait que les plans ont été récupérés, qu’il en savait trop. “

Elle a continué. “Vous pensez que je ne sais pas à propos de la tentative sur votre vie?”

“Je suppose que vous auriez dû entendre. Il a été plâtré partout dans les journaux. Bien que vous êtes probablement le seul que moi qui croit qu’il a été relié à cette affaire Alpha Centauri. Mais ce que je me demande, Mme Pinella, comment je sais ce que vous dites est vrai? Que faire si vous avez pris quelque chose de son étude? Que faire si vous aviez aussi une arme à feu dans la mallette, et il correspond avec les balles qui ont tué Marshall? Vous avez fait tirer un pistolet sur moi que vous vous souvenez. Pourquoi ne pas je vous ai simplement remettre à la police pour eux de déterminer qui est le tueur? “

“A quoi bon vous faire? Je vous ai dit, la police va vraiment bâcler cette jusqu’à si je l’ouvre pour eux. Ils sont déjà maintenant à bout de bras. Mes hauts placés ont vu à ce que.”

“De quoi parles-tu?”

“, Conseiller à la sécurité nationale David Resnick au Président. Irving et moi travaillions sur une mission spéciale. Croyez-moi, il peut mettre beaucoup de pression sur le cas échéant.”

Je ne sais pas si elle était sérieuse ou juste me bluffer. Pour tout ce que je savais qu'elle était un piège à bondir sur moi à un moment opportun.

"Et comment puis-je sais que vous ne faites pas partie de l'Alpha Centauri vous, avec Conrad Axel, Earl Wyman et.,."

"Earl Wyman?" Dit-elle. "Oui, vous êtes astucieux. Et donc il est. Mais pour répondre à votre queston, si vous promettez de ne pas dire, je vais vous montrer ce que nous avons qui est, les plans, si tant est qu'ils sont authentiques plans. Dans les circonstances, je ne vois pas comment ils pourraient en être autrement."

Je passai les prochaines deux heures à son bureau aller sur les plans et d'en discuter avec elle.

"Il semble plutôt fantastique pour moi," je l'ai dit quand je suis fini. "Mais d'une manière trop il est logique."

"Eh bien, bien sûr, nous ne savons pas avec certitude, et même si nous ne savons, nous aurions à recommander des mesures appropriées. Cependant, je fais d'avance sur moi-même maintenant. "

"Tout cela doit être vérifié."

"Comment?"

"Voilà où vous venez,."

"Certes, vous ne pensez pas ... Je ... pouviez?"

"Pourquoi pas?"

"Pourquoi? Je ne l'ai pas assez souffert? Regardez, votre projet damnés ici m'a coûté mon travail, il m'a presque coûté la vie. Il a coûté son Marshall."

"Donc qu'est ce que tu vas faire? Retour à votre journal où vous ne disposez pas d'un emploi? Retour à votre appartement où quelqu'un sait où vous trouver? "

Elle avait un point.

"D'accord. Donc que veux-tu?"

"Aller à Londres, sinon demain alors le lendemain. Faire des recherches. Voyez si vous pouvez trouver le navire."

"Et alors?"

"Nous allons attendre et voir ce que la prochaine étape est. Je vais prendre des dispositions pour votre salaire - 750 $ par semaine, plus les billets d'avion. Plus dotations de l'argent. Je suppose qu'il y aura certaines choses que vous aurez besoin d'acheter avant votre départ. Je ne vous conseille pas de revenir à votre appartement soit. Si quelqu'un ne vous attend pas, la police sera probablement de vous tenir sous surveillance."

"Bien assez. Je vais rester avec vous pour la nuit."

Elle toussa, puis récupéré. Je ne pense pas qu'elle avait prévu d'avoir un homme dans son appartement. Mais comment pourrais-je dire?

16

Quand je suis arrivé à Londres deux jours plus tard, je fus Spry et alerte. Je dormais sur le vol au-dessus, et avait bien dormi la nuit ou deux avant, de sorte que lorsque je suis arrivé, je suis prêt à aller comme le reste de l'Angleterre semblait être enroulement vers le bas pour la journée. Après avoir vérifié dans un hôtel non loin du centre commercial de la ville, je pris un taxi dans le quartier de Soho, et a commencé à marcher sur les trottoirs de Carnaby, Regent Streets et grecs.

Les rues bourdonnaient d'excitation, même sur un mercredi soir, et je navigué comme un navire sans barreur, uniquement sensible aux courants qui m'a guidé sous les pieds, et par les senteurs lointaines qui fit signe mes sens généralement cachés. Les chapiteaux ont été allumées, le bavardage et les rires des couples et des groupes sur les trottoirs résonné agréablement dans les catacombes intérieures de mon oreille, et je me sentais étrangement vivant et conscient, prêt à la dérive au large sur un voyage de sérénité esthétique, sans soins dans le monde.

Sans plans de préconçues, je savais instinctivement ce que je voulais à glisser dans une certaine cocon intra-utérin, enveloppé dans un proche-obscurité et dans une mer caché pulsation resssuringly. Pour être lavé sans effort, flottant sous forme libre, où pas un soin de préoccupation de la survie résidait, dans un canal de la demi-vie et de demi-mort où les choses périssent ou survivre sans douleur de leur propre gré.

Je l'ai aimé Elizabeth Pinella. Sa vive intelligence et son charme, son félin regarde, mais elle avait été dans persuits masculins trop longues et manquait cette douceur intérieure, dont le cœur de me cherchaient. Nous avions négocié son appartement pas trop maladroitement; Je ne pouvais pas me laisser aller competely avec elle, et je ne voulais pas. Mon bateau a cherché amarrage sans son maître d'avoir à tracer une voie, un port sûr pour une nuit était mieux que rien du tout.

En bref je vis des peep-shows et des films courts de la peau. Mais leur vulgarité m'a repoussé, je me sentais comme un parasite alimentation à partir du ventre sordide d'une croix grotesque de un hippopotame et une truie. Crud il semblait émanait en morceaux de fistlike les murs de ccs lieux et a menacé de me enterrer dans un tas de fumier croissante.

Les trottoirs étaient mieux, un peu plus claire de l'atmosphère fétide de plongeons, mais toujours avec leur touche de tristesse. Les marcheurs de la rue difficiles, approcher effrontément, parfois avec des voix séduisante Cocksure, mais avec la jeunesse rouge-induite et les joues frittées-up, pas réussi à attirer. Plus d'une fois je attrapé le regard révélateur d'un oeil baissés et attristé mascara et fard à paupières sous. Je voulais chaleur et de tendresse, pas de sexe et aurais volontiers donné. Mais les anciens combattants de la rue ont été trop durcies contre communiquer avec leurs propres sentiments, et les poussins jeunes qui ont retenu mon attention étaient trop naïf pour détecter les mensonges tinseled que commençaient déjà à éroder leurs esprits mêmes. Je voulais parler et de dire quelque chose qui pourrait les toucher, mais leurs poitrines et les fonds étaient aucun moyen de leur cœur que leurs oreilles et les yeux auraient été si elles avaient été entendre et de voir avec eux et ne conduisant pas avec les esprits baissés.

De quatre coins de la musique a dérivé, comme des sirènes faibles, chaque souche avec son propre message, de la sentimentalité artificiel, de cacaphonous punk rock, de dynamiser harmonies. Comme un pigeon voyageur ou comme un cheval perdu avec un instinct homing peine compris mais puissant, mes pieds me guider à son insu dans un club sobre et peu ornée embelli avec des teintes roses et violets. Je me glissai dans un stand joliment décoré de tissus près de la fin de la pub et rapidement commandé un gin tonic à partager avec moi-même. Les mélodies sentimentales et légèrement mélancoliques d'un décalage par les accords harmoniques nettes de sa main gauche le pianiste, a révélé le séjour individuelle et intérieure d'un homme qui connaissait ses humeurs complexes et variées. Il a guidé ses doigts le long de la mellifluously terrain semi-cartographié de son moi intérieur sensibles. Comme il a parcouru les sentiers battus de certains de ses favoris, il improvisé dans charmants petits trajets secondaires avant de revenir à ses thèmes principaux, puis a pris routes unsuspectingly surprenants dans sa transition vers une autre chanson. Ses yeux étaient fermés, il a été totalement absorbé dans son propre monde, consommée par son amour pour l'harmonie et sa propre inspiration. Et les clients étaient en haleine. Comme il a procédé les sons de rire et de convivialité ont été dissous dans son sort, et nous avons tous navigué avec lui sur son voyage personnel comme sprites évanescentes témoins de la conjugalité joyeux des sons de ses mains gauche et droite. Il est resté avec moi comme autant de minutes qui, pour leur intensité étiré dans une éternité, un sort qui pourrait toutefois ne pas durer éternellement. Pour que ça a duré, la belle bulle dans laquelle notre pianiste doué nous avait clos a été cassé quand à la fois, il semblait comme si elle avait obtenu un peu trop personnel pour être partagé avec nous beaucoup plus longtemps. Les applaudissements a été long, copieux, et sincère, et l'alcool coulait à nouveau librement avec convivialité renouvelée. Je l'ai vu se lever et de quitter la salle pour une pause, remarquant à merveille à haute voix à personne en particulier qu'en effet il y avait un homme avec un coeur et une âme.

"Oui, il ya vraiment quelque chose, est-il pas?" Une voix parlait à proximité dans mon oreille.

Je me retournai et la voyais, vêtu d'un costume de serveuse noire de ligne de cou à volants et manches et une jupe courte qui est venu près de la mi-cuisse sur ses nylons. Ses yeux étaient brillants et ses cheveux brun clair encadraient son visage triangulaire dans un regard d'innocence animée.Sa bouche a été légèrement courbé et ses coins retroussée imperceptiblement en une expression de perplexité interrogateur.

Je ai accepté et souri, non pas tant parce qu'elle avait lu mes pensées, mais qu'elle a partagé avec moi la sienne.

"Il est vraiment bon, mais ce soir il était superbe," dit-elle.

"Vous venez souvent ici?" Demandai-je, à la fois la réalisation de la stupidité de ma question. "Bien sûr, comment stupide de ma part de demander."

Elle a souri. "Je descends sous peu. Je vais me préparais à quitter très bientôt maintenant."

"Oh," je me suis dit, en espérant qu'elle resterait autour.

"Vous n'êtes pas d'ici, êtes-vous? Je pourrais dire, vous regarder à distance et d'entendre maintenant vous parlez."

"Je suis un Américain," je l'ai dit. "Et vous êtes Cockney? Pour moi, vous avez plus de l'accent anglais. "

Elle a ri. "Cockney effet. Vous ne pouvez pas dire. Je suis de Lancashire. Ne me insulter. "

Cette fille ne serait pas trop difficile à obtenir avec, si seulement je eu la chance.

Je ne bousculant consciemment Julienne Maxwell, et elle n'a pas été consciemment me bousculant. Après qu'elle avait changé dans ses vêtements de la rue et nous avons apprécié un verre ensemble, elle m'a donné une visite à pied du quartier de Soho et a souligné les points les plus saillants.

"Je sais juste l'endroit," dit-elle, en me guidant vers le bas puis hors Carnaby Street dans une ruelle pavée qui abritait un club appelé Le lagon intérieur. Il un groupe appelé Bloody Tears a été mise en place pour un spectacle et nous avons commandé un tour de boissons, d'où nous nous sommes assis sur les bancs en bois dégrossis de la cabine où nous étions.

Elle assis côte-à-côte avec moi, et je regarda dans les yeux bleus chauds et se sentait pas besoin de dire quoi que ce soit. Je pris sa mince, main ferme.

"Il est pas ce que vous pourriez penser," dit-elle. "Bloody Tears sonne comme ils pourraient venir sur trop fort et briser toute tranquillité d'esprit que vous pourriez avoir. Mais je les ai entendu avant. Ils sont tous de droite. "

Peu de temps ils ont commencé et les murs ont résonné avec des sons de cœurs brisés et de nostalgie, de sentiments mystérieux et les rendez-vous galants des amants. J'ai adoré. Et puis un batteur est allé dans un solo, semblait-il, pour les cinq, dix, quinze mintues, presque un spectacle de l'activité frénétique, de mouvement encapsulé, d'une énergie débordante. Combien de temps peut-il prendre, nous nous sommes demandé, moi et mon partenaire retrouvée. Nous avons bu et dansé et ri, et après je lui ai enlevé le plancher de danse je l'ai embrassée velours bouche et goûté la douceur subtile.

"Vous savez," je lui ai dit. "Je ne sais pas beaucoup sur vous, mais je pense que d'une certaine manière déjà je vous connais." Je caressais les countours soyeux de ses jambes en forme finement, vêtu seulement d'un short, ma main en dessous de la table.

Ai oublié cette nuit, je fus à Londres. Je aurais pu être n'importe où, certainement loin de la sordide affaire sordide et je suis engagé. Je regardai, puis caressé ses bras fermement tendres sous les manches raccourcies, facilement meurtri et tendre à mon contact. Elle frissonna légèrement sous les caresses du bout de mes doigts.

Bientôt, il me vint que je ne savais rien de cette fille mince qui il semblait pour le moment toute façon appartenait à moi et moi seul.

"Parlons," je l'ai dit, son avènement sur. Elle a été demi-boucle de toute façon et se cramponnait à moi et n'a offert aucune résistance.

"Oui, nous allons parler," a convenu elle, me embrasser sensuellement sur la bouche et en regardant rêveusement dans mes yeux.

Nous héla un taxi et dirigeai notre chemin à travers nocturne de Londres, avec ses sons en sourdine et les lumières plus modérée. Il était près de deux heures trente. Elle enfouit sa tête dans la crevasse entre mon bras et l'épaule et je lui caressa la tête et le dos de son cou mince, tandis que le hack d'un globe oculaire de Peeping occasionnelle dans le miroir gardé ses distances par son silence respectueux.

La fraîcheur féculent des draps propres sur mon lit nous a accueilli à la fois. Comme je l'ai déshabillée avec facilité, sa peau était comme de l'argile dans mes mains. Quelle chance que je l'étais, et une telle rencontre fortuite. Elle était avec moi dans le sommeil, une douce brise de la fenêtre qui souffle sur nous, la tête sur ma poitrine, parfois, et bras et les jambes de temps en temps enlaçant, nos corps à la fois donner et de recevoir la chaleur.

"Je t'aime," murmurai-je à son oreille, sentir la fraîcheur distincte de sa peau et le cuir chevelu. Parfois, elle agite les mots et caresse ma joue, parfois gémissant imperceptiblement mes mots tendres. À d'autres moments elle a tout simplement très bien dormi, sa poitrine nue poussant rhythmiclly que son souffle a survolé ma joue. Au crépuscule de ma conscience, la pensée passé que si il y avait quelqu'un qui je l'avais jamais aimé, il était Julienne.

17

Engles International Ltd. était un petit marchandises d'exportation société de courtage whch espace occupé sur le huitième étage d'un ancien immeuble de bureaux victorienne sur Houndsditch rue non loin de Lloyd et le Baltic Exchange. Le bâtiment avait connu des jours meilleurs, mais pour les plus petites entreprises marginales, il semblait faire assez adéquatement. Je pris l'ascenseur vétuste à la huitième étage et a été dirigé vers la porte de Engles par l'opérateur d'ascenseur tout aussi archaïque.

"Oui, quel est-il?" L'homme avec un peu voûté et des lunettes et cheveux grisonnants soigneusement peignés m'a demandé, en plissant le nez.

"On m'a donné votre nom. Vous êtes un associé de Stefan Jovanovich, je crois? "

Il renifla la moitié, la moitié grogna, les coins de sa bouche en tournant légèrement. "Que savez-vous de lui?" Il m'a invité à entrer.

Je pris une vieille chaise en bois qui craquait comme je me suis assis sur elle. À proximité était une machine à écrire manuelle avec une voiture si grand qu'il aurait pu composer avec le manifeste d'un navire, et non loin d'un manuel archaïque ajoutant machine. Dans le fond unobntrusively travaillé un greffier West Indian.

Je me suis identifié comme un enquêteur avec Marshall et la firme de Pinella, la sécurité internationale Enterprises.

"Peut-être que vous pouvez me dire quelque chose, M. Andrews," David Engles m'a dit confidentiellement. "Pourquoi est-ce qu'il a attiré tant d'attention? Je peux comprendre l'intérêt pour envelopper ses affaires, mais il rarement, voire jamais utilisé cet espace de bureau pour rien, sauf comme une adresse officielle. Tous ses appels téléphoniques ont été interceptées par un opérateur de téléphone, et je tout simplement envoyé son courrier à une boîte aux lettres préétabli. La seule chose qu'il a maintenu ici était le nom de son entreprise sur la porte, et comme vous pouvez voir qui a déjà été pris off."

Je regardais à travers la vitre de la porte marbré et je pouvais voir une ligne inférieure a été récemment peint.

"Comment avez-vous rencontré?" Demandai-je.

"A il ya plusieurs années équitables mis sur pied par une délégation commerciale tchécoslovaque. Nous avons eu quelques discussions à l'époque et je cherchais de nouveaux clients, je suis toujours. Il a décrit certains des ordinateurs qu'il travaille sur l'obtention vendu aux pays de l'Est, et comme il a mentionné que certaines entreprises pourraient être passe de la Grande-Bretagne, je naturellement écouté attentivement. Nous courtiers sommes toujours à l'affût d'un nouveau compte pour remplacer ceux qui sont piratés loin de nous ", dit-il avec un petit rire.

"Ce fut une agréable surprise de cours pour le faire me contacter quelques semaines plus tard et de demander ces services, et je pensais naturellement qu'il suivrait avec une certaine activité de fret substantielle. Il m'a payé pour les renvois et signe sur la porte, etc. Mais il n'y a jamais eu une quelconque activité de fret. Je suppose que cela était juste une autre entreprise qui n'a pas marché, sauf qu'il y avait une pause dans il ya plusieurs mois, et que quelqu'un ne me menacer."

Je essayé de ne pas l'air surpris, mais il est évident qu'il a détecté le regard interrogateur connoté par mon arche sourcil.

"Ce ne fut pas ce que vous pourriez penser, un voyou ou un billyboy planant au-dessus de moi avec un black jack," dit-il comme pour me rassurer. "Il est simplement que le jour où je découvris le verrou cassé sur la porte et mes classeurs fouillai je reçois un appel téléphonique de quelqu'un qui prétend être responsable, et a demandé pourquoi rien appartenant à Jovanovich était là. Il threatneed simplement de me faire si je tenais anyting arrière de lui. "

"Qu'est-ce que tu as fait?"

"Je contacté la police métropolitaine, naturellement. Scotland Yard a envoyé plus d'un couple d'enquêteurs. La principale était le sergent-détective Percy Smithers. Il n'a pas fait beaucoup. Entré quelques lignes dans son carnet. Ils dépoussiérés pour les impressions, mais ne pouvaient pas trouver quoi que ce soit, mais les habitués ". Je l'ai fait une vérification approfondie et rien que je pouvais déterminer manquait. Désolé d'entendre ce qui est arrivé à cette étrange chap Jovanovich, vraiment je suis. Mais je ne peux pas dire que je suis désolé de se débarrasser de lui. Je ne veux pas des affaires comme ça et je ne peux vraiment pas supporter d'être détourné dans l'exécution d'un service de l'adresse fantôme."

Le sergent-détective Percy Smithers de Scotland Yard était une sorte précise de l'homme, très bien dans le moule traditionnel qui a gardé ses cheveux graissé sépara méticuleusement sur les côtés gauche et droit de la tête. Ses lèvres minces appariés parfaitement sa moustache de crayon-mince, et ses yeux gris humoress étaient flanqués par de minuscules rides aux coins. Il était probablement plus âgé que lui avait l'air mais remarquablement ajustement. Il me conduisit dans une salle de conférence minuscule avec rien, mais une table et deux chaises, et nous nous sommes assis.

"Stefan Jovanovich est mort," je l'ai dit. "Je ne sais pas si vous savez, mais vous n'êtes pas poursuis activement cette pause dans au Engles international, je présume?"

"Nous ne fermons jamais officiellement un cas," était sa réponse tronquée. "Mais bien sûr, certains cas ne mènent nulle part non plus, donc ils sont fermés officieusement à moins qu'il y est une nouvelle preuve. Mais dans ce cas, avec la victime de cambriolage destiné déjà mort comme vous le dites, il est, je ne peux pas voir où elle pourrait conduire, ou qui pourraient se plaindre si elle a été laissée ouverte."

"Et que dire de la menace à M. Engle?"

“Nous avons évalué que, mais toujours aucune piste comme il tombe dans la même catégorie. Je ne pense pas qu’il soit dans une grande partie d’une position d’être alarmé.”

“Certes, vous devez avoir vérifié les antécédents de Jovanovich.”

“Une sorte intéressante de chap, pour être sûr. Nous avons vérifié son enregistrement à l’étranger et il semble qu’il était un citoyen soviétique. Voilà pourquoi je suis surpris d’entendre le biais d’Interpol qu’il était vraiment un agent du FBI américain nommé Adam Johnson. Je ne sais pas trop quoi en faire, vous? “

Je lui ai dit ce qui était la raison de ma visite, que notre société avait un intérêt à découvrir.

“Vous ne l’avez pas parlé avec James Nottingham, avez-vous?” Il a demandé.

“Non, il est qui?”

“Jovanovich de ... euh, l’avocat d’Adam Johnson. Celui attribué par États-Unis le cabinet d’avocats de sa famille pour régler les questions en suspens de cette fin. Ils voulaient juste savoir si il y avait des affaires de son être réglées ici afin qu’ils puissent procéder à des questions de sa succession, etc. Adam Johnson était veuf, donc il n’y avait pas de femme à prendre le relais. Fiduciaire légale des enfants voulait être sûr aucune obligation d’ici empiéterait sur ses activités une fois qu’il a commencé. “

“Il semble étrange,” remarquai-je, “Adam Johnson serait responsable des obligations contractées en vertu d’un alias de Stefan Jovanovich. Je veux dire, toute personne tentant de fixer la responsabilité à la succession de Johnson cause de quelque chose qui n’a Jovanovich aurait à prouver hors de tout doute qu’il elles étaient une seule et même personne.”

“Voilà tout à fait raison,” a répondu Smithers. “Exactement. Il ne ferait pas de différence si il n’y avait rien en jeu. Juste un autre alias. Mais la firme de Jovanovich venu dans certaines obligations lourdes, puis l’entreprise a fermé et il a disparu.

Je pense que, compte tenu des difficultés que la famille a jugé prudent d'embaucher un avocat pour éviter tout ce qui pourrait être une source de consternation avenir. Voilà pourquoi je vous suggère de parler à M. James Nottingham, Esquire. Il peut vous remplir, si en effet quelqu'un peut."

"Ne vous regardez dans quel genre de lourdes obligations?" Continuai-je, maintenant convaincu que mon sujet a finalement été assouplissement.

"Je l'ai fait," répondit-il, en tirant dans un souffle forte à court comme pour se vérifier. "Mais alors, je devenais plutôt loin. Vous vous souvenez de cette est seulement une petite pause qui a abouti à rien prendre. Vraiment, je dois dire que cela est à peu près aussi loin que je l'ai pris.Naturellement, nous ne pouvions pas ne pas être surpris de sa mort, mais nous ne sommes pas vraiment prêts à entrer dans cette autre."

Je sentais une certaine froideur dans sa voix, comme si il a réalisé qu'il peut-être déjà trop parlé, ou que je l'avais definfitely atteint mes limites à traiter avec lui.

Je remerciai le sergent-détective Smithers et quitté New Scotland Yard où il a été le siège.

Le lecteur hors d'Islington par entaille était tranquillement cet après-midi, et plutôt que de se fâcher avec les embouteillages que je serait habituellement quand je suis pincé pour les fonds et vit le compteur à retardement comme un sablier manquer mon argent, je tout simplement assis en arrière et apprécié le voyage, les sites, les sons. Autoroute A1 m'a rappelé un peu d'étirements de Philadelphie et de Baltimore, et je ne me lassais d'observer le lieu et les noms de rue souvent pittoresques et en les comparant avec leurs homologues qui se sont produites fréquemment stateside. Il était un passe-temps détourner, et aussi quelques touches de bienvenue de familiarité chaque fois que je voyais un nom de quelque chose qui avait reporté.

Je sentais aussi soime relaxation mentale. Les morceaux ont commencé à adapter ensemble, je sentais instinctivement. Je l'avais toujours pas compris qui avait tué Stefan Jovanovich, mais je me suis senti beaucoup plus proche des réponses. Mes soupçons rétréci à trois groupes:

Les Russes avaient fait à travers un counterspy, quand ils ont appris qu'il était vraiment un agent du FBI qui en savait trop sur eux. Après tout, l'agent du KGB Mikhaïl Sarnov avait été le seul à le découvrir. Mais cela n'a pas expliquer les autres meurtres ou près de assassiner dans mon cas.

Ou il aurait pu être le Centauri Alpha Group, par l'intermédiaire de Conrad Axel et l'opérateur de lancement. Quoi qu'ils étaient jusqu'à était pas bon, je raisonnais, et personne ne seraient épargnées qui a obtenu sur leur chemin. Cela expliquerait pourquoi Jovanovich, Al Williams, Irving Marshall et failli me ont été tués parce-ce que nous savions menacés de découvrir leurs activités quelles qu'elles fussent. Mais il y avait un problème avec celle-là aussi.

Pourquoi la police n'a reculer sur l'enquête lorsque les Feds mis sur une certaine pression? Bien sûr. Le FBI était en mesure d'exercer un effet de levier. Mais si Jovanovich était en fait un de leurs propres agents qui a été assassiné, était-il pas étrange qu'ils ne poussent pas à son enquête? À moins que le FBI voulait sortir de la voie parce qu'il avait trahi? Puis le FBI pourrait avoir été responsable de son assassiner?

Puis il ya eu la NSA. Ils étaient assez simple. Trouver les faits, de les signaler par le biais du cabinet de conseil de Marshall et Pinella au conseiller à la sécurité nationale, qui à son tour les signaler au président. Mais que faire si le conseiller de la sécurité nationale ne jouait pas ce droit?Pourrais-je faire confiance à personne?

Et pourquoi être si Scotland Yard sur le travail? Je l'avais prévu meilleure d'entre eux, mais peut-être ce sergent Smithers a dit était tout à fait raison. Pourtant, son hésitation m'a déconcerté. Si il a été vraiment désintéressé comme il le dit, alors pourquoi avait-il retenu? Était-ce sur le compte de quelqu'un d'autre?

Je ai eu un vague sentiment d'anticipation que je quittais la cabine et me dirigeai vers la maison de James Nottingham, Esq. Je pouvais voir qu'il était l'un des plus belles maisons à Islington, dans un style espagnol avec des murs en stuc blanc et toit de tuiles. Ivy couvert tout le côté faisant face à la cour que je faisais face et sonné.

Un majordome répondu et m'a escorté dans l'antichambre attenant bureau de Nottingham. Je peine eu le temps de parcourir la salle d'attente avant il est apparu, vêtu d'un pantalon de tweed gris et gilet et avec une chaîne en or sur son milieu. Sa manière légèrement hautaine démentait une inflexion contraire prudemment amical.

"Que puis-je faire pour vous, jeune homme? Je comprends que vous avez été farfouillé dans cette entreprise Stefan Jovanovich."

Je ne l'avais pas appelé lui avant mon arrivée, de prendre la chance qu'il ne pouvait être vu sans accord préalable, et je me demandais qui l'avait informé.

Comme je cherchais un moyen de commencer, at-il dit, "Pas la peine. Le sergent-détective Smithers m'a téléphoné pour dire que vous pourriez obtenir en contact. Je vous attendais, de dire la vérité."

Il lui-même contribué à une cigarette d'une affaire d'argent avec un manteau blanc et violet de bras, et quand il a trouvé que je déclinai l'un, il m'a offert un siège en face de son bureau.

"Normalement je ne prends pas les cas de succession," at-il dit, se détendre après qu'il avait traîné à plusieurs reprises sur son fumée. "Mais un de mes amis des États-Unis dans la région de Washington DC a prévalu sur moi. Il pratique le droit là-bas et était intéressé à me faire conclure. Je ne voulais pas le prendre, mais comme une faveur personnelle je me suis impliqué, et maintenant je vois qu'il est beaucoup plus intéressant que prévu à l'origine. "

"Comment?"

"Je l'ai fait quelques recherches dans les activités de cette Stefan Jovanovich, et a constaté qu'il était hautement considéré dans les milieux commerciaux comme un expert compétent et convaincant dans le domaine des ordinateurs. La seule chose est, tout le monde supposait qu'il était un citoyen soviétique émigré légalement agit à titre quelque peu semi-officielle. Ce fut juste une façade que nous pouvons maintenant voir qu'il était un Américain travaillant pour le gouvernement américain. Je suppose que vous savez déjà que."

Je hochai la tête, en attendant pour lui de continuer, mais il y avait une pause.

"Vous pouvez être en mesure de me aider," at-il suggéré.

"Comment c'est?"

"Je l'ai tout simplement pas eu beaucoup d'aide. Il ya quelques problèmes en suspens ayant trait à son entreprise, Computel Trading Ltd. Les actifs de la société, d'une valeur de plusieurs centaines de milliers livres, ont disparu avec tous les livres de la société."

"Quelle est l'étendue pourriez vous attendez une société d'un homme d'être? Et ce que preuve avez-vous que son entreprise avait autant d'argent? "

"On n'a jamais été en mesure de mettre la main sur les livres, sauf qu'en agissant avec la procuration je remarquai tout en examinant ses déclarations et des contrôles que la plupart de son argent a été versé à une société connue seulement comme Dewey Theobold & Ors bancaires. , une firme de courtage navire. Ils ont été d'aucune aide pour moi que ce soit, et je n'ai aucune idée de ce qu'ils sont impliqués. Voulez-vous? "

"Seule une vague idée. Mais ça ne me surprend pas. Étiez-vous en mesure de déterminer si la rupture dans au Engles International vous dit quelque chose? "Je ne voulais pas faire basculer ma main sur l'entreprise de navire, et je espéré qu'il serait détourné vers la rupture.

"Pas tant. Sauf que je pourrais dire qu'il doit y avoir quelques personnes à Londres qui sont très attentif à ce qu'il faisait.

Jovanovich était très attentif à garder ce dossiers qu'il avait. La seule exception de ce que je suis en mesure de déterminer est les relevés bancaires, et si il avait mis la main sur ceux qui, avant son départ, ceux qui ne seraient pas disponibles non plus. "

"Pourquoi quelqu'un voudrait-il obtenir le contrôle de ses activités à Londres?" Je lui ai demandé.

"Une bonne question," at-il dit, en me regardant. "Un malheureusement que je ne suis pas en mesure de répondre. Il était mystérieux. "

"Quel était ce sur les difficultés rencontrées par les entreprises de petite entreprise de Jovanovich?"

"Je ne suis pas en mesure de comprendre la signification de cela, sauf qu'il y avait évidemment certaines éventualités qui Computel avait accepté à l'achat du navire par Dewey, Theobold & Ors. Une fois Computel a effectivement pris possession du navire, ils avaient des options sur une partie du matériel, qui devait être soit acheté et payé ou démonté et retourné. Le seul problème est qu'une fois que l'équipage embauché à l'homme le Néerlandais Venturer a pris le contrôle du navire, il a disparu avec Stefan Jovanovich. Le courtier maritime a présenté une demande de 45.000 livres sterling contre l'entreprise Computel, mais avec ses actifs près inexistante et avec ses principaux mort, il aura certainement des difficultés à recouvrer. Le courtier maritime Je comprends entame un privilège sur le navire, ce qui signifie qu'il sera détenu par les autorités du premier port, il met en où il est correctement identifié."

"Cela est étrange," je l'ai commenté.

"Je l'ai essayé d'expliquer aux courtiers le même problème que je dois, que je connais vraiment rien de plus à ce sujet que ce qu'ils font. Mais ils ont refusé de me croire, préférant penser que je connais l'histoire vraie et me accusant simplement de recueillir des renseignements sur leur prochain mouvement."

"Mais leur mouvement est assez clair, non? Ils veulent tout simplement le remboursement pour les options, non? "

"Oui," a admis M. Nottingham. "Mais à la fois la disparition de Jovanovich de navire et les ont causés à inférer la mauvaise foi dans la transaction. Ce genre de chose est tout simplement du jamais vu dans les cercles de navires, sauf peut-être chez certains des Grecs."

Je secouais la tête. "Je vais revenir à vous plus tard, M. Nottingham, si je cours à travers tout ce que je pense peut-être d'une certaine utilité."

"Je souhaite que vous," dit-il en me serrant la main.

18

Plus tôt ce matin même je fus réveillé par le bruit de la sonnerie du téléphone, après la nuit avec Julienne. Il était un appel au réveil de la réceptionniste de l'hôtel.

Je raccroché le téléphone et se retourna pour faire face à mon partenaire de couchage. Je caressais son bras, comme pour savourer les heures qui ont précédé. Elle dormait sur, il semblait mais alors soudainement ouvert un œil.

"Mon Dieu!," Dit-elle, boulonnage en place. "Je devrais être au travail maintenant. Elle se couvrit modestement sur le chemin de la salle de bains et la hâte fait des préparatifs pour se préparer. Je étais toujours dans mon pyjama, essayant premier à asseoir et puis levez-vous, alors qu'elle était presque prêt à sortir par la porte. Elle semblait un peu honte ou embarrassé d'elle-même, mais comme elle a quitté elle m'a embrassé sur la joue et lui dit, "Goodbye, amant. Merci pour une belle nuit, et avoir une bonne vie."

Slam Bang, elle avait disparu, semblait-il, presque aussi brusquement qu'elle était venue dans ma vie, et pour le lendemain ou si la mémoire de sa légère odeur attardé dans mes sens. Je eu de la difficulté qu'il semblait au premier abord se concentrer sur le travail à la main. Elle semblait comme un rêve édicté dans la vie, mais était-elle réelle? Je voulais la revoir, de sentir ses bras sensuels et être à ses côtés, mais je ne pouvais pas la trouver. Je voulais une preuve que je l'avais été avec elle autre que mon esprit espiègle et sens, et quand je suis retourné à ma chambre d'hôtel en fin d'après-midi, je l'ai trouvé. La femme de ménage avait trouvé un bracelet en argent sur le sol sous le lit et le mettre sur la commode avec une courte note pour me convaincre qu'elle n'a pas volé, dans l'espoir évidemment d'une certaine considération future.

Je sauté le dîner ce soir-là, et a pris un taxi pour rentrer à Soho pour localiser mon nouveau trouvé, nouveau perdu, mon ami.

"Personne ne travaille ici par le nom Julienne Maxwell," a déclaré le directeur, faisant tournoyer sa moustache. "Tu es sûr que ce soit la bonne place?"

"Je sais qu'il est au bon endroit. Je suis venu ici la nuit dernière. "

"Oui je me souviens de vous. Vous étiez seul la plupart du temps, je me souviens ... "

"Sauf pour le dernier. Et votre pianiste était ... Mais pas Julienne? "

"J'ai bien peur que non. Elle ne fut pas une pute? Je connais la plupart d'entre eux, et je ne les laisse pas. Quelques-uns par glissement, mais pour la plupart, ils ne le fais pas. Je ne cours pas ce genre d'endroit ici."

"Ça va," je l'ai dit tristement. Je doigter le bracelet dans la poche de ma veste et avais regardé par-dessus l'aide embauché bien vérifier qu'elle n'y était pas. Elle était pas une prostituée soit, même si je l'ai à peine soignés. Je lui avais donné rien et qu'elle avait demandé pour rien. Mais pour autant que je tenais, je lui aurais donné au monde si je pouvais avoir.

Une belle jeune femme et un stand d'une nuit, je ne pouvais pas oublier, même si je le voulais. Je me sentais seule pour elle déjà. Je lui connaissais à peine, et pourtant il n'y avait rien que je pouvais faire pour l'atteindre.

19

Je me suis réveillé le lendemain matin, et prêt à sortir pour un autre jour de l'enquête, lorsque l'employé de la réception de l'hôtel m'a téléphoné.

"Nous avons un message pour vous, monsieur. Une lettre de nuit télégramme du nous, vous pouvez le ramasser quand vous venez vers le bas, ou vous souhaitez l'envoyer à vous? "

"Je vais l'avoir."

Comme je l'ai déjeuné seul dans la salle à manger, je déchiré ouvrir l'enveloppe et lu le contenu.

Il était d'Elizabeth Pinella.

"La police de Washington DC ici sont à la recherche pour vous et curieux de vos allées et venues. Je ne pouvais pas leur dire quand vous seriez de retour. Ont obtenu la lettre de Dewey, Theobold & Ors. / London enquérir de localisation de Jovanovich. Ce se déplace rapidement. S'il vous plaît communiquer avec Colin White à leur adresse Fenchurch Street. Dites-leur que très peu voire pas du tout possible. EA Pinella. "

Je vais faire ce une façon sans son invite. Si il ya quelque chose que je ne l'aime pas, il est quelqu'un me demande de faire quelque chose que je l'avais déjà mis mon esprit à faire.

Ce fut une longue marche vers le bâtiment moderne de bureau Fenchurch Street, où le courtage navire cabinet de Dewey, Theobold & Ors. a été localisé, et après je suis arrivé, attendu dans le bureau de la réceptionniste pendant près de quarante minutes. Enfin, je fus introduit dans le bureau de Colin White, directeur général. Il était une assiette, l'homme alerte, il semblait dans ses fin de la trentaine avec fil monture de lunettes et un front dégarni considérablement, qui ont donné l'impression qu'il était très au-dessus des choses dans son entreprise.

"Je suis ici pour vous poser des questions sur les Hollandais Venturer," je lui ai dit.

“Qui représentez-vous?” Il a demandé avec une trace de suspicion.

“La firme américaine de la sécurité internationale Enterprises, enquête sur la disparition de Stefan Jovanovich.”

“Ah, oui, cela est quelque chose que je voudrais savoir,” at-il dit. “Le navire et Jovanovich disparu sans laisser de trace.”

“Jovanovich a été assassinée, et son corps a été retrouvé dans le port de Baltimore. Mais ce que James Nottingham vous raconte Jovanovich est vrai. Nous croyons Jovanovich était un alias pour l’agent du FBI Adam Johnson.”

“Je craignais que vous voulez me dire que,” a déclaré Aidan White. “Je viens de découvrir qu’il est difficile de croire que je suis escroqué par une telle tournure des événements. Nous avions même songé à poursuivre la compagnie de Jovanovich, jusqu’à ce que nous avons fait un rapport de crédit mis à jour et trouvé ses actifs étaient proche de zéro.”

“Vous ne pouviez pas appeler son prêt? Sûrement la banque qui a prêté l’argent pour lui pourrait être poursuivi? “

“Peu probable,” dit-il, “même si il avait obtenu un prêt. Les banques sont généralement exemptés des dispositions de contrats des acheteurs, à moins qu’ils ne deviennent actionnaires eux-mêmes. Je crains que la responsabilité est la nôtre, que nous garantissons l’acheteur au vendeur. En outre, l’affaire semblait si attrayant. Il n’y avait pas de marchandage sur les termes. Il a été payé sur-le-champ avec un chèque de banque, et il n’y avait pas de prêt que je pouvais déterminer. “

Ce qui explique les grands comptes de la banque retraits, je me suis relevé.

“Avez-vous une idée de comment Jovanovich aurait pu entrer en autant d’argent-un point de trois à quatre millions de livres à acheter le navire? Son cabinet était, après tout, un tel un minuscule. “

“Il a dit simplement qu’il était l’agent d’achat pour un consortium arabe, que le navire de pêche était pas pour son propre usage, mais pour celle d’un groupe d’investisseurs du

Moyen-Orient qui a été l'assemblage d'une flotte de pêche pour une utilisation à une date ultérieure."

"Avez-vous avez une raison de douter de son but pour l'achat du navire?"

"Non. Pourquoi devrais-je avoir? ", A répondu M. White. "Mon entreprise est de vendre et de la charte. Je ne me soucie pas vraiment ce qui va se passer avec le navire, juste que le tranaction se détache nettement. Bien sûr, jusqu'à ce qu'elle fait, je ne reçois pas la commission. "

"Je vois. Et vous ne devez pas la moindre idée où le navire est maintenant? "

"Nous disposons d'un service de renseignement privé que nous conservons à ces fins, mais il n'a pas réussi à localiser le navire dans les eaux territoriales. Avant sa vente, il avait été amarré à Liverpool."

Je passais une partie de l'après-midi au registre maritime de Lloyd. La vente à Computel avait effectivement été enregistrée, et un nouveau souscripteur d'assurance avait été cotée, qui avait assuré le navire pour trois fois son prix d'achat. Cela seul m'a intéressé, et a confirmé mes intuitions.

"Vous le navire assuré pour trois fois sa valeur d'achat," demandai-je Matthew Oberly de Baker, Holloway et Oberly, comme nous l'avons regardé à travers l'un l'autre dans la boîte à la chambre à Lloyd. "Pourquoi?"

"Y at-il des dommages à la cuve été?" Il a demandé avec un cri d'alarme.

"Pas que je sache," je l'ai dit. "Mais il semble étrange cela aurait été fait. Après tout, il est un morceau lourd de l'assurance."

"Je ne devrais probablement pas signé le bordereau," at-il avoué. "M. Blanc a été de se demander ce qui est arrivé à la cuve, et je ne peux pas lui dire. Nous avons aucun rapport, aucune réclamation, mais je devrais avoir été méfiant lorsque le courtier de Computel demandé que liant exceptionnelle."

"Pourquoi étiez-vous pas?"

"Le courtier est un bon ami à moi. Il m'a donné des assurances spéciales. Il a dit qu'il ne pouvait pas me dire pourquoi, que lui-même ne savait pas, que l'assurance a été nécessaire, mais que ce ne serait probablement pas utilisé. Pour un navire de pêche, il ressemblait à la sauce pur, mais il y avait un crochet pour quand même. "

"Ca c'était quoi?"

"L'exemption de risque de guerre. Il a été éliminée. Je ne permets pas normalement, mais cette fois je l'ai fait. Je crains que mon courtier ami était dans une position forte et aurait pu élevage le elose entreprise à quelqu'un. Je ne voulais pas laisser passer la prime."

"Compréhensible," remarquai-je.

Quand je suis rentré à l'hôtel, je trouvai un autre message à la réception.

"Bonjour, ma chérie," je l'ai dit au téléphone. "D'où appelez-vous?"

"Le cabinet d'avocats près de Old Bailey," dit-elle. "J'ai besoin de te parler. Comment avez-vous été?"

"Je vais bien. Je suis content que vous avez appelé. Il ya quelque chose que je voulais vous parler. "

Je me suis arrangé pour répondre Julienne tard dans la soirée pour le dîner à La Torquemada, un restaurant espagnol sur Fleet Street.

Je dois avoir attendu une demi-heure, passé 07h30, et encore elle ne l'avais pas arrivé et je commençais à penser que je l'avais été levé. Mais comme je suis arrivé à drainer le dernier de ma deuxième pina coladas et demander pour mon projet de loi, elle a délimité autour du coin, à bout de souffle, sac à main dans la main. Elle portait une robe serrée superbe dans une couleur gris crémeux qui a accentué la courbe de ses hanches.

"Désolé, je suis en retard," dit-elle, haletant. "Je suis retourné à mon appartement pour se rhabiller."

"Cela n'a pas été nécessaire," je l'ai dit. "Ou était-ce pour préparer le dîner pour votre mari?"

Elle me regarda froidement.

"D'accord. Donc, si vous dire que je suis un mari, alors je dois un mari. Qu'est-ce qui ne va pas avec ça?"

"Il n'y a rien de mal à cela," je l'ai dit. "Je suis ravi. Seulement, vous pourriez dire que je suis jaloux. "

"Qu'est-ce que vous avez à être jaloux? Je suis ici, non? "

"Vous avez raison," je l'ai dit, en lui serrant la main. "Pourquoi ne pas vous commandez quelque chose à boire et nous pouvons parler?" Je ne l'avais pas prévu sur l'obtention méchant avec elle, mais quelque chose a glissé à travers mon placage qui a surpris moi-même. Je devais parfois tendance, pour révéler plus que je ne l'avais prévu. Mais ce fut une belle jeune fille et dans ce cas je ne pouvais pas toujours contrôler mes émotions.

Après des boissons et un dîner très agréable, avec un petit lacées baratin qui me fait bien, nous avons regardé quelques danseurs de flamenco et ont chanté par une beauté aux yeux noirs dont les hanches déplacé en synchronisme avec ses pieds et ses castagnettes. Julienne me regarda et sourit.

L'air frais du soir était idéal pour une promenade, et nous avons marché le long Whitefriars Street, puis le long de cireur Lane où la plupart des journaux de la ville ont été localisés.

"Je suppose que vous vouliez que je me sens à la maison," je l'ai dit, "en me faisant le long de cette ligne."

"Que voulez-vous dire?" Demanda-t-elle.

"Tu sais. Que cherchez-vous à me dire? Que peut-être je devrais être de retour dans le monde de la presse? "

"Est-ce ce que vous vous dites?"

Tout ce qui me plaisait: une question comme une réponse à ma question.

"Où puis-je vous joindre? Supposons que je voudrais pour organiser votre divorce si vous pouvez obtenir remarié à moi? "

“Voulez-vous que?”

Nous nous sommes promenés pendant plusieurs allures, puis je me suis arrêté.

“Qui vous a envoyés pour me séduire?” Demandai-je.

“Comment pouvez-vous dire quelque chose comme ça?,” Dit-elle, un regard de l’auto-assurance dans son visage, qui m’a dit absolument rien. “Très facilement. Je sais que vous n’êtes pas une serveuse. Alors, pourquoi avez-vous poser comme un? Vous n’êtes pas une prostituée soit, ou prévoyez-vous sur l’envoi d’une facture à mon comptable? Alors qu’est-ce que vous voulez, une femme mariée? Je pourrais être naïf, Julienne, mais je ne suis pas un imbécile complet. “

“Ok, tout d’abord, je ne suis pas marié. Ce fut votre suggestion. Je pensais que vous vouliez tout simplement à croire le pire à propos de moi. “

“Vous êtes impénétrable,” je l’ai dit. “Simplement impénétrable.”

Cette fois, je l’ai accompagné par taxi pour rentrer à son appartement, et elle m’a invité.

Sa colocataire était là, un aux yeux noirs, fille brune tout aussi belle que Julienne. Son nom était Corinne Randall.

Corinne préparé des boissons pour nous deux, puis se retira dans sa chambre alors que nous avions le salon pour nous-mêmes. Nous avons prévu un rendez-vous pour le samedi soir, dans trois jours.

Sur le chemin du retour à ma chambre d’hôtel, je me suis demandé pourquoi je l’avais me suis permis de vous impliquer avec elle. Je ne dois pas les enchevêtrements si elle était pur amour, et je ne pouvais pas le permettre si quelqu’un lui avait envoyé de garder un œil sur mes mouvements.Pour autant que je pourrais dire qu’elle ne me avait pas suivi, et on n’a jamais discuté de mes raisons d’affaires pour être à Londres, donc qu’est-ce que cela signifie? Peut-être qu’elle serait tout simplement un allié utile et un ami. Je l’espérais ce fut tout.

20

J'avais un rêve. Irving Marshall et moi étions assis dans un café, il aurait pu être un de ces lieux de pseudo-français qui surgissent comme des champignons partout dans Washington, DC, et nous étions tout simplement l'un des tout un restaurant plein de partenaires froides occupés, perdu dans l'agitation de actvity et le vacarme de la conversation générale.

Comme d'habitude, Marshall était appuyé dans près de moi comme si confier à un fils. L'image était si réel que je sentais que je pouvais toucher les petites perles de sueur sur son front haut, juste au-dessus ses lunettes sombres à monture de corne. Malgré sa manière condescendante, je l'aimais bien, ou peut-être qu'il était à cause de cette manière.

"Rappelez-vous ceci, fils," dit-il après avoir exprimé l'émerveillement à plusieurs de ses comptes de exploits passés en tant que gouvernement et l'homme de renseignement privé. "Je suis un vieil oiseau. Ma carrière est presque terminé. Vous avez toute la vie devant vous."

Je disais quelque chose comme la façon dont je suis découragé au cours de la fin abrupte de ma carrière de journaliste.

"Oubliez ça," at-il dit. "Ce qui est fait est fait. Si vous étiez censé sortir, il serait arrivé de toute façon, et puisque vous avez en sortir, vous étiez censé. "

Sa logique tortueuse fait appel à moi, mais je pense que je l'ai dit quelque chose comme je suis pas tout à fait convaincu.

"Regardez cette façon," at-il dit, en prenant une autre tactique. "Je suis très croyant que les choses arrivent parce qu'ils ont été conçus, pas parce que nous allons les individus. Il est pas vraiment une forme de prédestination religieuse comme vous pourriez penser que je veux en venir, mais plus d'un sixième sens, une forme de connaissance intuitive qui perçoit la vraie nature des choses et de ce fait intuitiion, comprend le résultat. Bien sûr, je suis très intéressé à vous dès que nouvelles filtré que vous étiez sur ce cas. Je devais me dire que 'Voici un jeune homme. Il est comme un nouveau papillon dans un cocon, qui luttent et la rupture de sortir de ce qu'il a fait en si longtemps. Il prend une nouvelle forme de vie Indifférent-même se rendre compte de ce qu'il va ressembler, beaucoup moins sentir comme-quand il sort. Mais il doit sortir de ce ou de mourir, même si tout le reste est en lui disant qu'il ne doit pas changer. La force à l'intérieur de lui va le tuer si il ne se laisse pas éclater, et pourtant la pression de l'extérieur est le poussant trop. Il doit changer. " Mais, les gens ne voient pas souvent que. Les apparences sont trompeuses. Vous devez voir plus que les apparences. Vous devez voir les processus. "

Je pensais que je l'ai dit quelque chose comme il est étrange que vous devriez me comparer à un papillon.

"Peut-être," dit-il, remuant un doigt comme pour faire son point plus catégorique. "Mais ce qui est un papillon avant qu'il ne soit un papillon? Il est le premier, mais un ver commune, se nourrissant de feuilles jusqu'à ce qu'il est tellement encombré qu'il peut à peine bouger. Ensuite, il va dormir, après le filage son propre cocon. Et enfin, après une vie productive dans un cocon de se reconstruire, il ressort que la plupart des ailes avec un petit corps. Un papillon fléchit ses muscles des ailes en permanence après avoir émergé, se préparant pour le vol.

"En se rendant en ailes et rien d'autre, il fait une déclaration mouvement, beauté, vol personnifiée. Toutes les choses que nous les humains luttent pour."

Je pense que je demande maintenant ce qui avait vraiment à faire avec moi.

"Nos vies sont vraiment pas très différent quand vous pensez de ce jeune homme, et je ne parle maintenant d'un peu de vous. Nos vies sont vraiment répartis dans ces trois aspects, mais pas dans de telles trames ordonnées de temps. Nous avons l'aspect végétatif de nourrir, d'alimentation, de plus en plus. Ensuite, il ya la période d'incubation, le développement interne et la reconstruction physique qui se passe pendant le sommeil. Enfin, ces processus sont terminés et le spécimen physique mature est prêt à assumer sa position dans le milieu de travail comme un travailleur productif.Dans un sens, nous faisons la même chose qu'un papillon fait en une seule journée. Mais le papillon a fait une vie hors de lui, a accentué les stades."

Et donc je dois maintenant juste être un papillon, hors frais de son cocon, je pense que je l'ai dit.

"Oui, vous l'êtes. Dans la fleur de l'âge. Avec le meilleur reste encore à venir. Mais fais attention. Il ya des dangers à venir. Vous pourriez rencontrer votre fin à tout moment."

Je ne pouvais pas compter combien de fois je l'avais ramassé papillons morts les radiateurs de mes voitures au fil des ans. Il semblait si ridicule.

"Mais pour un papillon, les voitures ne sont que des forces de la nature, rien d'autre. Comme un courant descendant est dangereuse à un oiseau qui peut lui fracasser sur les rochers d'une falaise à moins qu'il exerce un contrôle sur ses ailes. Papillons savent ces choses vont arriver, tout comme nous savons d'attendre tant d'artères coronaires, les cas de cancer et de décès de la route."

Je pense que je lui ai demandé pourquoi papillons volé haut et en bas, d'avant en arrière, comme ils avaient le trac, quand ils devraient juste être voler dans une direction rectiligne.

"Oh, je sais ce que vous dites, jeune homme," dit-il avec un rire rare. "Pourquoi leur vol devrait être si rentable? Je suis sûr que nos ingénieurs de l'aviation vont vous dire sur les lois de l'aérodynamique. Mais la réponse est beaucoup plus simple. Les oiseaux sont leurs ennemis naturels, mais ils ne peuvent pas concentrer aussi bien sur le modèle de vol fou d'un papillon. Et au repos sa coloration est conçu comme camouflage. Il est assez simple, vraiment. "

"Alors qu'est-ce qui vous est arrivé, si je suis comme toi?"

"Avouons Jay-non, je préfère vous appeler Nicholas Jay-ce est votre vrai nom, est-ce pas? Je suis un canard assis. Mon camouflage n'a pas CAMOFLAGE, et mes ailes ne volait pas trop bien, et je l'avais perdu mes motifs trompeuses qui m'a protégé en vol. Je l'avais eu. Il était mon temps.Comme je le disais, il devait arriver, il est arrivé, et il a donc été conçu pour être."

Je sentais que notre conversation a été tire à sa fin. Je regardai autour du restaurant de pseudo-français et il était tout à coup étrangement calme et vide, et puis je lui ai demandé pourquoi il sentait qu'il avait à me léguer l'héritage de cette terrible affaire.

"Parce que, comme le papillon, les ailes sont fortes, votre camouflage est fraîche, vos mouvements sont plus difficiles à suivre. Nul attend que vous soyez sur cette affaire. Voilà trois quarts votre avantage, en plus de vos autres actifs qui vous conviennent bien pour un travail de ce genre."

Je dois l'avoir remercié, car il a dit, "Ne pas en parler." Et comme je me suis assis dans cette chaise en fer forgé dans le faux jardin du restaurant de pseudo-français, en pensant à moi-même et savourer secrètement ses compliments, il était parti de la table, et je levai les yeux. Il avait, semblait-il, vaporisé et flottait comme un nuage mince près du haut plafond du restaurant, trente, quarante pieds de distance.

"Attendez! Reviens! Ne partez pas! "Criai je, pour atteindre mes bras, mais il avait disparu, et je suis resté éveillé. Je me suis réveillé dans mon avais lit avec les cris de ma propre voix.

Je commençais à me raser quand le téléphone dans ma chambre d'hôtel a sonné.

"Opérateur d'outre-mer," dit la voix sur la ligne. "Nous avons un appel des États-Unis. Êtes-vous Nicholas Andrews? "

"Jay Andrews, je corrigé. "Oui."

"Attends ... Voici votre parti. Aller de l'avant."

"Jay, cela est Elizabeth Pinella. Comment allez-vous?"

"Qui? Oh yeah. Je voulais simplement communiquant avec votre partenaire, Irving."

"Ne sois pas stupide. Il est mort."

"Vous ne dites pas? Je rêvais que nous avons eu la conversation que je suis frustré de quand je suis allé à son appartement et le trouvai là, mort. Croyez-vous en communication avec les morts? "

"De quoi parles-tu? Est-ce que vous allez bien?"

"Sûr que je suis. Que puis-je faire pour vous?"

"Nous avons eu un appel anonyme hier. Le service de répondeur a pris. Tout l'homme a dit que si nous voulions trouver le Néerlandais Venturer nous pourrions trouver dans le chantier de réparation des navires Scarborough à Tilbury, en aval de la Tamise de Londres. Pouvez-vous le trouver? "

"Je vais certainement essayer. En passant, qui saurait nous recherchions pour ce navire? "

"Je n'ai aucune idée. Mais pensez-vous pas que nous devrions vérifier? "

"Oui," je l'ai dit.

"Il aurait pu être l'un des nombreux contacts que je faisais ici, à Londres," je me suis proposé après une pause pour un moment pour réfléchir. "Je les ai laissés vos cartes, mais pourquoi ils seraient anonyme Je ne sais pas."

"Peut-être qu'il était l'opérateur de téléphone ici couvrir l'un de ses erreurs."

"Cela est vrai, blâme sur le service de réponse," je l'ai dit. "Il ya probablement une mise en place pour me faire éliminé."

"Si il est, et il fonctionne, disons bonjour à Irving pour moi et lui dire que je le regrette."

"Très drôle. Je vous disais que je rêvais que je parlais avec lui, et je ne dois pas me faire tuer pour elle non plus. "

"Envoyez-moi un fil après votre retour de vérifier. Je vais attendre pour cela. "

"Comment voulez-vous me l'envoyer si je suis mort?"

Au lieu de me, la ligne a été coupée, et je me sentais tout à coup sous tension. Mais je ne voulais pas les chantiers Tilbury sans droit de protection.

Juste à titre de précaution, je imprimé en lettres aussi clair que je pourrais un peu note adressée au Det. Sgt. Smithers à Scotland Yard, scellés dans une enveloppe et l'a laissé au bureau avec l'affranchissement approprié.

"Si je ne reviens pas pour récupérer ce dans les 24 heures, l'envoyer sur," je demandé au greffier. La note a donné les détails du voyage de mon jour prévu.

"Très bien," a déclaré le greffier, joignant une note à l'enveloppe avec mes instructions.

Je loue une Porsche d'une agence, et a fixé, l'incertitude, du centre-ville de Londres ce matin à Tilbury. Dans tout ce que je calcule que le voyage à Tilbury ws pas plus d'environ 40 kilomètres de là où je me suis mis, et je ne voudrais pas avoir beaucoup de peine si je coincé aux routes principales.

Il était 10h30 environ le temps que je me suis prête. Je l'avais appelé Colin White environ une demi-heure plus tôt et lui a demandé d'avoir quelqu'un de son service d'enquête privée marine me rencontrer à Tilbury. Il a dit qu'il allait essayer de trouver quelqu'un juste au cas où je suis tombé sur certains problèmes inattendus.

La matinée était dans une bruine légère et franchement était plus frais que je m'y attendais. Je pris Beckton route droite comme il a fusionné avec 13, et rejoint un défilé de camions qui semblait être dirigé dans la même direction. Dans le défilé était aussi un Volvo noire qui a suivi plusieurs longueurs derrière plusieurs camions.

Je suis allée au-delà des limites de la ville et venais de passer Rainham quand je décidé d'arrêter à la prochaine station d'essence pour vérifier les directions. Comme je l'ai tiré plus je regardais les camions et la Volvo me passer. La pluie avait laissé un peu et je était capable de coller ma tête hors de la fenêtre de la voiture, sans qu'il soit mouillé.

"Cette façon de Tilbury la?" Demandai-je.

"Juste sur, compagnon tout droit," le directeur m'a dit avec un clin d'oeil bonne humeur.

Je me suis arrêté pendant quelques minutes, puis est sorti et a acheté une boisson gazeuse. Puis à nouveau, je repris ma route. Huit kilomètres plus tard, je remarquai la Volvo noire derrière moi, à venir jusqu'à la crête d'une colline à une certaine distance.

Je suis passé sur 1 335 vers Stifford, descendre la route principale, et n'a pas été trop surpris de voir le suivi costume noir Volvo. Il avait réduit sa distance alors à environ la moitié de ce qu'elle était avant. Nous traversâmes Stifford, et à l'extrémité orientale de la ville, après avoir tourné un virage et était temorarily hors de vue, je me retournai brusquement sur une route de gravier vers une usine de produits chimiques et attendu derrière une rangée d'arbres, après avoir tourné la Porsch autour et pointant en direction de la route.

La Volvo siffla, son pilote d'apparence jeune apparemment accélérer, je pensais que, peut-être parce que je l'avais perdu, je suivais à une distance sûre pour plusieurs miles, puis a perdu la voiture de vue car il semblait essayer de dépasser quelqu'un.

Je montais vers le intersecton de 13 et 128 quand je voyais la Volvo, cette fois voyager dans la direction opposée, tout droit vers moi. Il a fait une embardée dans la voie de gauche de la main que je conduisais et dirigé directement à la Porsche. Je ralentis à une exploration, puis presque arrêté, et enfin tiré sur l'accotement. Ce ne fut pas un autre Américain qui avait des difficultés d'adaptation à gauche conduite sur route de côté, était-il?

"Maintenant, tout ce que dans l'enfer que vous faites" Je criais par la fenêtre après avoir roulé sa fenêtre vers le bas.

"Jay Andrews?" Mince, moustachu aux cheveux de sable m'a dit. "Colin White nous a appelés. Nous étions censés vous rencontrer? Nous sommes attachés à Blakeslee-Lane Ltd, service privé de sécurité maritime."

"Certains de sécurité que vous fournissez. Il a regardé comme si vous étiez en train de me tuer. "

"Nous comprenons que vous êtes à la recherche pour le Néerlandais Venturer. Vous feriez mieux de venir avec moi. Suivez-moi jusqu'à ce que nous arrivons à Tilbury appropriée. Il ya quelqu'un que je veux que vous parlez avec."

"Très bien."

"Je l'ai suivi six kilomètres jusqu'à ce que nous sommes arrivés à la ville de Tilbury. Nous sommes arrivés à des espaces de stationnement adjacents à la place du village.

Le mec blond-roux est sorti et a flâné jusqu'à ma voiture.

"Les chantiers de réparation navale sont quelques kilos d'ici. Vous conduisez. Je vais rouler. "

Il a obtenu en sans même demander mon consentement ou l'invitation, et a commencé à me donner des instructions de conduite. Je traversais le quartier commercial dans une section de délabrement des maisons ouvrières, les routes défoncées et des voies ferrées. En seulement quelques minutes, les quais étaient en vue.

"Vous savez où le navire Scarborough chantier de réparation est?" Demandai-je.

"Ne sûr, mais je vais vous présenter mon patron en premier. Il ya quelques informations que je pense que vous devriez savoir sur."

"Informations Qu'est-ce?"

"Je ne peux pas dire. Vous verrez quand vous y arrivez."

Nous passâmes la cour Scarborough sur le front de mer et continué un kilomètre le long du fleuve jusqu'à ce que nous tourné à droite, un chemin de terre, puis arrivés au sommet d'une colline ,. Tout ce qui restait était une clôture grillagée autour d'une grande cour pleine de conteneurs maritimes. Pour une raison que je ne l'ai pas aimé le look de l'endroit. Il était louche, à distance, et aucun navire nommé le Néerlandais Venturer pourrait éventuellement y avoir été réparé.

"Quel est ce?" Demandai-je. "Un entreposage et de réparation parc à conteneurs? Vous n'êtes pas enquêteur. Qui es-tu?"

Mon compagnon anémique prospectifs juste me regarda et ricana, mais pas jusqu'à ce qu'il avait dessiné un pistolet caché dans sa poche de manteau à l'intérieur. "Il suffit de faire ce que je dis."

Je conduisais la Porsche le long d'une petite route sinueuse dans la cour jusqu'à ce que nous sommes retrouvés dans une remorque avec plusieurs voitures garées à l'extérieur de celui-ci. Je fermai le moteur est arrêté. Il a pris les clés.

"Maintenant, sortir," dit-il doucement.

Je suis sorti lentement, examinant attentivement la cour et pesant les chances contre un tiret. Même si je succeeed à obtenir au cours de la clôture à mailles de chaîne avec le fil de fer barbelé au sommet, je serais encore bloqués dans un terrain inconnu sans voiture. Il avait encore une chance, si mince soit, mais je décide de laisser passer ça.

Nous sommes entrés dans la remorque, moi d'abord, et je vu un groupe de trois hommes et une femme à l'intérieur. Aucun des hommes que je reconnaissais. Mais la jeune fille je l'ai fait. Il était Julienne. Je fus surpris de la voir là et était sur le point de lui demander ce qu'elle faisait, et souvenu avoir vu un regard de détresse douloureuse dans ses yeux. Ce fut la dernière fois que je l'ai jamais vu. Parce que tout ce que je me suis alors souvenu était, une vive douleur intense à l'arrière de ma tête.

21

Je me sentais comme dans une sorte de sommeil. Plus comme un coma. Je eu ce sentiment étrange de la disparition banalisée du temps, de la fusion de jour et de nuit dans une période d'obscurité ininterrompue.

Peut-être que je suis mort, mon esprit me suis dit. Peut-être est ce ce qu'il ressent d'être mort. Mais pas tout à fait. Je devais perceptions de quelque chose autour de moi, d'activités, de certaines choses qui occupent une place spécifique et un temps. Et puis je eu l'idée que je suis tout simplement enterrés quelque part près de cette activité.

Ma tête me font encore mal, l'arrière de mon cou était mal, et que je me suis senti cette douleur de mon corps, je savais pour sûr que je suis encore en vie, même si je suis incertain où et comment je vivais.

Je dois avoir été drogué. Je me sentais comme je l'avais été endormi pendant 24 à 48 heures, peut-être plus. Et je ne savais pas où je me trouvais. Comme je l'ai senti avec mes mains, mes doigts ce qui semblait être pâturées sacs d'aliments en plastique alimentation des sacs tissés. Il n'y avait aucune odeur particulière. Et un sac a conduit à une autre. Tout autour de moi. Partout, sauf au-dessus de moi. Je compris ma force lentement à augmenter à mes pieds, et une fois que je devais et commençais à redresser-BANG - je me suis cogné la tête dure contre un plafond de quelque sorte.Dieu que mal. Ma tête était mal assez comme il était. Je me suis couché à nouveau, échaudé par la douleur renouvelée pendant plusieurs minutes, et dès qu'il calmée je suis arrivé à mes pieds et se leva. Quatre pieds de mes pieds, je touché le plafond. Il avait nervures en acier, et comme je sentais le long, je commence à comprendre la nature ondulée de ce conteneur je me trouvais.

"Ça y est!" Il est venu à moi. Un conteneur d'expédition en acier chargé de sacs de riz, peut-être? Mais où diable étais-je?

Je me sentais vraiment moche, accroché au-dessus de la douleur et ce qui semblait être de l'ordure moche quelqu'un m'a injecté avec. Je avais faim et incroyablement soif. Mais maintenant que je venais je l'avais obtenu mes yeux de la nuit, et je pouvais voir clairement les dimensions du conteneur je me trouvais. Vingt pieds de long, peut-être dix de large. Chargé avec des sacs de riz, et moi bien sûr aussi. Un jeu de quatre pieds vers le haut.

Faible lumière revenait des quatre évents distincts à chacun des coins. Ils ne sont plus que quelques pouces de large et seulement quelques fentes élevés, dirigées vers le bas de manière à dévier l'eau qui pourrait venir. Dans la succession je rampais à chacun. Mais la lumière de l'extérieur doit être si faible que je ne pouvais pas voir une chose. Pas une chose là-bas. Peut-être n'y avait rien à voir. Je rampé vers le milieu et effondré. Il doit être la nuit. Soit aube ou au crépuscule.

Je soupire. L'air était proche. Pas insupportable, mais mal à l'aise. Le riz était chaud. Je sentais sa chaleur à venir à travers ma poitrine. Je me suis endormi, toujours la gueule de bois, et je l'ai dérivé dans et hors de la conscience pour les prochaines heures.

Lorsque je me suis réveillé à nouveau, cette fois, il a semblé pendant longtemps, je était complètement reposé, mais très soif. Si je pouvais digérer le riz brut Je ne voudrais pas mourir de faim, mais si je ne reçois quelque chose à boire Je sentais que je pourrais mourir de soif.

La lumière qui traverse les évents était plus fort maintenant. Je rampais à l'un des évents, et je pouvais voir que vers le bas. Deux pieds de l'évent était un autre récipient. Je tendais à regarder plus bas.

"Trois conteneurs!" Je me suis dit.

À l'autre bout, même côté je voyais les extrémités des trois mêmes conteneurs. Et aussi les coins d'une autre pile de conteneurs. À l'autre extrémité de ce même côté, mais rien de profond mer verte de plus de 150 pieds au-dessous et au-delà pour autant que je pouvais voir. Et ciel vert grisâtre à l'horizon, avec la terre nulle part en vue.

"Fumée Saint, ils me expédié à la mer, et je suis assis au sommet de certaines piles de conteneurs à l'avant de certains cargo maudit!"

Il m'a presque fait rire, il ne me font rire. Je me suis assis en secouant de rire pendant plusieurs minutes.

"Ce serait drôle si elle était pas si grave damné," je l'ai dit à personne.

Comment pourrais-je attirer l'attention de quelqu'un? Je rampé à quatre pattes autour du récipient pour voir si y avait quelque chose que je pouvais trouver. Je cherchais un gros morceau de métal. Un lourd verrou ferait très bien, mais rien. Je suis dans de beaux draps. Je dois attirer l'attention en faisant du bruit sur l'une des extrémités de la ligne au navire-trois hauteurs de conteneurs ou plus au-dessus du pont sur le côté tribord près de la proue. Marins rarement venus là-bas, peut-être quelques mouettes ont fait, mais ils ne pouvaient certainement pas me aider.

Je décolle une chaussure et rampé à l'évent tournée vers l'extrémité de l'arc, à l'intérieur. Là, je devais une vue partielle de l'arc. Peut-être un marin viendrait par là de temps en temps. Je me suis cogné près de l'évent en permanence car il doit avoir été pendant 20 minutes, et je me suis arrêté, enfin, épuisé. Rien. Je pourrais tout aussi bien pu parler aux dauphins de l'endroit où je me suis assis.

Je dois conserver ma force quand cela comptait. Je attendu et regardé semblait pendant des heures. Une fois que plusieurs heures plus tard, je remarquai un marin se promenant près de la proue. Je commençais à taper et hurler. Le son réverbéré dans l'air à proximité du conteneur et competely rempli ma tête avec les sons. Mais je l'imaginais il n'y avait pas trop de bruit sortir. Les sacs de riz étouffait le bruit à l'intérieur, et la hauteur et la distance du marin semblait difficile à couvrir, depuis le sifflement du vent et de l'arc écraser à travers les mers étaient les sons qu'il a probablement entendu plus.

"Hallo," Je yodeled. "Hallo-ooo! Aidez-moi, aidez-moi! Hallo-ooo. Hallo-ooo! "Je répétais encore et encore.

Enfin, il semblait qu'il se retourna et regarda dans ma direction, une expression perplexe sur son visage. Je me suis cogné et a crié, en espérant que je recevais à travers, mais il promené hors de la vue. Je pense qu'il était juste en face du conteneur. Mais il avait entendu parler de moi?

Je suis allé à l'autre évent avant et repris ma frapper et crier. Mais je ne pouvais toujours pas le voir. En fait cet angle que je pouvais à peine voir l'une des rampes d'arc et une partie d'un ancrage qui sortait de la coque.

Rien. Non seulement au bout de quelques minutes, mais après une heure, il semblait. Il ya sûrement quelqu'un aurait retourné moins d'une heure de faire quelque chose. Mais rien. Ce seul mot m'a frappé comme un marteau. Rien du tout. Peut-être que je suis juste un chiffre, pas seulement pendant que je était mort, mais pendant que je vivais aussi.

Mon humeur tourna morose. Je serais trouvé, je savais un peu de temps. Mais pas vivant. Dès que le conteneur a finalement obtenu à l'endroit où il allait, il serait ouvert, et dès qu'il était, l'odeur de mon corps en décomposition aurait conduire temporairement ceux qui m'a trouvé. Les sacs que je mentais sur seraient probablement contaminés, sinon la totalité du conteneur de sacs, et devront être détruits. Serais-je découvert par les travailleurs de secours en Thaïlande, par des agents alimentaires du gouvernement en Afrique du Sud ou l'Arabie saoudite? Je n'en avais aucune idée. Mais d'ici là, il ne serait pas d'importance pour moi parce que je serais morte.

Seraient-ils savent qui je suis et où je venais?

Mes poches étaient vides, dépouillée. Ma montre a disparu. Qui sait qui je suis et d'où je viens? Je ne même pas un crayon ou un papier et ne pouvais pas écrire une note. Qu'est-ce que je dois? Rien. Je devais beaucoup de cela.

La seule chose qui pourrait ramener à ce qui est arrivé à moi était la route du conteneur. Mais combien de fois il avait été transbordé? Je raisonnais que le riz ne venait pas de l'Angleterre. Peut-être Afrique de l'Ouest, les Etats-Unis ou quelque part en Extrême-Orient. Je pourrais ai été mis dans le conteneur qui aurait pu venir de partout.

Je regardais à nouveau à travers les évents, mais toujours rien, personne. Et maintenant, je restai prostré. Je pourrais dire à partir de la position de l'ombre la direction générale que le soleil venait, mais il y avait peu d'aide de savoir que.

La chaleur a été construit à un niveau intolérable. Dans la journée, le soleil rayonne directement de la chaleur à travers les parois de la contaner, et comme il était présent était directement exposée au soleil de plusieurs côtés. Le vent refroidit un peu. De temps en temps je pouvais attraper un souffle d'air frais à travers un évent, si elle était bien placé pour profiter de la brise. Mais à l'intérieur de la partie médiane du récipient il était mortelle. Peut-être 120 degrés Fahrenheit. Peut-être plus que cela. Peut-être plus proche de 150.

Je restai assis et, la moitié de la moitié de l'autre, serrant à l'intérieur de l'évent à l'extrémité de l'arc, haletant. Enfin, je rassemblé le peu de force que je devais empiler une douzaine de sacs de riz de 75 livres pour que je puisse trouver sur le dessus d'eux avec ma bouche pointée sur l'évent. Ce fut mon dernier combat. Si je ne l'ai pas obtenir de l'aide bientôt, je allais mourir.

La faim me faiblissait, mais la soif me tuait. Combien de jours si elle avait été? Deux jours, peut-être trois? Probablement trois. Je ne l'avais pas perdu beaucoup d'humidité pendant les deux premiers jours depuis que je l'avais été assommé puis droguée, mais toujours pas de boisson. Et le troisième jour était atroce. Je devais 24 heures, peut-être moins que cela pour vivre. Si je l'ai fait à travers la nuit, je pourrais vivre pour le faire à travers une partie de la journée. Pas beaucoup plus loin. Si il y avait un lendemain, ce fut faire ou mourir.

Comme c'est étrange. Je suis entouré par l'eau de l'océan et le ciel au-dessus, et par les aliments par le bas, mais sans les faire ensemble, je ne peux pas manger le riz. Sans eau, je ne peux rien faire. Qu'est-ce une façon stupide de mourir.

Le conteneur refroidi progressivement que le soleil se couchait. Même après le crépuscule était tombé je me sentais le premier soulagement que je l'avais eu, et je respirais l'air salé aussi profondément que je pouvais. Il se sentait bien, mais était-il bon pour moi? Je ne pouvais pas décider. Peut-être que les sels je respirais dans l'air ont augmenté le besoin de mon corps pour l'eau. Et peut-être l'humidité dans l'air aidait un peu. Je décidai ils ont annulé probabaly les uns les autres. Il était l'effet de refroidissement que l'air avait. Voilà sans doute ce qui m'a sauvé. Il n'y avait pas beaucoup de chance pour les pensées de toute autre nature, sauf ceux relatifs à nu survie. Et si je devais pas d'autres pensées au sujet de la survie, qui était il. Ma vie a été arrête.

Je dormais encore, comme si dans le coma cette nuit. Je me suis attardé non loin de la conscience dans un état de stupeur, conscient de mon auto, mais pas pleinement conscient soit, d'une suspension entre la vie, la conscience, le sommeil et la mort. Images de Berg et Marcie Colline sont venus à moi, d'Elizabeth Pinella et Irving Marshall. Du sergent Smithers. Qu'est-ce que cela signifie? Ai-je eu une vie sans sens, le but? Je héros de quelque sorte était, auto-glorifié, ou juste un imbécile perpétue en danger que par ma propre vanité obstiné? Je me sentais comme dans un cauchemar peuplé par les vivants et les morts, et je suis le seul lien entre eux. Al Rutherford, le petit vieux à l'appartement bureau, je vis intensément lire la page comique du journal. Et Julienne Maxwell. Mon esprit a joué de nouveau à moi encore et encore la dernière expression que je voyais sur son visage, la douleur et la terreur, l'appel silencieux et sans effet de l'aide. Étais-je responsable de tous ces gens? Je me sentais comme si les morts étaient dans un groupe, de me poursuivre dans la poursuite par la vie. Dès que je me suis échappé d'un paquet prêt à me déchirer, je suis de retour sur la pelouse de l'autre groupe. Où pourrais-je aller?

Et puis de temps en temps l'image du visage de Stefan Jovanovich est venu à moi, comme je l'avais vu dans la photo de lui sur la dalle à la morgue. Son visage est resté impénétrable. Il ne faisait pas partie de l'autre groupe. Je suis à la fois fasciné et repoussé mais aussi très en colère. Pourquoi at-il le droit de visiter ces horreurs sur moi et les autres morts? Car je maintenant commençait à me considérer comme l'un des morts. Mais contrairement à l'autre mort, il n'a jamais dit une chose. Tout ce qu'il a été, était son masque impénétrable d'un visage qui me rendait furieux.

Quelque temps alors qu'il faisait encore nuit je me suis réveillé et analysé le crime parfait. Farcir un homme dans un conteneur de navire alors qu'il est dopé contre sa volonté, et de l'envoyer à l'étranger après plusieurs transbordements. Après son corps est découvert lorsque le récipient est ouvert, personne ne sait exactement d'où il venait, qui il était, où il avait l'intention d'aller, si il est allé volontairement ou sous la contrainte, si en fait il a été mis dans le conteneur morts ou vivant. Non, je me suis trompé sur ce dernier. La pile de sacs de riz aurait à avoir été construit par moi, et je aurait dû avoir été en vie dans le récipient pendant un certain temps de toute façon à construire. Enfin, sans indices tout à coup celui qui a été à la recherche dans le assassiner serait tout simplement abandonner. Il y avait tout simplement trop de problèmes à résoudre quand il est venu pour essayer de trouver un criminel dans un pays que l'on ne savait même pas de notamment lorsque la victime a été lui-même ne sait pas non plus, et il pourrait même ne pas être possible de prouver qu'il était un assassiner. Il n'y avait rien de tel que d'être un détective essayant de résoudre votre propre assassiner.

Matin est venu avec moi accroché précairement à ma pile de sacs de riz par l'évent à l'intérieur arrière du conteneur. Le ciel était clair et l'air était frais pendant un certain temps, et les sons à l'extérieur étaient de la proue du navire se briser dans les vagues, parfois, un cri d'une mouette et le souffle du vent.

Ma langue était sèche. Je devais avaler près d'une douzaine de fois à saliver assez pour humidifier l'intérieur de ma bouche.

De mon point de vue, je pouvais voir le treuil d'ancrage servant à bâbord. Avant la chaleur a commencé à s'accumuler à la mi-matin, je vis un peintre et son jeune assistant mise en place à proximité. Ils utilisaient des chalumeaux et des grattoirs sur certains de l'équipement fixé au pont près les treuils. Dieu merci pour les petites faveurs. Il était probablement un petit boulot qu'ils faisaient entre grandes, plus d'emplois de peinture régulière et ils est arrivé juste pour être là ce matin.

Je commencé à frapper et crier, "Hallo, Hallo-ooo!"

L'assistant du peintre regarda dans ma direction.

"Aidez-moi, aidez-moi!" Hurlai-je encore, dans le même temps à taper.

Il tourna la tête en arrière hs à son travail, et les deux se tenait là, conférant, quand je donnais tout ce que je devais.

L'assistant du peintre leva à nouveau, souligné, et le peintre leva les yeux, mais il secoua la tête. Un homme plus âgé, il aurait pu être sourds ou malentendants.

Cette fois, je utilisé mes deux chaussures et les cogné style de batteur tout en faisant le plus grand vacarme avec ma bouche, les cordons et les poumons que je pouvais vocales.

Les deux hommes marchaient plus près de la pile de conteneurs où je me trouvais, la recherche et pointant vers le haut. Je continuai avec mon din, arrêtant seulement pour un repos quand ils se détournèrent pour une courte conférence. Ils me avaient remarqué, maintenant, je suis sûr. L'assistant du peintre laissé dans un tableau de bord.

"Mich Horen Sie?" Le vieil homme appelé. "Er geht, Hilfen zu bringen."

Je ne pouvais pas le comprendre complètement, mais ça sonnait comme l'allemand, donc je crié tout ce que je savais qui était “Jawohl, wunderbar, jawohl wunderbar” encore et encore.

L’aide retournée avec un officier du navire, et ils se tinrent sur le pont, en montrant mon conteneur et de crier, crier avec moi en arrière. Et puis une équipe d’une dizaine de marins apparu. L’un d’eux, un garçon Spry nerveux, a été hissé en écharpe par une grue avant de la soute du navire vers le haut de ma pile de conteneurs. Il avait une bonne longueur de corde attachée à sa ceinture. Quelques minutes plus tard, il se rapelled à partir du haut de la pile de style de grimpeur conteneurs de montagne alors que je cognais et crié près de mon évent.

“Was ist los?” Me dit-il quand il a finalement obtenu en dehors de la ventilation.

“Essayé de me tuer. Sortez-moi rapidement. Assoiffé. Besoin d’eau maintenant. “

“Wir kommen Zuruck werden.”

Il remonta sur le dessus de la pile, et tout ce que je pouvais entendre était sons de la grue du navire, pas sur les récipients ci-dessus et en criant et l’agitation de la plate-forme ci-dessous. Le spectacle que je pouvais voir sur le pont était plus que suffisant pour moi d’occuper. Un officier dirigeait les activités de la grue au-dessus, et dans une succession d’événements, je entendit les pas ci-dessus, la montée en régime des moteurs de la grue et le claquement éventuelle de l’acier contre l’acier.

Ensuite, les traces étaient directement au-dessus mon conteneur. Je entendu grands axes de liaison étant retirés dans les coins, le ronronnement de la grue, la fixation d’un grand crochet-dessus et enfin les cris de marin, “Alles Klar. Mach los! “

Le vrombissement de la grue a commencé à nouveau, et le récipient je étais en a été hissé à mi-air et argot d’avant en arrière comme il a volé lentement à travers sa voie aérienne avant d’être placé délicatement sur le pont. En quelques instants, le conteneur a été ouvert et plusieurs marins en rampant et m’a aidé à sortir.

"Qu'est-il arrivé?" Officier d'un navire m'a demandé peu de temps après, je suis sorti et avait donné un peu d'eau.

Je lui ai dit de mon mieux que je avais été drogué et mis là comme la victime désignée d'un assassiner.

"Nous allons vous obtenir quelques vêtements frais, et quelque chose à manger, et alors nous pouvons parler un peu plus."

On m'a emmené à une cabine, et avec l'aide d'un intendant de navire, déshabillée et baigné. Je suis faible et malade du manque de nourriture et d'eau et la chaleur intense.

"Nous allons vous arrivez à un médecin dès que nous le pouvons," l'officier m'a dit à la première occasion qu'il pouvait. Après m'être lavé je lits dans une couchette de la cabine et avais marre un plateau de la soupe, du thé et de la gélatine de l'office. Il n'y avait pas de médecin à bord, donc je ne savais pas ce qu'ils allaient faire, et franchement je ne pouvait pas pu se souciait alors. Il me fallait plus de sommeil et je l'ai eu.

Il se faisait à environ quatre heures et demie du afternon lorsque l'officier me réveilla.

"En une demi-heure nous serons le passage d'un navire de transport en direction du nord de Gibraltar au Tilbury. Ils ont un médecin à bord et ils peuvent vous donner l'attention dont vous avez besoin."

Une demi-heure plus tard, après avoir remercié le capitaine et l'officier et tout le monde je pouvais, je suis arrivé à bord de l'embarcation de sauvetage lancement et nous motored plusieurs centaines de yards loin dans les mers à l'ouest du Portugal à bord du navire de transport d'attente pour moi.

22

Je l'avais été dans une nouvelle chambre d'hôtel à Londres pendant plusieurs jours, se reposer et récupérer, lorsque le sergent-détective Smithers m'a rendu visite préétabli.

"Eh bien, je vois que vous êtes à la recherche d'un peu plus de branches que quand je vous ai vu," at-il dit après qu'il était entré.

"On se sent bien pour un changement pour obtenir des repas décents intérieur de moi," dis-je avec un sourire. "Je ne suis pas habitué à se faire mourir de faim. Et je suis content d'être sorti de l'hôpital. "

"Je dirais qu'il était une précaution nécessaire, pas vous? Après tout, vous avez eu une quasi-collision. "

"Je ne peux pas supporter les hôpitaux, et comme vous pouvez le voir, je suis bien maintenant. Avez-un de vos gens ont un peu de chance récupérer mes effets? "

"J'ai bien peur que non. Si nous ne trouvons rien, nous ne manquerons pas de les renvoyer, en supposant, bien sûr, que rien ne doit être tenu comme preuve. "

Celui qui avait "embarqué" m'a aussi pris ma clé d'hôtel. Ils avaient nettoyé mes affaires et moi avons quitté l'hôtel. Qui me dérangeait plus que ce qui est arrivé à moi.

"Une chose est sûre, le sergent. Ils ont à peu près tout ce que je notais, afin qu'ils sachent ce que je sais, et qui sont mes contacts. "

"Vous ne pensez pas maintenant, vous devriez me raconter toute l'histoire?"

"Je vous ai dit tout ce que je savais depuis le début."

"Pourquoi tu ne me dis pas ce qui est arrivé le jour vous êtes allé à Tilbury?" At-il dit, allumer une cigarette.

"Je reçois un appel de mon patron, Elizabeth Pinella dans les Etats, en me disant de l'information anonyme sur le Néerlandais Venturer étant dans le chantier de réparation des navires Scarborough. Puis je appelé Colin White à la firme de courtage du navire pour lui dire que je vérifiais cela. Je lui ai demandé si il pouvait avoir quelqu'un à son service d'enquête maritime privée me rencontrer à Tilbury, si je ne l'ai pas préciser où. Je conduisais là-bas dans une Porsche et a été intercepté par un homme dans une Volvo noire quelques miles à l'extérieur de Tilbury. Il me conduisit dans la ville où il a garé sa Volvo et a ensuite conduit avec moi à un conteneur chantier de réparation à environ un kilomètre ou deux du front de mer."

"Avez-vous reconnu l'homme de la Volvo ou d'apprendre son nom?"

"Non. La seule chose qu'il a dit était qu'il était de la firme Blakeslee-Lane Ltd Je crois que ce sont les enquêteurs marins. Je suis tout simplement très surpris par la façon dont ce chap moi avait cessé."

"Comment cela?" At-il demandé, cambrant son sourcil puis en faisant glisser profondément sur sa cigarette.

"Il m'a presque couru vers le bas, m'a forcé hors de la route avec sa voiture."

"Vous ne devriez pas avoir considéré que comme un indice que quelque chose clochait?"

"Je suppose que je devrais avoir," admis-je. "Mais je suis tellement préoccupé à obtenir là-bas que je négligé il. Venez pour penser à lui maintenant, il n'a pas beaucoup de sens, non? "

"Non, à moins qu'il voulait faire très certain que vous ne voyez pas le néerlandais Venturer," a déclaré le sergent Smithers. "Mais aller. Je veux entendre ce que le monde est arrivé."

Je lui ai dit de voir les trois hommes et Julienne Maxwell dans la remorque avant d'être frappé par derrière par le gars qui conduisait la Volvo noire.

"Qui est Julienne Maxwell, de toute façon?" A demandé au sergent Smithers.

"Honnête à Dieu, le sergent, je fus surpris de la voir là-bas. Je ne savais pas qu'elle était mêlé dans cette affaire.

"Elle était juste ... une fille que je ramassé dans une taverne à Soho. Je lui ai daté, suis allé au lit avec elle. Une vraie poupée. Je ne savais pas qu'elle avait quelque chose à voir avec cela. Si je l'avais su, je ne serais probablement pas vu. "

"Je suppose alors vous l'appelez une femme fatale, une jeune fille douce et innocente prospectifs à l'extérieur qui avait réussi à se mettre derrière les lignes ennemies, si vous préférez les petites phrases de guerre mignon."

Il glissa à travers un dossier qu'il avait apporté avec lui. "Est-ce la fille?" Il a demandé à bousculer une photo sous mes yeux. Il était une tasse boursier tir photo de Scotland Yard.

"Pourquoi, oui il est. Est-ce que tu la connais? A quelque chose qui lui est arrivé? "

"En réponse à votre première question, non, je ne la connais pas, si elle est connue pour certains de nos gens comme prostituée à prix élevé ou call-girl, si vous voulez ..."

"Je n'a jamais payé ..." je protestais, mais a été coupé à la mi-peine.

"En réponse à votre deuxième question, je crains que quelque chose doit. Son corps a été retrouvé lundi matin dernier dans la Tamise par un couple de plaisanciers près de Southend. Elle avait été abattu à mort et avait été dans l'eau pour plusieurs jours, nous nous sentons, depuis vendredi dernier, lorsque vous êtes allé en bas du front de mer."

Je me sentais audience terribles ces nouvelles, même si je l'avais eu près d'une semaine pour me préparer pour elle, juste à en juger par l'expression sur son visage au moment où je suis descendu.

"Pourquoi quelqu'un voudrait la tuer?" Je balbutie après avoir étouffé retour plus d'émotion que je pensais que je pourrais avoir manipulé.

"Le seul motif que je peux penser est qu'ils sentait qu'elle en savait trop sur eux et elle devenait trop attaché à vous."

“Attaché à moi,” répétai-je, essuyant le début de ce qui semblait être une larme du coin de mon oeil. “Elle ne pourrait jamais obtenir trop attaché à moi.”

“Je comprends vos sentiments, M. Andrews. Vraiment je fais “, dit-il, posant une main sur mon épaule. “Tout ce que je voulais dire était trop attaché de leur point de vue.”

“Ce que je ne peux pas comprendre, le sergent, est pourquoi ils ne me tuent.”

“Ils ont fait près. Si vous étiez mort dans le récipient qu’il aurait attiré beaucoup moins d’attention dans une autre partie du monde que si votre corps a été découvert ici. Je peux vous assurer que peu d’efforts auraient été épargnés vous aviez été retrouvé assassiné en Angleterre.”

“Cela est rassurant,” je l’ai dit ironiquement. “Vous voulez dire que vous ne l’auriez pas épargné le même effort pour Julienne?”

“Non, bien au contraire. Mais soyons francs. Elle avait un casier connu comme une prostituée, et il est un fait que ces meurtres sont quelques-uns des plus difficiles à résoudre. Nous ne pouvons pas avoir des témoins qui va admettre qu’ils avaient été en contact avec elle et savaient à ce sujet.Soit ils sont des clients ou d’autres personnes dans le monde souterrain qui ne nous dirait pas à cause de ce qu’il pourrait nous dire à propos de leurs propres activités. Je ne pense pas que je dois vous dire que Jack l’Eventreur n’a jamais été pris et il n’y avait éventreur du Yorkshire jusqu’à treize ans et peut-être plus était mort. Il est un fait malheureux de la vie britannique “, dit-il avec un froncement de sourcils.

“Bien sûr,” at-il poursuivi après une pause d’un moment, “le fait que vous avez survécu et été l’un des derniers à voir son change la formule considérablement. Et ce quelque chose que je voudrais essayer de garder caché, pour le moment, si vous pouvez être coopératif “.

“Vous voulez dire que vous pensez qu’ils pourraient ne pas savoir que je survécu?”

"Voilà une possibilité distincte."

"Mais ils sauront quand le récipient de riz est livré."

"J'ai bien peur que non. Le conteneur de riz a été volé dans une zone de stockage de front de mer expressément dans le but de vous expédier en elle. Il a été livré à un destinataire bidon par un exportateur bidon aide d'un courtier de fret bidon. Ceci est impossible, cependant. Tant que les documents sont présentés avec le conteneur, il est chargé dans l'agitation du front de mer. Il était juste un de ces fraudes arraché par quelqu'un qui connaît les tenants et les aboutissants du commerce maritime et comment les utiliser au mieux. Je crains que le support de vapeur va avoir à payer la charge de celui-là si elles ne sont pas expressément une assurance pour couvrir ces choses. "

"Avez-vous vérifié avec la cour de stockage de conteneurs?"

"J'ai fait. Malheureusement, il n'a pas l'habitude. Le propriétaire de celui-ci ne savait pas qu'il était utilisé comme ça, et a déclaré qu'il ne serait pas rare pour quelqu'un qui savait son but de briser pour quelques heures. Son opération principale est à une autre cour de distance au moins deux kilomètres."

"Je vois. Au moins, vous pouvez vérifier Volvo noirs, "je me suis aventuré.

"Vous ne l'avez pas obtenir son numéro de série, peut-être?"

Je secouais la tête.

"Avez-vous une idée du nombre de noir Volvo y flottent autour dans le sud de l'Angleterre? Je ne pense pas que ce soit un avenir prometteur à tous si vous me demandez. Mais si elle est tout confort, la Porsche vous conduisiez a été retourné à l'agence."

Je commençais à offrir quelque encouragement mais il rabouté.

"Je dois ajouter qu'il a été débarrassée de copies et avait été laissé dans le lot de l'agence de location la nuit. Nos gens de laboratoire ont été plus à fond et il n'a pas réussi à obtenir un indice ou d'un témoin oculaire de son retour."

"Alors, où ce que vous laissez?"

"Pas très loin, je le crains. Je dois quelques photos des employés du triage de stockage de conteneurs et également des enquêteurs de Blakeslee-Lane. Y avait-il de ces gens là avec vous ce jour-là? "

Je les ai tous regardé attentivement, mais il n'y avait personne dans le groupe que je rappelé avoir vu avant. Je leur ai tendu le dos, en secouant la tête.

"Avez-vous demandé Colin White et les gens à Blakeslee-Lane de ma demande d'aide?"

"Ils ont dit qu'ils attendaient que vous présentez à leur bureau à Tilbury et ne pouvaient pas comprendre pourquoi vous ne l'avez pas. Colin White a été clairement vexé, bien qu'il ait adoucir un peu quand je lui ai dit que je faisais des recherches sur votre disparition. Il a montré alors un certain intérêt pour vos allées et venues."

"Êtes-vous convaincu qu'ils ne disposent pas d'une main en elle?"

"Vous devriez nous connaître assez bien que, dans l'esprit d'un détective de tout le monde est coupable jusqu'à preuve du contraire. Il est notre façon d'utiliser le processus d'élimination. Pour le moment, je suis prêt à accepter l'explication."

"Alors, comment quelqu'un d'autre pourrait avoir connu ce que je fais?"

"Très simple. Je serais même tenté de dire, "Elémentaire, mon cher Watson," sauf ce pauvre Sherlock ne nous a donné yarders notre juste cause ", dit-il avec un clin d'œil rare dans son oeil. "Où avez-vous fait votre appel à Colin White partir?"

"Ma chambre d'hôtel."

"Votre chambre d'hôtel a été mis sur écoute."

"Avez-vous trouvé ce que pour vous?"

"Pas pour vous, mais je suis assez certain. Outre la suppression de tout soupçon par vous vérifier et retirer tous vos effets, il était aussi un moment opportun pour eux de supprimer le bug du téléphone. Assumng que Colin White et

Blakeslee-Lane disent la vérité, il est la seule voie possible quiconque aurait découvert et accessoirement elle coïncide aussi avec la pointe anonyme donnée à votre patron aux Etats-Unis Pour moi, il ressemble à un piège délibéré, et le découverte du Néerlandais Venturer était tout simplement une histoire concoctée à agir comme appât."

"Eh bien, sergent, ce que vous dites semble faire beaucoup de sens, mais si vous me demandez de ne rien faire pendant que je suis ici, sous le prétexte que je suis officiellement absent, vous pourriez aussi bien contacter le Home Office et demandez-leur de prendre des dispositions pour ma déportation secrète. Il est impossible pour moi de même essayer de faire mon travail dans ces circonstances. "

"Je sais, je sais," dit-il comme pour me calmer ,. "Donnez-moi quelques jours de plus. Une semaine tout au plus pour que je puisse faire mes enquêtes discrètes. Si vous le souhaitez, prendre des vacances long week-end à Cornwall ou sur l'île de Wight. Il va prendre votre esprit ces choses et vous donner une chance de récupérer un peu plus. Essaie. Pourquoi pas?"

"Je vous appellerai plus tard ce soir, le sergent," je l'ai dit, debout et en secouant sa main alors qu'il se préparait à quitter. "Il se pourrait que je vais faire comme vous le dites. Mais juste me donner quelques heures de plus pour réfléchir."

"Voici mon numéro de téléphone si vous en avez besoin," dit-il, l'écrire sur une carte de visite personnelle. "Voilà où je peux être atteint ce soir, sauf une tragédie imprévue, ce qui est."

Il est parti.

Un homme aimable et malin, je pensais que, derrière cet extérieur modeste et incolore. Probablement un enquêteur très capable. Je ne serais pas surpris si il était l'un des plus beaux de Scotland Yard.

Je ne suis pas à vous soucier de bogues ou d'agressions dans cette chambre d'hôtel. Avec l'aide du sergent-détective Smithers I avait été transféré dans un autre hôtel sous un faux nom.

23

Le week-end a été approche, et comme je l'avais promis Smithers je serais refroidissement pour quelques jours de toute façon, je décide de prendre ses conseils et aller en vacances. Pas de mal à cela.

Vendredi matin, je pris le train de Londres à Southampton, puis a eu une agréable promenade sur la Southampton Ferry pour l'île de Wight. Je l'avais été informé par un service d'information touristique que je pourrais trouver un bed and breakfast à rester dans l'un des villes côtières à l'extrémité sud de l'île.

Je pris un bus de Cowes à Newport, et après avoir examiné la scène, je l'ai acheté un petit sac à dos, le transfert de mes effets en eux de mon sac de papier brun. Je me suis alors loué un vélo pendant plusieurs jours et résolus de visiter l'île aussi longtemps que mon intérêt me maintenir.

Mon plan était de passer par Shalfleet sur 3054 vers Yarborough, puis encercler le bord inférieur de l'île dans le sens inverse des aiguilles d'une montre, l'arrêt sur les plages et les villes le long du chemin. À la mi-Septembre, je ne l'ai pas à vous soucier de la concurrence de nombreux autres touristes et je assez bien avoir mon choix sur l'endroit où je voulais rester.

Après un agréable après-midi de l'équitation, soleil et du surf je suis arrivé à Totland et trouvé une vieille maison de plage victorienne gris face à l'océan où je louais une efficacité pour la nuit. Il faisait chaud et confortable dans cette maison, mais aussi un peu vide, et après je étais allé pour la nuit il n'y avait aucune entreprise, sauf pour les visites occasionnelles à ma porte par le bâtard des propriétaires.

Weatherwise, samedi était pas si agréable, et sur mon chemin le long de 3055 un vent de face raide fraîche raccourci ma course dans le surf Brightstone et fait pédaler le vélo encore plus difficile. Je suis arrivé à Ventnor à 16 heures, endolori et tireder que je m'y attendais. La première chose que je faisais il était fils Elizabeth Pinella avec les nouvelles de ma nouvelle adresse et de nom d'emprunt à Londres. Puis je me suis arrangé pour rester dans une élégante maison de chambres Ventnor pour les deux prochaines nuits et pris facilement.

Lundi m'a trouvé déplaçant le long de Shaklin et Sandown, puis jusqu'à Newport nouveau pour la nuit. Ce fut la fin de l'île de Wight pour moi. Je l'avais eu ma paix, la tranquillité et les loisirs, mais je ne pouvais pas rester plus longtemps.

Mardi matin, après que je l'avais voyagé en taxi à Wootton Bridge et pris le ferry pour Portsmouth Spithead, je téléphoné pour Sgt. Smithers à Scotland Yard.

"Il est pas," on m'a dit sur la ligne par un de ses compagnons de détectives. "Il était sur le week-end, mais maintenant il a les trois prochaines journées de congé. Nous ne le verrons pas jusqu'à ce jeudi ou vendredi."

Je essayé d'appeler sa maison aussi, mais après environ dix anneaux, il n'y avait toujours pas de réponse.

"Oh, génial," je me suis dit, de raccrocher. Je suis découragé pendant quelques minutes, puis secoué graduellement, décidant que Smithers Smithers ou pas, je allait finir mon travail.

Je ne reviens à Tilbury nouveau jusqu'à mercredi. Quand je suis arrivé dans les bureaux de Blakelee-Lane, Henry Lane attendait pour moi et m'a accueilli chaleureusement.

Un homme chauve avec une petite bouche qui a éclaté fréquemment en sourires, révélant ses dents inégales, il me conduisit dans son petit bureau. Il était à l'étroit, et je devais retirer certains journaux de la chaise en face de son bureau avant que je puisse s'asseoir.

"Alors, tu es enquêteurs marins," je l'ai dit, une fois que nous nous sommes installés autant que possible dans les circonstances. "Cela est une spécialité inhabituelle."

"En réalité, nous sommes plus comme experts maritimes. Ajusteurs d'assurance sur les demandes de fret. Par sa nature, il est l'enquête ", dit-il avec un autre petit sourire nerveux. "De temps en temps, avec de bons clients comme Colin White, nous allons nous étendre dans des zones plus larges.Mais normalement pas."

"En supposant que je l'avais connecté avec vous il ya deux semaines," demandai-je, "Pensez-vous que nous aurions trouvé le Néerlandais Venturer?"

"Alors, non, et maintenant pas aussi," dit-il. "Mais cela ne signifie pas encore que nous sommes venus les mains vides."

"Quelqu'un nous a rapporté que le Néerlandais Venturer était à Tilbury."

"Je ne nie pas que," at-il dit, ses petites mains tripotant un poids de papier. "Je suis enclin à croire qu'il était. Mais je crois tout aussi fermement maintenant qu'il a été hors de Tilbury maintenant deux bons mois."

"Comment avez-vous arrivé à cette conclusion?"

"Colin White, vous le savez, a eu le souci de placer un privilège sur ce navire pour la partie du contrat qui n'a pas été respectée, du moins selon ses lumières," a déclaré Lane, se penchant en avant. "Il a d'abord enrôlé nos services, il ya environ deux ou trois mois dans ce domaine, nous donnant des noms et quels que soient les autres fils qu'il pouvait trouver. Un de mes amis, en réalité, il est un ancien partenaire d'affaires de la mine jusqu'à ce que nous nous sommes quittés en bons termes, il ya quelques années, m'a aidé. Ce n'est pas inhabituel. Je passai les fils à lui avec le commentaire: "Si vous voyez ou entendez quelque chose, laissez-moi savoir." Plusieurs semaines plus tard, il m'a dit qu'il a reçu une réclamation de dommages sur une antenne pour le compte de Computel Trading Ltd. "

Je me suis penché vers l'avant. "White vous a donné ce nom?"

"Il était une inspection de l'assurance normale pour eux. Après ils ont creusé les papiers dans leurs fichiers, mon ami se souvenait qu'il avait envoyé un de ses jeunes camarades jusqu'à la cour de Scarborough pour remplir le rapport. Quelqu'un a mal géré une grande antenne de réception environ douze pieds de diamètre avec un chariot élévateur à fourche et a endommagé une partie des pièces jointes. Le chantier de réparation navale était assez désolé à ce sujet et a aidé l'homme à l'information."

"Vous voulez dire que personne de Computel aidé dans tout cela?"

"Pas vraiment. Le surintendant adjoint à la cour a fait. Ils ont dit qu'ils agissaient au nom de Computel. Cela a été assez bon pour faire de la paperasse ".

"Bien sûr, à cette époque, cette affirmation était tout juste une routine, ai-je raison?"

"Oui. Plusieurs jours après avoir appris cela, je tournai la parole à M. White. Il voulait en savoir plus, mais mon ami m'a dit qu'ils avaient même pas vu un navire appelé le Néerlandais Venturer au Scarborough cour lorsque la plainte a été déposée. Je ultérieurement confirmé cette avec le surintendant de jardin, qui m'a dit qu'ils avaient attendu plusieurs semaines après le départ du navire avant d'arriver autour de dépôt de la demande."

Henry Lane est finalement arrêté en tripotant le presse-papier et a quitté le bureau pour une minute ou deux après son secrétaire lui fit signe de la porte. Je me suis assis calcule que le navire avait été hors de la cour et sans doute en mer pendant environ huit semaines.

"Donc, vous avez vraiment pas pu aider M. White beaucoup, avez-vous?" Demandai-je quand il était retourné à reprendre notre conversation.

"J'ai bien peur que non. Voilà pourquoi je pensais que votre arrivée aurait pu être utile, il ya deux semaines. Je espérais être pourriez-vous jeter un peu de lumière sur le sujet."

"Je crains que non, M. Lane. Si quelqu'un a versé toute la lumière, ça te fait. "

Je dois un assez bon oeil pour les rues, et sur le chemin de taxi pour rentrer à Londres à partir de Tilbury, je aidé le hack, qui était un étudiant de unversity vert travaillant à temps partiel, faire les tours corrects.

Nous ne sommes pas allés tout droit à l'hôtel, mais à la place chassé à Clapham au moyen de A3 à la rue où Julienne avait vécu. Après avoir payé l'étudiant ses 15 livres, faisant de lui très heureux, je suis allé à l'intérieur du bâtiment où elle avait vécu.

Je sonne le buzzer, moi-même annoncé, et a ouvert la porte après le verrou électronique a été libéré. Corinne Randall, le colocataire de Julienne, était en.

"Je souhaitais vous revoir," a déclaré Corinne. "Mais je ne sais pas si Id vous revoir jamais, et je ne sais pas comment vous joindre."

Elle me regarda avec prudence, avec le regard d'une femme qui voulait me faire confiance, mais ne savait pas si elle le devrait.

Comme Julienne, elle était pas mal en regardant tous, avec la peau de swarthier et avec de longs cheveux, presque noir qui est tombé en dessous de ses épaules et a eu lieu de manière lâche en place par plusieurs barrettes argent. Elle portait une jupe wrap-around imprimé à la main et une mousseline chemisier blanc cassé, avec des boucles d'oreilles de boucles d'argent. Ses dents étaient blanches et la bouche sensuelle.

"Je suppose que vous avez entendu parler Julienne," dit-elle, sentant son chemin avec moi. Malgré son apparence d'appel d'offres y avait quelque chose dans sa voix dure.

"Ouais, eh bien, voilà ce que je suis venu ici. Je veux savoir pourquoi elle a été tuée."

"Je pense que vous pouvez répondre mieux que moi. Je pense qu'il a quelque chose à voir avec vous. "

"Ecoutez, nous allons obtenir quelque chose de droite entre vous et moi," je l'ai dit, tirant vers elle et de trouver mon index droit pointant presque droite dans sa poitrine. "Je ne cherchais pas à Julienne. Elle vient mystérieusement apparu. Je suis heureux que je l'ai rencontrée. Elle était belle. Je souhaite qu'elle était encore en vie et avec moi. Mais quelqu'un l'a mise sur ma queue pour une raison. Je pourrais être une petite fille-fou, mais je ne suis pas un imbécile soit totale. Donnez-moi un peu de crédit pour cela. "

Elle haussa les épaules.

"Vous avez rien à dire. Je suppose que vous ne l'avez pas rien dire à la police soit."

Elle ne disait toujours rien.

"Je suppose qu'ils ne entrer en contact avec vous, ou quelqu'un, et que vous arrangé pour avoir enterré son. Ou est-elle toujours couché bas non réclamés à la morgue de la ville? "

"Arrête!" Cria-t-elle, éclatant en larmes. "Bien sûr, elle a été enterré. Avez-vous pas que je me sens mal à ce sujet? "

"Vous êtes les prostituées, n'êtes-vous pas? Oh, je sais, pas marcheurs de rue ordinaires. Juste filles de fantaisie qui aiment à être courtisée par messieurs astucieux de temps à autre. Seulement Julienne devenait hors de lui."

"Comment sais-tu cela?"

"Scotland Yard, mon amour. Julienne a été cassé au moins une fois pour la prostitution, n'a pas elle? Elle avait un dossier."

"Mais elle a travaillé un emploi de jour près de Old Bailey, jusqu'à ce qu'elle vous a rencontré. Elle n'a pas eu un client pendant au moins six mois."

"Mais je ne lui ai pas embaucher," je l'ai dit, maintenant obtenir furieux. "Qui a?"

Pas de réponse.

"Qui l'a embauchée à suivre et lier d'amitié avec moi?"

"Très bien, très bien," dit-elle, commence à sangloter dans ses mains. "C'est de ma faute. Voilà ce que vous vouliez que je dis, est-ce pas? "

"Tout ce que je veux que vous me dites est la vérité. Vous lui avez dans cela, non? Sinon, pourquoi serait-vous retient? "

Cette fois, elle enfouit sa tête dans ses bras et a pleuré pendant quelques minutes. Je tenais tout simplement à côté d'elle et lui a donné certains tissus pour essuyer ses yeux et se moucher.

"Dis-moi. Je ne suis pas en colère contre toi. Je veux juste savoir où Julienne venait. Il est important pour moi pour ce que je fais ici, et il est important ... il est juste important pour moi. Vous savez, je tenais à lui aussi. "

"Tu dois me croire. Julienne et je ne ont pas fait cela tout le long. Nous étions vraiment jamais ce genre de filles. Et Julienne avait pris un travail régulier. Elle était lumineuse et avait déjà une certaine expérience de secrétaire juridique, donc après elle a d'abord été arrêté, M. Nottingham m'a aidé à lui obtenir un emploi. Il était vraiment très utile. Il a trouvé quelques amis dans l'un de ses anciens cabinets d'avocats et ils ont convenu de la mettre sur. Ils étaient pas trop sûr de le faire au début, mais elle a pris rapidement et a fait un excellent travail jusqu'à ce que ... "

Nottingham. Où ai-je entendu ce nom?

"Qui est Nottingham pour vous?" Demandai-je.

"Je sortais avec Jim Nottingham depuis deux ans maintenant. Nous sommes assez près."

"Et il vous a demandé de trouver quelqu'un pour me suivre? Qu'est-ce un arrangement grande. Et maintenant, Julienne est pas là pour ramasser les frais d'escorte qui il a promis de lui payer. Je dirais que votre choix d'amis dans M. Nottingham laisse quelque peu à désirer."

"Arrêtez! Comment pouvais-je savoir ce qui se passerait? Comment était-elle savoir? Elle était tout simplement heureux d'être avec quelqu'un qu'elle aimait vraiment comme vous, et je suis heureux pour elle. Pensez-vous que je me serais amenée à participer si je l'avais su qu'il était quelque chose comme ça? "

"Non, je suppose que non. Je ne devrais pas juger que contre vous."

Je fis ma paix avec Corinne. Pendant les minutes qui suivent, je passais avec elle, elle m'a donné une image billfold-taille supplémentaire de Julienne qu'elle avait. Je regrette la quitter, et en fait, je suis désolé, je l'avais rencontré les deux filles dans ces circonstances, mais pas désolé, je les avais rencontrés. Il était juste une triste situation.

Je ne pouvais pas atteindre Nottingham cet après-midi, mais je pris avec lui le lendemain dans son centre-ville de cabinet d'avocats de Londres.

"Oui, entrez," sa secrétaire m'a dit presque immédiatement après avoir entré et moi-même annoncé.

Nottingham me serra la main fermement quand je suis arrivé dans son bureau, mais il n'a pas de bonne humeur. En fait, il était assis à son fauteuil de bureau regardant vers le bas, et ses yeux la mine largement évitée.

"Vous avez parlé à Corinne depuis hier, avez-vous pas?" Demandai-je, pas même prendre la peine de formalités.

"Oui."

"Eh bien, vous ne pensez pas que vous devriez me dire pourquoi vous avez recruté Julienne de se rapprocher de moi?"

Pas de réponse.

"Par ailleurs, je l'approuve de votre choix, ce que je veux dire est que je ressemble beaucoup à votre choix des femmes."

Cela semblait pour aider un peu, comme il y avait juste la moindre trace d'un sourire sur ses lèvres. Mais depuis qu'il avait obtenu rapidement consommé par son froncement de sourcils, il n'a pas été assez clairement.

"Je suppose que je ne pouvais tout simplement faire une déclaration à Scotland Yard sur ce que je sais et ai appris, et de les laisser prendre les choses avec vous à partir de là."

"Non, je ne pense pas que ce serait une très bonne idée," dit-il. Il était la seule chose non monosyllabique qu'il avait dit depuis que je suis arrivé.

"Pas une vraie bonne idée, je suis d'accord avec vous, M. Nottingham. Mais peut-être le seul recours si tout le reste échoue."

“Vous pourriez leur dire, mais je doute si cela peut aider beaucoup. Il ne serait certainement pas vous aider. “

“Voilà pourquoi je préfère que vous me dit ici et maintenant pourquoi vous avez recruté pour marquer son avec moi. Vous pourriez vous épargner un peu d’embarras inutiles et des problèmes plus tard. “

Il se leva et regarda par la fenêtre de son bureau pendant quelques minutes, absorbé dans ses pensées, jusqu’à ce qu’il se retourna et dit: “Très bien, Andrews. Je suppose que ce ne sera pas trop mal si je fais.”

Il lui a fallu un certain temps pour se déplacer sur les principaux points, mais l’essentiel de ce qu’il a dit était qu’il a été retenu non pas par la famille d’Adam Johnson, mais par le FBI de se pencher sur les affaires de Stefan Jovanovich, et qu’il avait été informé de mon arrivée presque aussitôt que l’avion je suis venu dans le atterri à l’aéroport d’Heathrow.

Depuis le FBI avait aucune autorité en Angleterre, il a fait plus de sens pour lui tout simplement d’avoir quelqu’un lier d’amitié avec moi plutôt que d’un détective expérimenté secouant tous mes interlocuteurs. Cela pourrait attirer trop d’attention. Julienne Maxwell avait semblé être un candidat idéal pour le travail comme elle était jeune et assez pour ne pas éveiller les soupçons innocent, et suffisamment bien relié à lui par Corinne Randall être assez fiable. Le seul problème était que Julienne était probablement un peu trop naïf et un peu trop enveloppé en moi pour leur être utile, comme elle canalisé aucune information nouvelle pour eux, et elle a fait l’erreur impardonnable de se faire tuer. Cela n’a pas été dans le plan soit.

“Bien sûr, vous pouvez imaginer m’a contrarié que lorsque je l’ai entendu,” at-il dit.

“Bien sûr,” je l’ai dit ironiquement. “Mais vous mettez néanmoins une fille à travailler sur le travail d’une femme, et un homme expérimenté devrait savoir mieux que de le faire.”

"Certes," at-il dit. "Mais nous-I - avais aucune idée Alpha Centauri était encore en Angleterre et je serais capable de faire cela. Du peu que nous avons pu glaner ils étaient clairement des îles."

"Peut-être que oui, maintenant," je l'ai dit. "Mais pas tout à fait."

Nous nous sommes assis dans la salle pendant quelques instants, ne rien dire, puis je me levai pour partir, disant seulement: "Vous devriez avoir honte de vous-même, M. Nottingham."

"Je suis," at-il admis. "Mais le pire de la douleur est que je ne peux rien dire ou faire l'effacement de la perte de cette jeune fille."

"Qu'est-ce que vous auriez fait si je ne l'avais pas survécu à l'épreuve dans le conteneur?" Demandai-je., "Voulez-vous nous avez expliqué ce qui est arrivé à Julienne à la police? Ou auriez-vous laissé les à tâtonner et de conclure qu'elle était juste une autre prostituée tués dans l'exercice de leurs fonctions? "

"Voilà une question difficile. Je dois y réfléchir un peu. Mon inclinaison serait de dire oui, mais cela est une situation très sensible."

Fink Rat. Il est toujours contente de laisser sa mort restent un mystère, aussi longtemps que ses soi-disant "objectifs élevés" se matérialisent.

"Je ne sais pas beaucoup sur vous, M. Nottingham," je l'ai dit. "Et franchement, je ne veux pas vraiment à mieux vous connaître, si vous savez vraiment ce que vous faites ou non. Mais vous avez vraiment bâclé celui-ci. Si vous-même qui a perdu était dehors, peut-être je me sentirais mal pour vous. Mais je peux vous promettre une chose: vous ne devez pas dépenser plus d'argent l'embauche de jeunes filles à me suivre."

Je suis parti.

Un peu plus tard ce jour-là je ai appelé Scotland Yard pour le sergent-détective Smithers.

"Il est sur la ligne avec quelqu'un d'autre en ce moment," a déclaré un autre enquêteur. "Puis-je vous aider?"

"Oui, dites-lui simplement son souhait est accordée. Je ne serai pas fouiner dans ce cas en Angleterre, pas plus. Il a tout pour lui maintenant. Si je tourne tout ce qui est utile, je lui dirai. "

Au revoir, en Angleterre. Il a été agréable de vous connaître. À la réflexion, juste au revoir.

24

Le voyage en avion à Washington a pris six heures. Je passais les deux prochains jours faire mes effets personnels dans l'ordre. Elizabeth Pinella avait fait mon dernier paiement de loyer à l'appartement où il est exigible, et avait décidé de déplacer mes choses que je pensais aurait été fait. Qui était un soulagement, parce que je devenais malade de vivre de valises, sacs en papier, sacs à dos et heureux que je pouvais enfin camp à quelque chose ressemblant à la maison.

Pourtant, même après une nuit ou deux dans l'appartement moisi, je me sentais étrangement à sa place, comme si je ne faisais pas partie plus là. Trop de choses avaient changé. Mais le seul problème est que maintenant je ne sais pas où je faisais partie. Je me sentais comme dans un endroit familier, mais mal à l'aise, comme si personne ne voulait plus me voir.

Je ai appelé Marcie Colline la première nuit quand je suis à la maison et elle était glaciale avec moi, surtout depuis que je l'avais été absent pendant cinq semaines sans même lui dire que je partais. Cela était aussi bien de toute façon, parce que je devais encore Julienne sur mon esprit et ne pouvait pas tout à fait gérer l'intimité.

Et Berg était d'avoir une réunion de famille aussi. Sa mère et sa sœur avaient descendu du New Jersey pendant quelques jours. Encore une fois, je ne suis pas désolé. Je ne suis pas sûr que je pourrais avoir tout expliqué ce qui est arrivé à moi. Et d'ailleurs, je suis en vertu des instructions strictes de ne pas.

Elizabeth avait obtenu l'un de ses amis proches de la Mission égyptien aux Nations Unies à New York pour trouver une liste des navires qui empruntent le canal de Suez au cours des six derniers mois, et bien qu'il ne serait pas nous donner une copie de la liste, il dit que je suis invités à venir à New York et à regarder. Je perdu peu de temps et sauté le prochain train disponible à partir de Baltimore.

Après un examen attentif des listes, il n'y avait aucun navire par le nom du Néerlandais Venturer passer par le canal. Ce qui signifie soit qu'il n'a pas traversé le canal, ou qu'il avait changé son nom pour éviter l'identification.

Il serait trop fastidieux de vérifier à nouveau par le biais registre maritime de Lloyd et le souscripteur de l'assurance au Lloyd, et d'ailleurs je ne voulais pas vraiment à la pointe quiconque off en Angleterre, en particulier le Nottingham de snoopy, sur ce que je faisais à.

Il n'a pas beaucoup de sens pour moi non plus, pour le navire de ne pas passer par le canal de Suez. Si nous pouvions faire confiance les papiers Irving Marshall avait dérobés avant qu'il a été assassiné, le navire serait probablement dirigé vers l'océan Indien. Non pas que les deux ou trois semaines supplémentaires qu'il faudrait pour contourner le Cap de Bonne Espérance auraient importait beaucoup. Il aurait certainement coûter plus cher en temps et en argent pour prendre la route plus longue, et je suis sûr qu'ils auraient payé pour que si ils ont payé pour rien. Je viens de supposer qu'ils voulaient pour arriver là où ils allaient aussi vite qu'ils le pouvaient afin qu'ils puissent faire ce qu'ils étaient en train de faire.

Je ferais l'information obtenu de Colin White à propos de la longueur, tonnage, la capacité et la conception du Néerlandais Venturer et a commencé à comparer ce rapport à l'information à partir des listes du Canal de Suez. La moitié de la liste que je immédiatement éliminé, de ces navires allant vers le nord à travers le golfe d'Aden et la mer Rouge dans le canal. Je me suis intéressé seulement dans ceux qui entrent dans le canal de la Méditerranée.

Je calcule que le navire avait quitté Tilbury un certain temps au cours de la dernière partie de Juillet. Cela veut dire que si elle ne passe par le canal, il était probablement en Août. Je rétréci les navires en direction sud jusqu'à onze de la taille approximative et le tonnage des Hollandais Venturer.Mais aucun d'eux avait ce nom. Si l'un d'eux était le Néerlandais

Venturer, il était probablement naviguant sous l'un des noms suivants:

Arabian étoiles - Mogadiscio
Neptune Seiner - Tilbury
Nakamura Maru - Kyoto
Garibaldi - Palerme
Torquemada Perez - Lisbonne
Trader Constanta - Roumanie
Navigator Périclès - Pirée
MacDonnell Endurance - Hull
MacDonnell Intégrité - Hull
MacDonnell Challenger - Hull
Bombay express

Un peu de recherche a contribué à éliminer la plupart de ceux qui sont trop. Les vaisseaux MacDonnell faisaient partie d'une flotte de ligne de conteneurs appartenant à MacDonnell Associates Ltd. de Hull, en Angleterre, une entreprise d'investissement et l'affrètement. Arabian Star, un navire appartenant à la Somalie était sur son chemin de la maison après la pêche au large de l'Atlantique Nord plateau continental ouest. Nakamura Maru du Protocole de Kyoto était un navire japonais de bonne foi que je confirme à travers les répertoires d'expédition. Il a été enregistré près de huit ans sous ce nom. Garibaldi de Palerme a été un changement de nom de cru récent, pas du Néerlandais Venturer, mais d'un autre propriétaire italien. Je ai appris que par la section des affaires économiques de l'ambassade d'Italie à Washington.

Qui a quitté le Neptune Seiner, Bombay Express, Torquemada Perez, Périclès Navigator et l'Constanta Trader encore être traitées.

Le Constanta Trader de Roumanie était une question délicate parce que les navires bloc de l'Est ne sont pas nécessairement mis dans les registres de navires occidentaux, et ils vont souvent dans les ports qui sont hors-limites pour les Occidentaux. Ce que je devais accepter sur la foi. Quoi qu'il en soit, il y avait des raisons suffisantes de penser que le Néerlandais a été Venturer pas passer pour un navire roumain. Après tout, un vaisseau de marine russe dans l'océan Indien pourrait devenir suspect, tirez à côté d'elle et de monter à bord. Ce serait trop risqué, donc il était une supposition sûre que le navire n'a pas été celui que nous cherchions.

Je ai envoyé un fil à Colin White pour voir si il pourrait avoir toute information concernant l'immatriculation ou le propriétaire des quatre autres. Deux jours plus tard, il câblé retour positif sur le Torquemada Perez. Il a été détenu par une société brésilienne, mais enregistré à Lisbonne. Qui a quitté le Bombay Express, Neptune senneur et le Navigateur de Périclès.

Le Neptune Seiner de Tilbury semblait le plus probable, est que, si les nouveaux propriétaires ont tout simplement changé d'un nom anglo à l'autre. Et les navires grecs et indiens étaient probablement seulement deux seaux de rouille indépendants que certains opérateurs indépendants avaient sauvé des casses dans l'espoir que leur disparition retardée pourrait produire quelques dollars avant destruction inévitable était inévitable. Mais maintenant, je suis réduit à deviner travail. Où je suis allé à partir d'ici, je ne l'ai pas la moindre idée.

Si nous voulions trouver le Néerlandais Venturer, nous aurions à l'aile. Le problème était il n'y a simplement aucun moyen de localiser un navire en haute mer, si il n'y a pas de contact radio et l'agent du propriétaire ne sait qui entend régulièrement de son opérateur radio. Si le navire choisit de disparaître dans quelque gouffre sous-marine sur le continent de l'Atlantide, ce est pas moyen de trouver quelqu'un d'autre que le drainage des océans et de vérifier toutes les épaves. Sauf bien sûr le navire ne descend pas. Dans ce cas, il doit mettre dans un port quelque part pour se ravitailler et se réapprovisionner. Mais où? Sans instruits suppose que ce pourrait être n'importe où à littéralement une quelconque des centaines de ports à travers le monde, et ensuite sous un nom d'emprunt.

"Il suffit de cocher pour les arrivées dans les ports le long de la rive nord de l'océan Indien," Elizabeth Pinella avait dit après que nous ayons discuté du problème par téléphone.

Ce qu'elle voulait dire était qu'elle avait me garder payer pour Sleuth it out, en utilisant chaque plan possible dans certaines limites financières. Mais ne demandez pas pour une flottille de navires de recherche et un escadron d'aéronefs pour le trouver. Outre la dépense, il serait trop attirer l'attention.

Je suis allé à la zone de Battery Park à la pointe sud de Manhattan, et par arrangement préalable arrêtés dans l'île de proximité Gouverneur pour une conversation avec le commandant par intérim du Système de sauvetage des navires d'assistance mutuelle automatique de la Garde côtière américaine. Capitaine Ronald V. Mayland m'a amené dans son bureau et nous avons tous deux pris sièges.

"Je comprends que vous suivre les navires dans les océans du monde entier avec votre ordinateur," je l'ai dit. "Mon client a un problème en ce qu'il est un navire en mer que nous devons atteindre et nous ne savons pas comment."

"Quel est son nom?" Il a demandé. Sa moustache noire touffue couvert la moitié supérieure de sa lèvre supérieure. Je voyais les extrémités humides de la moustache scintillent avec le reflet de la tête de la lumière fluorescente.

"Je ne peux pas dire à coup sûr," je l'ai dit. "Il pourrait être l'un des trois noms, le navigateur de Périclès, le Bombay Express et le senneur Neptune." Prudence statué contre donner le nom du Néerlandais Venturer.

Capitaine Mayland secoua la tête avec incrédulité.

"Il ya eu un changement de nom," je continuais. "Le nouveau propriétaire essaie d'échapper à certaines obligations financières non satisfaits au vendeur par commutation identité et registre du nom du navire."

"Vous voulez dire un vol pur et simple d'un navire?" Il a demandé, incrédule, les yeux commence à être grande. "Je l'ai vu beaucoup, mais ce qui les surpasse tous à peu près."

"Non, pas exactement," je l'ai dit, se tortillant légèrement dans mon fauteuil. "Juste quelques obligations contractuelles qui sont encore en suspens."

"Je ne le fais pas maintenant de savoir si vous êtes au courant de cela, M. Andrews, mais notre système est un service de sauvetage en détresse du navire seulement. Nous sommes expressément interdit par la loi à exercer une activité commerciale de tout type."

"Ce que je espérais, capitaine Mayland, est que vous pourriez avoir un enregistrement de la position de ces navires afin qu'ils puissent être contactés. Nous avons de bonnes raisons de croire qu'ils pourraient être dans l'océan Indien."

Je suis resté dans le bureau seul alors il a vérifié sur quelque chose impliquant les noms des navires. Près de dix minutes plus tard, il revint, en secouant la tête.

"Aucun de ces navires sont dans notre système," at-il dit. "Vous dites qu'ils peuvent être des navires de pêche? Normalement, ils ne participent pas. Nous traitons avec la plupart des navires de commerce."

Je ne comprenais pas et lui ai dit rapidement afin.

"Qu'est-ce qui se passe normalement ici," a déclaré le capitaine Mayland, "est les navires marchands régulièrement, habituellement toutes les 24 heures, ont leurs positions, vitesses de croisière et prochain port d'escale enregistrées avec un de nos stations navire-terre correspondant radio. Ces données proviennent de navires dans le monde entier et il est régulièrement entré dans l'ordinateur, qui extrapole en permanence les positions des navires à tout moment à partir des données que nous recevons. Alors, si nous devrions obtenir un appel de détresse navire de toute source, notre ordinateur donnera une lecture presque instantanée des navires correspondants les plus susceptibles d'être dans le voisinage, qui seraient en mesure de prêter assistance au navire. Si ils ne sont pas des navires correspondant, cependant, il n'y a aucun moyen de savoir où ils sont, sauf qu'ils ont mis dans un appel de détresse. "

"Je vois," je l'ai dit.

"Et je ne suis même pas sûr que si nous ne disposons pas de ces navires sont entrés dans l'ordinateur, je pourrais vous donner l'information. Nous aurions à être convaincu de vos motivations, votre utilisation de l'information. Nous ne sommes pas seulement autorisés à donner ceci à personne sans raison valable."

Je pouvais voir que je recevais nulle part rapidement. Et même si je jouais au nom d'un entrepreneur qui faisait le travail pour une partie du gouvernement, il serait trop expliquer.

"Le problème avec les navires de pêche trop," Capitaine Mayland poursuivi, "est qu'ils sont gitans, si vous me permettez l'expression. Si elles ne sont pas déjà confinés aux eaux côtières où les poissons sont généralement la scolarisation, et où les navires de patrouille côtière ailleurs sont déjà susceptibles d'être, ils errent dans les eaux inconnues sur des destinations incertaines. Un navire marchand aller de New York à Havre, par exemple, va sur la route la plus directe la plus droite,. Avec une vitesse de croisière moyenne et même manquer un couple de rapports quotidiens, il ya toujours une grande prévisibilité où ce navire sera, si cela est nécessaire. Au cours de 24 heures un navire de pêche pourrait doubler en arrière sur son cours et après que virer à 90 degrés dans les deux sens. Sans beaucoup plus de rapports que nous sommes en mesure de traiter de ces navires il n'y aurait pas moyen pratique de suivi et de leur positionnement. Je crains, M. Andrews, qu'il n'y a aucune façon nous pouvons vous aider, "à moins que l'une de ces trois options de vente en un signal de détresse.

"Merci, Capitaine. Il a été vraiment intéressant de parler de vous. Je vous remercie de votre temps et d'attention de toute façon. "Je lui ai serré la main et à gauche.

Ce fut une déception, et je étais là, pris entre le marteau et la mer d'un bleu profond.

25

Comme je l'ai visité par nombre de ports de l'océan Indien, les Old Navy affiches de recrutement des Etats sont venus à l'esprit. Ils ont montré jeunes hommes clean-cut et même une femme alibi en uniforme bleu et blanc spiffy contre un pastiche des Sept Merveilles du Monde.

"Voir le monde-joindre la Navy!" Les affiches déclarés. Mais le monde des marins, je regardai, et pas seulement américaine, mais à partir d'autres navires nationaux, était bien différente des affiches. Il était un monde de pompes d'assèchement et les chaudières graisseux profonds dans les coques de leurs navires, et du travail de toutes sortes partout ailleurs à bord. Et lorsque le congé de rivage est finalement venu après une trop longue en mer, il était un monde de naviguer à travers les proxénètes, les prostituées et taprooms riveraines sordides. Malheureusement, une fois ces enfants ont eu en elle, ils seraient obligés de passer à travers et hors de lui sur leur propre.

Et je compatis, mais encore tout ce que je pourrais faire est de regarder. Et pour dire la vérité, je ne me sentais pas bien différent d'eux. Un peu plus de chance, peut-être, mais je devenais exposé à la même chose sur le rivage, que plus de lui. L'inactivité et l'attente, de l'étoffe dont est faite l'ennui, devenaient pour moi.

Je l'avais trop été attiré par la perspective de voir le monde et maintenant je courais à plat contre ma désillusion. Comme je voyageais de port en port, traîner pendant des jours d'affilée, puis de passer, mes esprits fléchi plus en plus bas. Il semblait que le navire je cherchais ne serait jamais tourner vers le haut.

Je évité le persan ou le golfe Persique-ce qu'il serait appelé dépendait de qui a gagné la guerre. Les détroit d'Ormuz avaient été interdites à la navigation pendant un certain temps par les canons placés sur les quais opposés. Un navire ne serait pas entrer à moins d'avoir une coque de quatre pouces en acier, un ensemble de gros canons, ou des roches dans la tête du capitaine, ou l'ensemble de ceux-ci. Depuis la guerre sainte avait chauffé entre les Shi-ites et les Sunnites, avec les Russes qui soutiennent les forces combinées des Afghans et les Iraniens contre les Saoudiens, des Irakiens et des États de la Trêve, personne dans son bon esprit entré dans la zone. Le pétrole a été désormais fourni dans les pipelines à travers le désert saoudien directement aux navires en attente pour le charger dans la mer Rouge.

Je ai eu une assez bonne idée que le navire ne serait trouvé là de toute façon. Surtout qu'elle était probablement en utilisant les mers ouvertes de l'océan Indien avec un arrêt occasionnelle à un port de l'océan Indien. Mon premier choix était Colombo, au Sri Lanka, mais après une semaine là à parler avec des agents de navires et le Scoutisme les terminaux et quais je suis passé. Finalement, je l'avais retenu Ranbir, un Indien diminutif qui dirigeait une agence luttent et presque défaillant navire pour agir en tant que mes yeux et les oreilles dans ce port pendant mon absence.

Je fis le tour, saut avions, parfois wiith connexions très pauvres, à des endroits comme Rangoon, Calcutta, Chittigong, Madras, Bombay et Karachi, mais dans tous les ports dont je observé pendant plusieurs jours, il n'y avait pas des résultats immédiats. A Bombay, je appris que le Bombay express appartenait à un opérateur de fishboat qui venait en affaires pour lui-même. Il avait récemment acquitté de sa charge de poisson congelé à une petite usine de transformation à Bombay et à partir de ce que je pourrais apprendre à parler au processeur le navire était parti pour le détroit de Malacca à pêcher dans la mer de Java. Je savais que cela n'a pas été celui que je cherchais.

A Rangoon je appris que le Navigator de Périclès était dans le port pour les travaux de réparation mineure avant de passer à Singapour pour être livré à un nouveau propriétaire. Cette information, qui m'a pris près de trois jours et presque autant de milliers de dollars en frais de développer, éliminé ce navire. Si je devais tous les doutes que je était libre d'aller sur le chantier naval, aller sur le bateau, parler au capitaine, tout ce que je voulais. Je les ai pris sur leur offre plus d'un besoin de quelque chose à faire que de tout soupçon que ce qu'on m'a dit était faux. D'ici là, je l'avais été à l'itinérance les ports de l'océan Indien pendant plus de quatre semaines.

Il n'a pas été jusqu'à ce que je fait un voyage à Diego Garcia que je suis sur le Neptune Seiner. Je suis presque certain alors que ce devait être le même que le Néerlandais Venturer. Personne dans l'un des ports I avait été dans jamais rappelé avoir vu un navire appelé le Néerlandais Venturer, et tous les autres bateaux de pêche à l'exception du Neptune Seiner avaient été comptabilisés.

Dans Diego Garcia, Lucius St. George, un homme noir diplômé d'Oxford articulé, était le directeur commercial du port et il m'a informé de l'arrivée du navire quelques semaines plus tôt. Il avait été unagented, at-il rappelé, et il était venu dans brièvement provisions fraîches et de l'eau. St. George avait parlé avec le capitaine et avait vu le navire, et a noté qu'il avait regardé remarquablement spic-and-span pour la sale besogne de chalutage du poisson. La dernière fois qu'il avait été dans le port était trois semaines plus tôt dans les îles Seychelles. Il ne savait pas ce que la prochaine destination du navire serait, mais il m'a donné l'impression que généralement le navire est resté en mer pendant trois à six semaines avant de le mettre dans des dispositions.

Je suis rentré à Colombo, au Sri Lanka et conféré avec mon homme Ranbir, puis attendu. Je fis le tour des cafés et des bars, il semblait une douzaine de fois, et avait repoussé presque tous les progrès de dizaines de B-girls, lire les romans de la pâte et des magazines de ce que les librairies que je pouvais trouver, écrasés trop de cafards dans ma chambre d'hôtel , et se préparait à écrire un livre sur la façon de tuer le temps efficacement quand un soir, je reçu un message de Ranbir à mon hôtel que le Neptune Seiner avait tiré dans le port.

Je pris mon appareil photo wth moi et glissa hors de l'hôtel, héler un taxi de passage. Il était près de crépuscule que nous avons voyagé à travers la ville aux quais, les rues défoncées cliquetis passé bâtiments vacants et la saleté urbaine. Un pâté de maisons de la jetée je suis sorti de la cabine et payé le chauffeur de taxi, puis se dirigea le long du côté des hangars jusqu'à ce que je suis venu le long du navire.

Quelqu'un se tenait montre sur le pont du navire, mais tout le monde semblait-il était à l'intérieur et de l'activité sur le quai était à l'arrêt.

Je me tenais à regarder le navire, caché dans l'ombre. Dans l'obscurité approchant je pouvais juste faire les lettres orthographe Neptune Seiner. La jetée gémi comme un afflux d'eau a poussé le bateau contre la cloison.

Une porte sur le pont ouvert et un rayon de lumière éclata.

"Jacques," une voix cria. "Venez ici."

L'homme de quart a disparu par la porte avec un ami, peut-être à partager une bouteille de vin.

Je contemplais dans l'ombre Que faire ensuite. Ranbir pas pu être atteint dans la nuit, il avait pas le téléphone dans son appartement, ou sinon je aurait dû l'appeler la police portuaire d'avoir le capitaine servi avec une detainer temporaire. Peut-être un avocat pourrait obtenir une ordonnance du tribunal de tenir le navire sous prétexte d'avoir la dette de Colin White réglé. Mais je ne voulais pas laisser non plus, je devais faire quelque chose. Ma conjecture était le navire serait dans le port pour un autre jour. Ou il aurait pu être une autre semaine.

Jacques, l'homme de quart, avait toujours pas de retour, donc je rampé jusqu'à la passerelle et se cacha près de quelques évents ,. Une demi-heure plus tard, Jacques est revenu et a continué à monter la garde ,. Il y restera jusqu'à huit ans, quand un autre homme lui soulagé. Son soulagement, contrairement à la Jacques nonchalante, se tenait juste en haut de la passerelle. Je l'avais trouvé le navire peut-être mieux que je ne voulais. Maintenant, je ne pouvais pas descendre à moins qu'il était sur le côté tribord dans l'eau. Et compte tenu de la putréfaction et de débris flottant dans l'écume qui, je ne me réjouis pas cette idée.

Je pouvais voir assez bien de là où je suis positionné, et accroupi, il était pas trop inconfortable soit. Il y avait un espace à trois côtés pour moi environ quatre pieds de long entre un casier de gilet de sauvetage et deux évents. Non loin de là aussi était un canot de sauvetage. Je continuais à regarder une occasion de glisser sur la rampe de nouveau, mais à une faute l'homme se regarder et ne m'a pas donné l'occasion de passer à travers. Après quelques heures de ce je me suis assoupi.

À quatre heures, je fus réveillé par le son d'une cloche et des pas de brouillage sur le pont. Il faisait encore sombre, donc je réussi à ramper sous la bâche du bateau de la vie où je suis mieux caché de la vue. Mais malheureusement, je ne pouvais pas non plus voir l'homme de quart. De les sons sur le pont, il y avait tout d'un coup beaucoup d'activité. Je ne l'avais pas rampé là un instant trop tôt.

"Make Way-Easy Does It-lâcha," je entendu crié. Et puis je entendu le bruit des moteurs et le gémissement des lignes. Le navire tirait loin!

Je restai dans le canot de sauvetage congelé. Dois-je faire un tableau de bord pour la passerelle? Devrais-je me remettre au capitaine? Devrais-je sauter par-dessus le côté? Chacune des possibilités avaient plus d'inconvénients que d'avantages. Que devrais-je faire? Je ne fais rien. Je suis trop choqué de penser. Peut-être n'y avait rien que je pouvais faire.

Puis il est venu à moi que je ne l'avais pas trouvé de Ranbir comment il avait appris de l'arrivée de Neptune Seiner. Peut-être qu'il était par les vendeurs qui avaient déjà provisionnés fraîchement le navire. Je pensais que cela venait de mettre en mais peut-être il avait déjà été dans un jour ou deux. Je ne savais pas quoi faire. Et si, après tout le Neptune Seiner n'a pas été le Néerlandais Venturer? Puis de nouveau, si ce était?

Au lever du jour, près de sept heures, je suis désespérément perdus en mer à bord de ce navire. Grâce à une ouverture à l'arrière de l'embarcation, je pouvais voir la côte du Sri Lanka peut-être vingt, trente miles. D'ici là, les mouettes étaient retombés et loin. Nous étions bien à l'écart des terres.

Je restais toujours à l'intérieur de l'embarcation, figé par la peur et l'inactivité. Je savais que la faim et la soif me rendrait si ma propre curiosité n'a pas intervenir en premier.

Vers neuf heures, je ai entendu plus d'activité sur le pont arrière, certains cliquetis de broches et le broyage du métal contre métal. Maintenant, profondément dans les entrailles du navire il y avait un vrombissant à faible pente. Grâce à quelques petits trous entre les oeillets à la toile je l'ai vu plusieurs grandes sections dans le pont arrière disparaissent, fait reculer dans la cale, dans le cadre de certains appareils hydrauliques. Et sur la cale est venu, je ne peux pas le décrire-un assortiment de bidules qui ressemblait antennes. Mesh antennes d'écran en forme de plats, une antenne parabolique très grand de plus de 20 pieds de diamètre, plus un assortiment de petites antennes. Le navire était un certain type de navire de communications radio se faisant passer pour un chalutier de pêche normale!

Dès que ce niveau du pont des gadgets atteint ça sonnait comme une autre série de moteurs a repris, télescopant les antennes plus en plus élevés jusqu'à ce qu'ils soient tout à fait clair du pont avant et les treuils arrière. Pas étonnant que le navire était si chic. Le seul poisson jamais à venir à bord devrait être des poissons volants, et des cavaliers exceptionnels à cela.

Une fois le matériel avait atteint sa hauteur maximale sur les plates-formes, les antennes ont commencé pivotant. Certains, surtout les plus petites, ont fait des tours complets, tandis que la grande antenne parabolique de 20 pieds seulement pivoter plusieurs fois, comme si pour obtenir un meilleur angle sur quelque chose dans le ciel.

Je suis resté dans le canot de sauvetage. Mais l'intérieur de la chaleur a commencé à augmenter alors que le soleil se glissa haut dans le ciel. La bâche absorbé la chaleur et l'a gardé. Il y avait très peu de brise qui est venu dans le canot de sauvetage. Je me suis positionné près de la poupe, où l'ouverture de la bâche était le plus grand, où je pourrais obtenir la meilleure ventilation, et je dois avoir été bercé au large de dormir brièvement par le chaleureux, proche de l'air et le mouvement de rockiing du navire.

"Qui est-ce?" Cria une voix, me réveiller. Soudain il y eut un éclat de lumière sur moi et un homme maigre vêtu de kaki, avec une moustache inculte et un béret rouge couvrant ses cheveux galeux, était à la recherche sur moi.

"Hey Herman, Mack! Venez ici, Regardez ça! "

Je savais que cela devait venir tôt ou tard. "Boursiers Okay," je l'ai dit, debout et sortir. "Je me demandais quand vous alliez me trouver."

"Qui êtes-vous?," Il a exigé l'homme.

"Il est tout un accident. Je peux expliquer. Vous feriez mieux de me prendre à l'homme en charge. "

Les trois se tenait sur le côté pendant une minute et parlé. Alors celui qui avait découvert m'a dit: "Viens de cette façon." Je l'ai suivi et les deux autres fermaient la marche.

Nous sommes allés dans la cabine de la petite capitaine et m'a ordonné de s'asseoir. Mack et Herman étaient assis de chaque côté de moi, alors que Pete a quitté pour aller chercher le capitaine.

"Vous êtes dans un tas o 'ennuis, mon pote," a déclaré Herman, un grand homme musclé avec un sourire qui montrait que plusieurs gommes dents. Il m'a rayé sous le menton.

"Im Congé 'être!" Snapped Mack, un homme au regard dur maigre qui avait perdu la plupart de ses cheveux à la calvitie prématurée.

Le capitaine a montré avec Pete quelques minutes plus tard. À l'extérieur, il ressemblait à une sorte de personne sympathique. Il semblait sa peau coriace a été définitivement bronzé par le soleil, et il était d'environ 45 ans et aux yeux bleus pâles.

"Vous feriez mieux de vous Axel," at-il dit à Pete.

"Qui est Axel?" Dis-je. "N'êtes-vous pas en charge ici?"

"Techniquement, oui," dit le capitaine. "Quand il vient aux questions nautiques. Mais je veux que vous parlez au commandant de la mission."

"Conrad Axel?"

"Est-ce-que tu le connais?"

"Je l'ai entendu parler de lui."

Je cherchai son visage pour plus de traces de cette convivialité que je détecté mais le capitaine a été clairement pas d'humeur pour le petit entretien ou la conversation. Ma présence avait visiblement accru la tension.

Quand il est entré, il était le même Conrad Axel je l'avais vu à New York et Baltimore, un homme compacte courte avec des cheveux noirs et une barbe coupée. Ceux même brun foncé, yeux intenses.

"Qu'est-ce que dans l'enfer qui se passe ici? Qui es-tu?"

"Appelons juste moi un ami de la famille."

Herman avait saisi mon bras droit et plié en arrière dans un Half Nelson. Je grogné.

"Tenir hors," a déclaré Conrad. "Je crois me souvenir de lui. Andrews, non? Vous avez été sur écoute-moi pour les derniers mois. Comment avez-vous à bord? "

"Disons-le de cette façon, Conrad. Quelqu'un m'a injecté avec de la dope et m'a fourré dans le bateau de la vie quand personne ne regardait. Quand je revins à moi, ici, je l'étais, en mer."

"Est-ce vrai?" Dit-il, l'air confus pendant un moment. "Non, vous mentez. Pas de réponses intelligentes ici. "Il fit un geste comme pour me frapper.

Herman a pris la queue et se pencha à nouveau mon bras dans une demi-nelson. Cette fois, je gémis. Il sentait qu'il avait disloqué mon épaule.

"Licencier, Herman, maintenant vous autres sortir, chacun d'entre vous. Pete et Herman vous vous tenez devant la porte jusqu'à ce que je suis fini. Cap'n et Mack, sur. A plus tard. Je dois parler avec ce jeune mec pendant un certain temps."

Ils ont tous déposé sur, jusqu'à ce qu'il n'y avait plus personne, mais Conrad et moi, il hmself versé un verre et se tenaient en remuant, me regardant comme il puttered.

"Vous êtes un petit bâtard tenace, n'êtes-vous pas?" Dit-il question d'un ton neutre.

"Que veux tu que je dise?"

"Vous savez, nous avons travaillé sur ce projet depuis près de cinq ans," at-il dit, ne me regarde pas, mais comme si il parlait à lui-même. "Et nous avons tout vers le bas pour le soin des moindres détails prise. Vous ne disposez pas de toute conception combien de planification et d'exécution tout ce projet a pris, et un petit bâtard sournois comme vous sort du bleu et menace de perturber constamment. Tout ce que vous en venir, Andrews? Avez-vous une idée de ce que vous êtes impliqué dans? "

"Je pense que je ai une assez bonne idée," je l'ai dit.

"Vous vous trompez. Si vous saviez ce que vraiment vous avez été impliqué dans, vous ne seriez pas vous impliquer. Je l'ai presque envie de vous souffler et vous nourrir aux requins maudits."

"Pourquoi ne pas vous?" Je fus soudain sentir découragé.

"Je devrais," dit-il vaguement. "Mais avec ma chance se passerait quelque chose pour vous garder en vie ou faire nous."

Il n'y a personne pour vous empêcher de faire ce que vous voulez ... d'autre part, vous ne savez pas qui pourraient être à la recherche pour moi et qui sait que je suis ici. "

"Vous avez raison à ce sujet," at-il dit. "Mais ce que je ne peux pas comprendre ce que vous pensez que vous avez à gagner à nous tailing?"

"Je fais juste un emploi. Tout comme vous êtes. Représentant de sécurité associés internationaux. Travail d'investigation privée. "

"Et dans quel but?" At-il demandé.

"Vous devriez savoir que, Conrad. Après tout, vous aviez Irving Marshall tué, je l'espère, il était pour une raison."

"Tu es un imbécile foutu de vous impliquer avec ces deux. Marshall était juste un gumshoe lavé-up qui a été lâché par la CIA il ya cinq ans. Mais il ya toujours un organisme prêt à payer quelqu'un pour fouiner dans les affaires de quelque autre organisme."

"Cela vous donne le droit de le tuer, alors, non?"

"Quand vous considérez le mal qu'il aurait pu le faire, oui. Je ferais la même chose pour vous si vous étiez à ma façon."

"Même si cette enquête dans vos activités est à la direction du conseiller de sécurité nationale du président?"

"Vous savez, je ne me soucie pas si elle est à la directon du président lui-même. Cinq ans qu'ils prennent pour mettre cette opération, et maintenant un autre bras du gouvernement est prêt à exploser en miettes. Vous vous demandez si le gouvernement sait ce que dans l'enfer qu'il fait."

"Savez-vous ce que vous faites?" Demandai-je.

"Oui, bien sûr que je fais," dit-il avec plus d'un peu d'irritation.

"Ce que tu fais?"

"Très bien, ça y est," dit-il, va pour la porte. "Fous le camp d'ici."

Il ouvrit la porte et Herman et Pete est venu. Ça y est, je pensais. Ici, ils ne doivent pas utiliser des chaussures de ciment.

"Prenez-le, d'accoster 6C et l'enfermer dans," Conrad commandé, "Puis ont la galère lui envoyer quelque chose à manger et à boire."

Ils me conduisirent à mes nouveaux quartiers et fermé la porte.

26

Dans l'ensemble, il était pas si mauvais que ça. Cela aurait pu être pire. Je aurais pu requin fourrage, ou si encore en vie, nager dans le Wild Blue Yonder. 6C était pas beaucoup plus grand qu'un placard à balais, mais il y avait un lavabo où je pourrais obtenir nettoyé et un lit superposé et une chaise. Il y avait même un minuscule hublot qui m'a donné une vue sur les toits et aussi l'eau seulement sept ou huit pieds au-dessous. Certainement hébergements touristiques. Il semblait qu'il avait été construit comme une cabine de couchage pour l'ingénieur du navire pour qu'il puisse rester à proximité des eingines sans courir plusieurs vols pour attraper une sieste.

Deux repas par jour, toute l'ennui sommeil et je pouvais obtenir, rien à lire et beaucoup de claustrophobie étaient mon tarif pour les cinq prochaines dys, compté par les couchers de soleil. Je suis un prisonnier à bord d'un navire hors la loi. Qu'est-ce que faire de moi, un bon gars ou un méchant?

Le seul contact que je devais était quand Pete soit, Herman ou Mack arrivent deux fois par jour pour enlever mon plateau du repas précédent et de me donner une nouvelle.

Pete et Mack ne semblaient pas demi-méchants, un peu grossière, peut-être, mais ils me traitaient avec courtoisie et respect. Seulement Herman semblait apprécier plus que cela.

La première fois que Herman m'a apporté mon plateau, il m'a donné un de ses sourires de regards concupiscents et de poing mon bras à quelques reprises. Il était une brute musculaire, peut-être juste me tester pour voir si il pouvait me frapper autour si je lui ai montré toute lutte. Je décidai de le laisser aller. Je l'aurais battu l'enfer hors de lui tout de suite et là la première fois, sauf que je ne pourrais pas avoir connu un sort aussi bien contre lui dans un combat, ou il pourrait avoir obtenu tous les trois d'entre eux pour me travailler plus et que certainement n ' t être bon.

Les prochaines fois, il a montré jusqu'à il a fait plus de la perforation de bras, mais ensuite il a commencé à tourner mes bras et de faire la demi-nelson.

"Ça fait mal?"

"Oh - h - h - h!"

"How 'bout ceci? Cela fait mal? "

"Awwwwwh! Licencier, vous Brute! "

"Brute, hein? Comment 'bout cela? "Il m'a eu dans un Full Nelson et ensuite cogné ma tête dans le disque de mur, puis m'a laissé. Pour les prochaines heures, je soignais une grosse bosse sur le dessus de ma tête.

Plus tard dans la soirée, quand Mack-I était reconnaissant qu'il était lui et non-Herman est venu autour, je lui ai dit d'être malmené.

"Voilà Herman, tout droit. Il est un mec moyen, non? "Il sourit.

"Ouais, eh bien vous voir à ce qu'il arrête? J'apprécierais."

"Nous verrons," at-il dit. Tout ce qu'il semblait offrir était un sourire narquois. Je pouvais voir Mack a été ne sera pas beaucoup d'aide.

Je dormais sur mon estomac qui nuit quand tout d'un coup je me suis senti un poids énorme dans le bas de mon dos. Je me suis réveillé avec un gémissement et a commencé à se déplacer.

"Pas un faux bruit ou mouvement, compagnon."

Il était noir presque pas dans la cabine, mais avec mes yeux de la nuit je l'ai vu la carcasse de 300 livres de Herman sur le dessus de moi. Il était à genoux sur mon dos.

Je commençais à tourner loin quand tout d'un coup je me suis senti un bord métallique forte grattant ma joue et faisant un bruit de grattement contre ma croissance de six jours de barbe.

"Peep un peu, et vous obtiendrez un rasage plus que vous le pensez."

Il a dû avoir son poids sur un genou parce qu'il a déplacé son poids et maintenant est descendu dur sur mon dos avec les deux genoux. Le poids a été écrasante. Je me suis senti mon dos virage. Si il n'y avait pas eu le tic-tac mince, je me sentais comme si je voulais briser.

"Descendez-moi, vous ..."

"Quoi? Qu'est-ce que tu vas me demander? "Il a tracé ma gorge d'une oreille à la pointe de son couteau.

"Un bon gaillard. Vous êtes un bon gaillard, d'accord? Maintenant, allez-vous s'il vous plaît descendre mon dos? "

"Écouter. Vous faites exactement ce que je dis. Je vais avoir du plaisir avec vous."

Il a tiré mes bras autour derrière moi et lie rapidement mes mains. Puis il m'a tiré vers le bord du lit et a commencé arrachant mon pantalon.

"Hey! Qu'est-ce que c'est ça? ... Ne pas! "

Il a fait une entaille sur ma joue avec son couteau. Sang a commencé à couler dans ma bouche et partout dans ma couchette.

"Entendre ce que je dis 'bout bein' calme?"

Il a tiré mon pantalon à mes chevilles et a tiré mes pieds sur le sol. Mes petits pains nus étaient dans l'air. Il fouilla avec ses propres pantalon, puis avec lui-même.

"Salaud," murmurai-je.

"Qu'est-ce que je dis 'bout bein' calme?"

Il a retiré puis façonné un bâillon qu'il a placé sur ma bouche.

"Scream tout ce que vous voulez maintenant, vous imbécile. Tu vas mourir le matin de toute façon. Je pourrais aussi bien Ave mon plaisir."

Il semblait qu'il allait essayer de faire quelque chose de désagréable avec moi. Je tortille mais avec son poids et les contraintes sur mes poignets, il était difficile de se déplacer loin.

Il a gardé souffler et gémir, mais rien ne se produisit. Puis les lumières dans la cabine soudainement dévié.

"Qu'est-ce qui se passe ici?" Il était le capitaine avec Jacques.,

"Thompson," le capitaine dit Herman. "Qu'est-ce que dans l'enfer faites-vous?"

Ils avaient pris Herman juste avant qu'il allait faire quelque chose. Le capitaine était furieux.

Herman rapidement tiré son pantalon.

Le capitaine, voyant le sang sur mon visage et le couteau sur le lit, a agi rapidement et a saisi le couteau. "Obtenir dans le coin, Thompson!"

Il se tourna alors vers Jacques et lui a ordonné d'apporter Conrad. Environ deux minutes plus tard, Conrad est venu dans la cabine bondée, vêtu seulement en lingerie blanche et lanières.

"Regardez cette," a déclaré le capitaine. "Je veux que vous voyiez cela. Cela ne va pas sur ce navire."

"Je suis d'accord," a déclaré Conrad. Il a ordonné à Jacques délier mes mains et je tire mon pantalon sans encouragement.

"Je l'ai eu tout de ce salaud, je vais prendre," a déclaré Conrad au capitaine, pointant à Herman. "Liez-le," il commanda à Jacques, qui a commencé à protester.

"Fais comme je dis!"

Ils ont mené Herman hors de la cabine avec les mains attachées derrière le dos et me enfermés à l'intérieur de nouveau comme d'habitude. Je soignais mes coups de couteau superficielles au niveau du bassin.

Plusieurs minutes plus tard, je entendu ce qui semblait le rapport d'un pistolet. Ai appris quand Pete est arrivé dans la matinée avec mon petit déjeuner que Conrad lui-même avait tiré Herman dans la tête et l'a poussé par-dessus bord avant son tachés de sang le pont.

Ce même jour, vers deux heures l'après-midi, je fus conduit dans la cabine du capitaine nouveau où on m'a ordonné de s'asseoir à une table avec le capitaine et Conrad Axel.

"Vous l'avez fait par la peau de vos dents," a déclaré Conrad. "Herman vous a sauvé, si vous voulez vraiment connaître la vérité."

Si je comprends bien ce qu'il essayait de faire passer, je l'aurais été reconnaissant de ce que Herman essayait de me faire.

"Nous vous tourner lâche," a poursuivi Conrad. "Sans le capitaine Herman ici peut utiliser votre aide. Cela signifie que vous participez dans les détails quotidiens de travail avec Pete, Mack et Jacques. Nous savons que vous n'êtes pas un matelot breveté. Mais vous aurez la responsabilité de Jacques et de faire tout ce qu'il vous dit de. Pas de questions posées. Vous sortez de la ligne une fois et qui est la fin de vous. "

Le capitaine hocha la sanction et ils me fit signe de partir.

Je étais sur la porte quand Conrad appelé, "Une chose plus, Andrews. Ne laissent aucun rivage pour vous non plus. En fait, vous êtes enfermé dans votre cabine automatiquement dès que nous la terre vue."

Cela au moins était un changement bienvenu par être enfermé. Les prochains jours, je était heureux de circuler sur le navire, même si elle était aussi l'homme faible sur le totem. Les trois membres de l'équipage que je avait été jeté avec les travailleurs étaient des chalutiers de poisson de Hull qui avait aidé à amener le Néerlandais Venturer de Hull à Tilbury et était resté avec elle depuis.

Ils savaient encore moins sur la mission du navire que je l'ai fait, accepter la gadgets électroniques à bord comme quelque chose d'incompréhensible et hors de leur sphère d'activité.

"Il bat poissons boatin," "Pete avait dit à moi une fois, mais il a dit aussi qu'il a manqué le travail acharné et le défi d'avoir truqué des filets et de la manipulation de la prise quotidienne.

Le prochain niveau de membres de l'équipage étaient des marins."" Ils seront Inclu Eager, l'ingénieur, le capitaine Richard Morris et First Mate Lyle Wilson. Puis il y avait les "experts de la mission." Ce sont les plus mystérieux de l'équipage. Ils comprenaient Conrad, deux hommes de radio et de l'électronique, plus un expert en informatique, et puis bien sûr il y avait Robert, l'intendant, et Chauncey Bliss, le rond jamaïcain qui était le cuisinier.

Je l'avais espéré poser Conrad sur le travail des experts de la mission, mais je devais attendre le bon mon temps. Les experts de la mission ont été confinés pour la plupart de leurs heures de travail pour une section spéciale bouclé du reste de l'équipage sur le pont supérieur de la tête de pont.Parfois, ils circulent sur le pont ouvert pour l'exercice et d'air frais, mais ils étaient soigneusement à part du reste d'entre nous. Ils ont même mangeaient et dormaient séparément. Conrad était plus accessible, mais son attitude impérieuse fit guère accessible. Il semblait qu'il avait le moins à faire de personne. Bien qu'il ait été souvent dans la salle de contrôle de la mission avec les techniciens, il n'a pas passé beaucoup de temps sur son opération de routine. Et comme il ne commandait pas activement le navire, même si, techniquement, il était sous son contrôle, qui a laissé beaucoup de temps pour lui de passer par lui-même ou parler avec le capitaine Morris. Souvent, il arpentait les ponts, debout à l'occasion de contempler off dans la mer. Comme il était, il n'y avait pas même de très nombreux navires qui passent à regarder d'où nous étions placés dans la baie du Bengale.

Je l'avais été sur les détails de travail pendant près de deux semaines maintenant, le grattage et peinture, peinture et le grattage. Chaque quatrième jour ma routine était varié avec le détail de la chaufferie. La façon dont nous avons travaillé il y avait trois hommes ci-dessus, un homme ci-dessous avec l'ingénieur. Nous équipiers ont mangé sur les quarts séparés des marins, de sorte que la seule fois que je passais avec Will

Eager était quand je ci-dessous avec lui. Le capitaine et le premier lieutenant diffusés à bord, mais normalement ils ont modifié quatre montres d'une heure sur le pont avec Conrad debout parfois pour une montre de temps en temps. En mer avec les antennes en position qu'ils ont fait peu d'autre que manoeuvrer le navire à maintenir un modèle de maintien constant.

Nous étions assez loin de la côte sud-est de l'Inde-on m'a dit cinq ou six cents miles nautiques-ce que la saison de la mousson aurait guère affecté nous, même si elle a été la saison de la mousson. À la fin d'Octobre, le temps était généralement ensoleillé et clair. Exceptionnellement bon pour Communcations radio.

Dans un de mes conversations avec Mack, il m'a dit une des raisons pour lesquelles nous rarement vu les techniciens de la radio était parce qu'ils ont travaillé rond-le-horloge, et si elles étaient susceptibles de tomber, il était pendant la journée quand ils seraient normalement dorment ou passer du temps dans leurs cabines. Il pensait que toute l'affaire était mystérieux.

"Plus mystérieux que vous pouvez l'imaginer," je lui ai dit.

"Que voulez-vous dire?"

"Si je savais ce que je voulais dire, ce ne serait pas un mystère," Je taquinais.

"Peuh."

Nous avions fini notre travail tôt un après-midi, et Jacques, Pete et moi étions sur le pont de parler par la rambarde arrière, lorsque les deux d'entre eux ont décidé de retourner dans leur cabine pour boire un verre et écouter à leur poste de radio, me laissant en solo. Je restai plusieurs minutes les yeux dans le sillage du navire, qui peut devenir assez ennuyeux, quand Conrad promenait leva et se tint pas dix, quinze pieds de moi. Pour la première fois depuis que je l'avais été à bord, le mur invisible entre nous semblait se désintégrer.

"Dites-moi, il est pas vrai," je l'ai dit.

“Qu’est-ce pas vrai?,” Répondit-il, regardant droit dans l’eau.

“Ce que vous n’êtes pas le demi-frère de Michael Appler. Vous savez, le grand créateur de l’ordinateur de Tolède. “

“Il a rit. “Alors vous avez trouvé à ce sujet?”

“Il était une couverture, non?” Je pressais. Donnez-moi un pouce et je vais prendre un mile si je peux.

Cette fois, il me regarda et sourit.

“Qu’est ce qui te fait penser ça?”

“Donc, invraisemblable,” je l’ai dit. “Bien sûr, pour quelqu’un qui sait peu de choses sur ce que vous faites et soupçonne encore moins, affirmant la fraternité est une raison merveilleuse pour vous deux d’être vu ensemble. Sinon, il n’y aurait aucune raison légitime, y aurait-il? “

“Vous pensez que vous avez tout compris.”

“Pas tout, mais sous prétexte que d’un héritage que vous étiez en mesure de lui donner dix mille dollars, pour acheter sa particiation dans votre projet, vous étiez pas? Et on ne sait pas combien plus vous lui avez donné aussi.”

“Si je l’ai fait.” Il a frappé le fourneau de sa pipe contre la balustrade, il lâche à frapper les vieilles cendres, puis rempli le tuyau avec de tabac frais et de bourrage commencé il. Refroidir et impénétrable, comme le sphinx.

“Mais ce que je voudrais savoir est, a été il la peine? Quoi que vous êtes après, était-ce la peine de tuer tant de gens? “

“Nous ne tuons pas que beaucoup,” dit-il question d’un ton neutre,

“Cinq personnes,” je l’ai dit, compter. “Stefan Jovanovich, Al Williams, Irving Marshall, Julienne Maxwell, Herman Thompson.”

“Nous ne sommes pas responsables de tous ceux qui,” at-il dit. “Certains d’entre eux, mais pas tous d’entre eux. Et pour répondre à votre question, oui ça valait le coup.”

Pour quelque raison il commençait à sonner comme si il me faire confiance, mais je ne sais toujours pas pourquoi.

"Regardez là-haut." Il a fait une place dans le ciel à environ trente degrés vers le nord.

"Qu'Est-ce que c'est? Je ne vois rien. "

"Vingt-trois mille miles jusqu'à," dit-il fièrement, "est notre satellite. Secrets vous ne croyez pas qu'il était possible d'obtenir."

Il a rit.

"Directement de l'ordinateur soviétique," je devinais.

La lueur dans ses yeux m'a dit que je deviné. Il avait une lueur de triomphe.

"L'acte le plus audacieux et ingénieux d'espionnage jamais imaginé. Oh, je savais que nous ne pourrons jamais le type d'information qu'ils avaient jamais mis dans l'ordinateur, mais avec tout cela, nous ne pas besoin de beaucoup de l'autre. Nous avons l'information la plus à jour qui existe, presque exactement au même instant les Soviétiques l'obtenir. Je ne devrais pas vous dis cela, mais vous êtes venus façon l'enfer ici pour en savoir et je ne veux pas vous décevoir, aussi longtemps que je veillerai à ce que vous ne dites à personne. "

"Comment vais-je faire cela?"

"Voilà pourquoi je vous le dis." Il rit diaboliquement.

"Vous croyez vraiment à ce que vous faites, ne pas vous, Conrad?"

"Absolument. Je vous ai préparé pour ce moment depuis des années. Je l'ai fait de mon service inestimable. Maintenant, je peux vraiment faire une contribution."

"À quoi?"

"La paix, la stabilité du monde, mon pays. Avez-vous jamais jouer au poker avec quelqu'un dont la main vous pouvez voir complètement, mais qui ne pouvait pas voir le vôtre? Seulement cela est mille mains de poker. Nous pouvons savoir exactement combien de camions sont en cours de fabrication, où le grain est expédié à, combien de troupes sont placés là où-tout et tout ce qui pénètre dans cet ordinateur moche. Et les Russes. Ces salauds stupides ne sont pas une idée de ce genre de piège qu'ils sont tombés dans. Ils sont comme un enfant avec un nouveau jouet au moment de Noël, ou "comme un gamin à l'Halloween qui obtient une pomme trick-or-treat rempli avec des lames de rasoir.

"Vous avez été infiltré tout le long, vous ne l'avez pas? Je veux dire, infiltrer les groupes radicaux à New York, l'enseignement des cours de mathématiques. Combien de temps avez-vous travaillé pour la CIA? "

Pas de réponse.

"Oh oui, je oublié. Un agent spécial de la CIA n'a jamais admet qu'il est un. Il ne confirme ni ne dément."

"Je me risquerais à dire que vous le savez probablement plus sur notre mission que quiconque sur ce navire à l'exception de moi-même, les spécialistes et le capitaine," dit-il, sa voix montrant gravité réelle. "Et je vais vous remercie rien partager avec quelqu'un d'autre." Il tapota le revolver 9 mm dans l'étui sur sa hanche, et je obtenu le point.

"Eh bien, commandant, est-ce que vient de prendre sur les soins de celui-ci?" Je ne savais pas que je voulais poursuivre la conversation.

"Cela fait. Vous pouvez retourner à votre cabine."

27

Je ne dois aller à un autre commandant Conrad Axel pendant plusieurs jours ,. Il y avait plusieurs violentes tempêtes qui ont nécessité les efforts indivise de tous l'équipage, et quand nous ne travaillions pas nous avons été manger et dormir. Je commençais à me glisser dans la routine de bord assez bien. Je fus accepté comme l'un des garçons parmi mes travail-partenaires, qui n'a pas pris soin beaucoup pour Herman le sadique pervers. Bien que je sois encore homme étrange, dans un autre sens aussi, je suis l'homme étrange dans.

Il semblait que mon avancement dans l'échelle sociale a été augmentée par le fait que le capitaine Morris, First Mate Wilson et Conrad avait besoin d'un quatrième partenaire pont ,. Après ils ont appris que je jouais je me suis retrouvé invités à des séances dans la cabine du capitaine. Je détestais pont, mais tant que je suis maintenant un compagnon de voyage captive je eu peu de choix en la matière. Ils avaient besoin d'une quatrième main et voilà. Normalement, je jumelé avec le capitaine tandis que le compagnon jumelé avec Conrad. Plusieurs fois par semaine cela a duré, généralement après le dîner pour deux ou trois heures. Donc, je suis aussi un autre groupe de garçons.

Cela avait été en cours depuis plusieurs semaines, et pendant que la conversation était amicale et informelle, il était pas trop amicale et informelle. Je savais toujours où était ma place et a été dûment toléré.

Cependant, un soir nous avions été à elle pendant plus de trois heures, et quand nous avons terminé, nous partagé plusieurs verres de brandy. Comme je sortais de la cabine du capitaine et rentrais à mes quarts Conrad m'a appelé. "Andrews, je veux que vous voyez quelque chose. Venez ici."

Je tournai les talons et je le suivis. Il ouvrit une porte vers le pont supérieur où se trouve le relais et la réception de la plate-forme. Nous sommes allés dans une chambre d'environ

20 x 30 pieds en taille et remplis de luttre électronique. Un technicien était assis à l'un des ordinateurs avec un casque sur ses oreilles.

"Ceci est l'idée la plus brillante imaginables," a déclaré Conrad. "Ce que nous avons fait est tout simplement combiné un certain nombre de technologies dans un système tout à fait unique. Le maillon central est le satellite. Sans elle, toute cette opération arrête. Si pour une raison quelconque le satellite de dysfonctionnement ou de tomber à terre, nous pouvons organiser un pour l'autre à être lancé. Le satellite est un assez petit de toute façon et peut être envoyé sur une fusée-sonde simple. Il dispose de deux canaux de communication. Un canal relie le navire à l'ordinateur au Norillsk.Le second canal relie le navire avec la base de la maison."

"Ce que je ne peux pas comprendre pourquoi les Soviétiques ne détectent pas les signaux illicites qui entrent et sortent de leur ordinateur."

"Il est vraiment très simple si vous comprenez quelque chose sur les ondes radio," at-il dit. "Vous voyez, notre avantage ici est que les Russes sont en utilisant des satellites de leur propre pour alimenter l'ordinateur maître avec des informations à partir de leurs ordinateurs régionales. Pour cela, ils communiquent sur certaines bandes de radio affectées faire. Ils ont environ 30 6 longueurs de bande séparés, chacun d'eux étant partagé par deux ordinateurs. Bien sûr, chacune de ces fréquences est entièrement comptabilisées et contrôlées pour la sécurité. Mais ce qu'ils ne sont pas pris en compte est cross-tissage ou parties de ces bandes. Chaque bande de radiodiffusion a peut-être trente longueurs d'onde, tous très proches les uns en longueur. Mais nous avons joint un appareil à l'ordinateur maître qui sélectionne au hasard une longueur d'onde de chacun de plus d'une douzaine de groupes, puis les tisse en une bande unique de fréquence qui peut être décodé que par un dispositif spécial qui lit et les détecte fréquences. Les moniteurs soviétiques peuvent ramasser quelques statique sur thse bandes qui sont d'une longueur d'onde interceptée, mais le crossweave unique de vagues est varié périodiquement de sorte que ce qui apparaît comme statique sur une bande pour un jour est clair sur les jours suivants. Et même si une fréquence est détecté, il est totalement indéchiffrable, incompréhensible sans les autres longueurs d'onde. Je doute sérieusement que les Soviétiques savent depuis longtemps ce qui se passe. Et si elles le font, les dégâts auront déjà été fait. "

"Où trouvez-vous la force pour cela?"

"Le pouvoir est en amont du reste de l'ordinateur, au-dessus de même lorsque la puissance est mesurée. Il est comme tapant directement dans votre ligne de l'électricité de la maison juste avant la panne de courant à travers le compteur. Bien sûr, son effet ne sera pas enregistrée parce qu'il est conçu pour éviter complètement l'appareil de mesure, même si la puissance est bien sûr il. Il ya tellement de pouvoir entrer dans le sytème à Norillsk, et il est un facteur normal de la fuite et de l'inefficacité de toute façon que cela peut être considéré comme rien d'inhabituel. Quoi qu'il en soit, il semble que de notre suivi de la Russkies sont plus préoccupés par enseigner aux gens comment utiliser et entretenir cette satanée chose qu'ils ont pas le temps à vous soucier de ce que nous faisons. "

"Au moins, vous l'espérez," je l'ai dit.

"Oui bien sûr. Vous voyez la chose vraiment ingénieuse sur ce système trop est que nous avons un ordinateur qui traduit du russe à l'anglais automatiquement. Vous devez comprendre ce qui est plus d'une station d'accès et de relais. Nous ne vraiment pas analyser les informations ici. Nous enregistrons sur ces micro-disques en même temps nous transmettons par des bandes de radiodiffusion de la station de la maison, donc nous avons un journal complet de tout ce que nous avons pris de l'ordinateur soviétique et transféré sur. Qui est obligatoire. "

"Alpha Centauri," je l'ai dit, "Space invaders de l'étoile la plus proche. Seulement, vous êtes à la recherche de votre voisin sur le grand continent."

Il renifla.

Cette nuit-là je devais beaucoup à dormir. Je comprenais mieux ce qui se passait, et je pouvais voir pourquoi il avait une telle obsession du secret.

Le prochain terrain de jour a été aperçu et je été verrouillé rapidement dans ma cabine. Je essayé de protester, mais Jacques, Mack et Pete tous dit qu'ils avaient des ordres pour mener à bien et qui était qui. La terre était trente miles de là, je leur ai dit, comment pourrais-je peut-être y aller à la nage? Ils ne voulaient pas bouger, et je ne pouvais pas parler, soit à Conrad ou au capitaine. Après avoir été enfermé Pete m'a dit qu'il me servir le dîner sur un plateau que nous étions réapprovisionnement au port indien de Vishakhapatnam, sur la côte de l'Inde environ 350 miles au nord de Madras.

Cette situation m'a causé une certaine inquiétude. Si ils ont signé un autre marin dans le port je étais durables comme matelot de pont. Et sinon je suis indésirable. Non seulement indésirable, mais je voulais sortir de la voie. Ou peut-être que je serais détenu comme prisonnier perpétuel. Les opérateurs de radio d'Axel avaient contacté le siège de la mission et les a informés de ma présence à bord? Très probablement, ils avaient, dans ce cas, il a été probablement prendre les commandes de leur part concernant ma disposition.

Nous étions dans le port pendant deux jours, ce qui signifie que je suis enfermé dans ma cabine pour trois ans et demi. Lorsque le navire a finalement obtenu sur son chemin et clair de terre, je suis finalement libéré et je suis retourné au travail.

Il y avait quatre choses qui pourrait arriver à moi. Ils pourraient me libérer à la prochaine port, libre d'aller de ma propre volonté, mais je savais que cela ne se produise. Je savais trop. Ils pourraient me tuer. Mais puisque cela avait pas encore arrivé, je commençais à douter que cela arriverait. Je pourrait être maintenu à la mer en permanence comme un prisonnier pérenne, ou remis à quelqu'un à partir du siège d'Axel dans un port préétabli. Ou je pourrais trouver un moyen de descendre du navire et à l'écart de la sécurité si cela était possible.

Une discussion décontractée du temps avec le capitaine Morris un jour a commencé à me donner des idées. Nous étions hors de la saison de la mousson d'Octobre à Avril. Le temps était clair et la direction du vent était de nord-est. Les courants tournent dans le sens antihoraire travers ont été le bassin de la baie du Bengale. Cela signifie que si un bateau à la dérive le long de la côte nord-est de l'Inde irait vers le sud-ouest, puis quelque part près de l'extrémité sud de l'Inde et du Sri Lanka, il serait balayé vers l'extrémité inférieure ouverte de la baie dans l'océan Indien. Le mouvement des courants serait alors amener le navire jusqu'à la côte occidentale de la péninsule indochinoise.

Bien sûr, cela a été la plus sûre du point de vue météorologique. Mais il était aussi un grand risque calculé. En cas de contact avec les vaisseaux terrestres ou d'autres n'a pas été faite au moment où le navire a atteint sept heures sur le cercle, les chances ont diminué de façon spectaculaire, et la perspective de survivre à la tour de quatre ou trois heures ne sont pas prometteurs. Et puis il y avait la complication du changement de saisons.

En Avril l'inversion de la direction du vent a causé les moussons. Le vent du sud-ouest a ramassé l'humidité et déposé sur les terres au nord où il condense en fortes pluies, presque continue. Les vents ont également causé la direction des courants sur le périmètre du bassin à inverser cette fois dans le sens des aiguilles d'une montre. Du point de vue de la navigation d'une petite embarcation pourrait être entraînée contre la longue ligne côtière au nord. Mais l'aspect météo me dérangeait. Je ne voulais pas être pris dans de fortes tempêtes dans une embarcation ouverte. Cela pourrait être plus traître. En outre, cela signifierait peut-être une attente de quatre à six mois avant, il pourrait même être tentée, et d'ici là, je aurait déjà été livré dans les mains de quelqu'un d'autre si je suis encore en vie.

Je devais aller plus attentivement. Je essayé de montrer assez de curiosité dans la navigation d'attirer l'intérêt et la coopération de la capitaine, mais pas autant que pour éveiller ses soupçons ou Conrad. Pour les deux prochaines semaines, maintenant dans le milieu de Novembre, je réussi à obtenir sur le pont deux fois avec le capitaine Morris et dans le cours de la conversation générale, il m'a montré des cartes de navigation de la baie du Bengale. Avec Wilson, le premier lieutenant, je ne comprends pas si loin. Il m'a tenu à l'écart du pont tout à fait et généralement il a évité la conversation avec tout le monde sauf le capitaine, Pete et Will Eager.

Pour le positionnement des antennes vers le satellite, au milieu de la baie du Bengale était le meilleur emplacement À ce moment le navire, le satellite et l'ordinateur à Norilsk étaient tous sur le méridien de 85 degrés. Il était aussi éloignée des routes maritimes côtières occupés que possible. Occasionnellement, nous avons vu des cargos soufflant par à l'horizon, mais il était pas souvent.

"Il n'y a tout simplement pas beaucoup de trafic de la baie de croix," le capitaine Morris m'a expliqué. Il avait commandé des navires dans les eaux internationales depuis des années et avait navigué au moins une demi-douzaine de fois dans cette région. "Les navires de travail les ports indiens et Chittagong et Rangoon ont tendance à faire une course côtière, et les fishboats ne viennent pas ici parce que l'eau est trop profonde, à l'exception de nous-mêmes," dit-il avec un léger rire. "Parfois, vous obtiendrez le trafic de la baie de croix. Ils sont généralement dirige tout droit autour de la pointe sud de l'Inde pour Chittagong ou Rangoon sans arrêt à Madras ou Calcutta. Le trafic est-ouest à travers le détroit de Malacca est trop au sud pour nous de voir, un autre de 700 à 800 miles au sud.

Pourquoi demandez-vous? Envisagez-vous de l'auto-stop? "Il rit de nouveau.

Je ne peux pas me rappeler ce que je disais. Il avait quelque chose sans conséquence et aussi innocent consonance que je pouvais faire semblant. Il devenait clair pour moi que si je prévoyais une évasion, il devrait être alors que le navire faisait son chemin de retour à destination de Vishakhapatnam. Si je essayé trop tôt, je serais calé au milieu trop longtemps, si je attendu trop longtemps, ils pourraient me enfermer à nouveau. Mon problème était que je ne savais pas comment obtenir un repère de navigation, et si je demandais, je serait certainement éveiller les soupçons.Et pourtant, sans elle, je pouvais faire quelques erreurs fatales dans le jugement.

Un après-midi Conrad m'a appelé dans sa cabine.

"Andrews, y avait quelque chose que vous avez dit m'a intéressé ... Asseyez-vous."

Je suis franchement inquiet qu'il pourrait être à mes efforts pour échapper à partir du navire, alors quand il a commencé à parler, je fus immédiatement soulagé.

"Vous avez nommé cinq personnes qui vous a dit que nous avions tué. Je tiens à vous dire ici et maintenant que nous ne sommes pas responsables pour cinq personnes. Juste trois. Je suis inquiet pour les deux autres. "

Mes yeux se sont agrandis. Je pensais que son organisation et lui étaient les principaux méchants de cette entreprise.

"D'accord, nous allons commencer avec Stefan Jovanovich," je l'ai suggéré. "Qui l'a tué?"

"Je ne peux pas dire à coup sûr," dit-il. "Il a été étroitement associé avec moi. Il a agi comme un go-between stratégique. Entre lui, moi-même et Earl Wyman chez Century Technologies nous rêvions de ce plan et l'a vendu à la CIA. Jovanovich était celui qui avait tous les contacts. Je lui et Wyman a réunis, et nous trois acheté la coopération de Mike Appler, comme il serait celui qui aurait trouvé si nous avions pas. La CIA a mis l'argent, et peu de temps après les plans ont été formulés, l'approbation du gouvernement du projet informatique soviétique a traversé. "

"Il était une sorte de compromis," je l'ai suggéré, "Donnez les faucons quelque chose pour les garder heureux tandis que les colombes obtiennent la leur."

"Quelque chose comme ça," at-il dit. "Mais je ne sais pas pourquoi Jovanovich a été assassiné. Je pense qu'il était parce qu'il en savait trop. Il avait tout simplement trop nombreux angles de jouer et a été considéré comme trop dangereux à contrôler. Après tout, il pourrait alerter les Soviétiques, la presse américaine, qui il voulait. Et il avait l'information et l'autorité pour le sauvegarder. Tant qu'il était vivant, il était dans une position très puissante. Morte, bien sûr, il ne pose pas de menace pour personne."

"Si vous étiez pas impliqué dans l'assassiner de Jovanovich, alors pourquoi êtes-vous venu à Baltimore pour parler avec l'opérateur de lancement, Irwin?"

"Wally Irwin, bénisse son miteux, m'a appelé après avoir trouvé des informations sur le corps de Jovanovich. Il pensait que je suis le tueur et il a utilisé ce pour essayer de soutirer de l'argent de moi. Je ne pouvais pas se permettre d'avoir une grande gueule insatisfait à propos de la ville ".

"Qu'en est-il de l'argent marquée que Irwin avait pris?"

"La meilleure estimation que je dois est Jovanovich a été donné ce par quelqu'un dans la CIA ou le FBI, qui est la grande question, afin de suivre ses contacts et ses mouvements. Je ne peux pas penser à toute autre raison, mais en sachant Stefan, il était probablement suspect, et cela a été détectée et qu'il a été assassiné peu de temps après. "

"Qui était-il vraiment? Stefan ou Adam Johnson? "

"Je l'ai toujours su que Stefan, et je ne doute pas que ce est qui il était. Adam Johnson-il mentionné à moi une fois, était juste une couverture qu'il a utilisé quand il a été affecté à travailler à l'intérieur du FBI. "

“Mais vous ne revendiquer la responsabilité de Al Williams. Et vous auriez me frapper trop? “

“Oui, je suis désolé de le dire. Je crains que je perdis la tête un peu, vous ayant sur ma queue à Baltimore. Je craignais que vous obtiendriez vent de ce qui Wally Irwin connaissait et soufflez le tout. Seulement cette stupide Bernie Rukel frappé le mauvais homme.”

“Irving Marshall. Il était l’un des vôtres aussi, non? “

“Vous savez, chaque fois qu’il ya un nouveau président, eveything dans cette affaire se royalement foutu. Surtout les trucs super-secret. Ce projet était une carte blanche dans le cadre du précédent président. Puis, avec le nouveau, personne ne lui a dit, parce qu’ils craignaient le projet serait scotched. Je ne peux pas les blâmer. Il est de toute façon un gauchiste damnés.

“Effectivement, Irving Marshall ont fait irruption dans ma place et a pris certains de nos papiers. Parce que je les ai trouvé dans son bureau après que je serais allé à sa place pour lui parler.”

“Et voilà où vous l’avez tué?”

“Oui. Il a menacé de dénoncer toute cette affaire, prendre à droite au président. Je pensais alors qu’il était responsable de la assassiner de Stefan, mais je ne suis pas si sûr que maintenant. Le seul problème est que je ne pouvais pas récupérer tous les documents qu’il avait prises.”

“Voilà parce qu’il avait donné certains d’entre eux à Elizabeth Pinella pour la copie. Je les ai vu.”

Il tenait son visage dans ses mains. “Je craignais de quelque chose comme ça.”

“Ce que je voudrais savoir, Conrad, est la raison pour laquelle vous avez tué Julienne Maxwell et a essayé de me tuer en Angleterre?” Je lui ai parlé de ma petite amie anglaise étant repêché dans la Tamise et ma proximité appel à la mer dans le conteneur de fret.

“Je ne sais rien du tout à ce sujet,” at-il dit.

"Allez donc. Vous ne vous attendez pas que je pense que."

"Non, vraiment. Nous étions en mer de toute façon. Je ne ai pas coopératives sur des terres qui je dirigeais pour ce faire."

"Eh bien, alors, qui a fait?"

"Je ne sais pas. Je ne ai pas la moindre idée."

A partir de là, je me sentais assez proche de Conrad Axel. Il n'a pas été juste que je l'admirais ce fanatique dévoué qui était allé à tant de peine à récolter les secrets de l'ordinateur à Norilsk. Son projet était une brillante, et son effort était tellement inébranlable. Mais il a été aussi vivre dans un monde réel qui lui fait d'autant plus vulnérables. Si Conrad besoin de quelque chose, il était amis. Capitaine Norris a fonctionné comme un, et moi aussi Mais contrairement à ces deux, je était maintenant de plus en plus déterminés à sortir avant que les moussons. Et il était clair pour moi que si je ne pas sortir sur mon propre, je ne voudrais pas sortir du tout.

Lentement et soigneusement je commençais assemblage de plusieurs caches de fournitures. Ma liberté à bord du navire m'a donné l'occasion de flairer tout ce qui n'a pas été enfermé. Parmi les engins de marins dans la cale, je trouvai un radeau de caoutchouc qui n'a pas été gonflé. Je devais le gonfler, patcher, regonfler et le patch à nouveau pour vous assurer qu'il serait en état de navigabilité. Je me suis ainsi une petite bâche que je l'espérais, agir comme un voile, un certain nombre de fusées éclairantes et des colorants, combinaison de plongée, gilet de sauvetage, ainsi que toute l'eau et la nourriture que je pouvais poser mes mains sur. Je pensais trois semaines de nourriture et d'eau signifierait la différence entre le succès et l'échec. Je même façonné une palette à partir du bois que je trouvais. La palette serait également agir comme un petit mât pour ma voile de fortune.

Je jouais aux échecs un soir avec Conrad Axel. Je l'avais déjà battu deux fois, mais dans ce troisième jeu, il a été à venir sur fort. Il faisait mieux que je m'y attendais. Il m'a intéressé.

"Vérifier," at-il dit.

“Ce que vous entendez est fourche chèque.” Il avait une combinaison de reine et chevalier qui menaçait à la fois mon roi et la reine. Je devais contourner wth mon roi ou de perdre le jeu, mais, ce faisant, je perdais ma reine. Il a ensuite poursuivi sa poursuite.

Mais ce qu'il donnait était que, avec sa reine sur une position défensive, je suis prêt à aller avec mes tours et un chevalier et l'évêque lui mater trois coups plus tard. Je dois admettre, je suis un très bon joueur.

“Voilà exactement comment je vais jouer si cela devient échec et mat,” a déclaré Conrad parler allégoriquement. “Je ne peux pas être en mesure de sauver ce navire, mais si quelque chose arrive à elle, je l'ai obtenu mon as dans le trou.”

Je pensais mieux que de lui demander ce qu'il voulait dire, mais il était évidemment penser à quelque chose.

“Quand allons-nous rentrer au port, Conrad?” Demandai-je avec désinvolture que je mets les morceaux dans la boîte.

“Très vite,” dit-il avec un clin d'oeil sournois qui me dit que je ferais mieux d'être préparé pour plus de confinement. Seulement, il ne savait pas que je devais quelque chose de totalement différent dans l'esprit.

Je ai attendu pendant deux nuits avant de tenter ma fuite, de synchronisation de telle sorte que le jour où je fus découvert manquant je l'aurais eu congé pour se reposer et de détente de toute façon. De cette façon, personne ne m'a attendre au travail à sept heures et si je ne peux pas montrer mon visage jusqu'au déjeuner personne ne penserait à me chercher tôt. Je viens espérais ma chance tiendrait et je ne voudrais pas être enfermé dans ma cabine d'ici là.

Je emmitouflé attentivement toutes les dispositions et les fournitures. Maintenant, je devais les réunir, et je leur dois en un seul gros paquet que je enveloppé et attaché fermement dans la bâche qui je l'avais prévu pour l'utiliser comme une voile. En tout, tout ce que je devais devait peser environ 75 livres. Ensuite, je gonflé le radeau de caoutchouc. Je ne voulais pas l'avoir gonflé jusqu'à la dernière minute, alors je l'ai pris sur le pont, et en se cachant sous le bateau de vie, je l'ont fait sauter, puis attachée à une ligne fixée à la rambarde du pont arrière et l'a jeté par-dessus bord .Je également fustigé la pagaie à elle. Personne ne le remarquer dans l'obscurité. Ensuite, je suis retourné à ma cabine, monté dans la combinaison et discrètement couvert le bundle avec un manteau.

Je ai eu deux volées d'escaliers pour faire avec mon paquet de ma cabine sur le pont et soufflait le deuxième vol d'étapes quand Pete bondit jusqu'à eux.

"Qu'est-ce que vous y êtes arrivé?" Il a demandé.

"Juste une certaine vitesse pour le second. Voulais me mettre à lui de le stockage de la salle des machines."

"Vous voulez un coup de main?"

"Non, je l'ai eu."

Heureusement il a traversé sans lui donner toute pensée, et je lutté sur le pont sans autre incident.

Je façonné une petite boucle de la corde que je attaché à la fois à l'ensemble et la ligne en maintenant le radeau de sauvetage, et après je l'avais jiggled la ligne afin d'obtenir le radeau au plus près du navire que possible, je laisse le faisceau aller et diaporama sur toute la ligne.

Je l'avais espéré qu'il allait atterrir à l'intérieur du radeau, mais il est tombé juste à l'extérieur et a frappé l'eau avec une éclaboussure.

"Qui va là?"

Il était premier lieutenant Wilson appelant à partir du pont. Je me suis caché sous le nouveau bateau de sauvetage. Peu de temps après il se promenait sur le pont, à l'occasion peering sur le côté du navire, et il passé en seulement quelques pieds de moi et puis je suis retourné sur le pont.

Je suis allé sur le côté, rapelling baisse, le style alpiniste, puis avec un plus grand que d'habitude, je poussoir atterri carrément au milieu du radeau et a perdu peu de temps à la pêche sur l'engin qui était encore dans l'eau. Une fois ce qui était dans je délié rapidement la corde qui attachait le radeau pour le navire, et depuis que je tenais désormais deux extrémités de corde dans mes mains, je tire lentement sur une extrémité pour récupérer l'autre à travers la balustrade. Je suis heureux avec moi-même parce que maintenant je devais la longueur de corde et personne ne sait ce qui était arrivé à moi si ils ont échoué à découvrir la perte du radeau. Je suis à la dérive.

Il y avait seulement un croissant de lune cette nuit-là, et même alors, il a été caché une partie du temps par les nuages qui passent, donc je pas eu besoin de se soucier d'être vu à partir du navire. Utilisation de la palette je manoeuvré le radeau environ 400 ou 500 yards de distance du bateau avant que je tenté d'ériger mon mât de fortune et de la voile. Depuis les vents se déplacent généralement à partir du sud-ouest au nord-est que le temps de l'année, je comptais tout simplement de fonctionner sous le vent aussi longtemps que je le pouvais jusqu'à ce que je suis tombé sur la côte indienne. Je l'espérais pas prendre trop de temps.

La combinaison était de me tenir chaud, et comme il était avéré une excellente protection pour mon voyage. La mer était heureusement pas turbulente donc je connu pas beaucoup les affouillements et pourrait généralement composer avec eux. Si je calcule bien, je dois voyager de 400 à 600 miles avant je courrais dans la circulation côtière importante. Je viens espéré que je pourrais faire autant que 50 miles par jour, mais je eu aucun moyen de mesurer à quelle vitesse je me déplaçais.

Je l'avais été éveillé pendant trois heures ou plus avant je me suis assoupi, et quand je me suis réveillé plus tard, le soleil venait de se lever et de Neptune Seiner était juste un petit point à l'horizon. Vérification de la petite boussole je l'avais réquisitionné, me semblait être assez bien le cap dans une direction sud-ouest. Le Neptune Seiner était presque plein nord et cela m'a inquiété pour une minute jusqu'à ce que je me suis souvenu qu'il avait voyagé en direction ouest en arrière vers Vishakhapatnam quand je l'ai laissé.

Les prochains jours sont allés sans incident. Il ya eu plusieurs averses de pluie, le vent et relâché plusieurs fois qui m'a fait inquiète, mais ils ne se seraient pas fait une batte de marin expérimenté un cil. Je me fîtes conditions météorologiques généralement bonnes et d'excellentes conditions de navigation.

Il n'y avait pas beaucoup à faire, mais garder le cap et de penser. Dans un sens, je suis désolé d'avoir laissé Conrad Axel et le navire. Il n'a pas été juste que je le considérais comme un ami de toutes sortes et une personne fascinante dans son propre droit. Il est que je devais quelque sentiment profond à l'intérieur de moi que je lui et sa cause avais trahi. Mais cela n'a pas de sens pour moi non plus. Je ne lui avais pas trahi, mais en restant un prisonnier à bord je me trahir. Peut-être il a estimé que par épargnant ma vie, je lui devais cette servitude, mais je ne sais toujours pas pourquoi je devrais me suis senti mal de ne pas aller avec elle.

Et puis toutes les questions que je avaient voulu lui demander, mais avaient pas commencé revenir à moi. Pourquoi avaient-ils pas payé Colin White les sommes supplémentaires dues pour le navire? Tout au long qui avait fait peu de sens. Ils pouvaient se permettre d'acheter, tenue et l'homme le navire, pourquoi ne pourraient-ils se permettre de la petite balance de plusieurs milliers de livres qui a été encore dû? Mais avec Stefan Jovanovich de la route, pourquoi Conrad venture à l'étape de l'avant sans un intermédiaire? Peut-être Jovanovich avait refusé de révéler aux limiers du gouvernement ce qui se passait, et quand il a été tué, ils espérer que peut-être Conrad Axel ou quelqu'un au siège de la mission seraient pas en avant pour combler le vide et de les conduire à les secrets de l'opération. Ce ne fut pas par manque d'argent que Colin White n'a pas été payé. Il était juste que il n'y avait personne qui pouvait lui expliquer cela sans risque d'exposition. Il était pour l'absence de couverture.

Si tel était le cas, alors il a également expliqué pourquoi Julienne Maxwell a été assassiné. La grande erreur je l'avais fait en Angleterre était en supposant que le Groupe Alpha Centauri était responsable, si Conrad devait être cru, et pour une raison que je ne le croient. D'ici là, ils étaient complètement loin de l'Angleterre, et leur seul intérêt était à obtenir leur système de surveillance en place et en ordre de marche. Le principal coupable en Angleterre devait être James Nottingham. Il avait cruellement et cyniquement sa effacé, même si elle était le colocataire de sa maîtresse et son meilleur ami, tout simplement parce qu'elle aurait conduit à lui. Nottingham et celui qu'il avait enrôlé était responsable de sa mort, et aussi pour moi d'expédition à la mer dans le conteneur. Il était clair pour moi maintenant. Je brûlais avec une telle rage que je me suis levé sans réfléchir dans le radeau de caoutchouc et a failli renverser dans l'eau. Il m'a rendu encore plus en colère de penser que même si tenté que je ne serais probablement pas en mesure de convaincre Det. Sgt. Smithers qu'il était vrai.

"Il est une théorie intéressante," il aurait sûrement dire. "Mais où est la preuve?" Et il serait laissé à cela.

A propos de la troisième ou quatrième nuit sur le radeau, je rêvais que je tenais une autre conversation avec Conrad Axel dans sa cabine.

"Mais cela est si dangereux," je lui ai dit. "Pourquoi fais-tu cela?"

"Nous ne pouvions pas leur laisser l'ordinateur sans elle," il a dit. "Il serait plus dangereux pour nous si nous ne disposions pas de système de surveillance."

"Mais que faire si l'on découvre? Ensuite, il y aura sûrement une guerre terrible. "

"Il vaut mieux avoir une guerre terrible sachant tout sur eux que nous le pouvons, que de savoir beaucoup moins. Et en tout cas, vous vous inquiétez trop. Le système est infaillible. "

Je devais espérer qu'il avait raison, mais je craignais qu'il avait tort. Bien que je été impressionné par la complexité et la subtilité de leur accès secret de l'ordinateur, je savais aussi que je ne connais pas assez les choses pour juger si ce qu'il disait était vrai.

Par le huitième jour, je l'avais fait suffisamment de progrès que je pouvais voir des navires passant à l'horizon à l'est. Je sortis de ma liasse de fournitures un miroir et passé une bonne partie de la journée à essayer de réfléchir la lumière solaire dans leur direction. Mais il semblait avoir aucun effet tant que le miroir était trop petite et ma distance d'eux trop grande, et je attendue mes solins à prendre pour un peu plus de soleil se reflétant sur le mouvement des vagues lointaines.

Par le dixième jour je l'avais suffisamment déplacé dans les voies extérieures d'expédition que je attiré l'attention d'un cargo grec, qui est arrêté et m'a ramassé. Nous étions à un point environ 75 miles à l'est de Pondichéry, sur la côte indienne. Comme le navire devrait mettre en à Madras encore 100 miles au nord, cette pratique était pour moi et je suis descendu du navire quand il a finalement atterri.

Je suis sorti de la trésorerie, de crédit et tout, mais je réussis à câblage Elizabeth Pinella recueillir, et elle câblé retour peu de temps après avec de l'argent pour un billet de retour aux États-Unis, alors que je me suis arrangé un passeport d'urgence à travers le consul américain à Madras.

Il m'a fallu plusieurs jours pour se détendre après mon arrivée à Washington, et finalement je était prêt à dire Elizabeth Pinella mon histoire. Elle a écouté avec intérêt. Je devais beaucoup d'argent provenant de la rémunération de retour de son, et prêt à prendre de longues vacances. Plus tard, elle m'a approché et m'a demandé si je voulais garder le silence sur toute cette affaire, et je dit que je voudrais essayer, mais je n'a fait aucune promesse. Elle a dit que je devrais essayer de l'oublier, comme si elle n'a jamais eu lieu, et je dit qui était ridicule. Sa seule réponse a été si je comptais dire au monde entier à ce sujet, personne ne me croit parce qu'il n'y aurait personne autour pour vérifier mon histoire. Cela m'a donné pause considérable. Alors peut-être que je pourrais l'oublier.

Je voulais vraiment essayer d'oublier. Mais il y avait plusieurs autres choses qui sont arrivées qui ont provoqué l'incident de retour à l'esprit.

Quelqu'un avait m'a envoyé anonymement un clip d'un accident d'avion impliquant Earl Wyman, l'expert en informatique qui avait conçu le plan avec Stefan Jovanovich et Conrad Axel. Wyman était mort dans un accident en Décembre d'un Cessna avec son pilote sur un voyage à travers le Kentucky. La FAA enquêtait sur la cause inconnue de l'accident.

Puis, quelques mois plus tard, je reçu une lettre de Colin White. Il m'a envoyé un clip de la Calcutta Mail, dont l'un des journaux de Londres avaient ramassé, concernant les survivants de la Neptune Seiner. Seulement trois avaient vécu pour dire que leur bateau a été attaqué ils croyaient par un navire de la marine américaine tard un soir et laissés à couler. Les seuls qui avaient réussi à se démener pour la sécurité de l'embarcation étaient Pete, Mack et Wilson le premier lieutenant. Le reste avait péri. Cela signifiait aussi que, sauf si un nouveau navire a été équipé, le Projet Alpha Centauri était mort. L'aspect intéressant de cet article était que personne ne fut en mesure de confirmer l'histoire des marins, sauf pour vérifier que le navire avait été dans et hors de Vishakhapatnam pour les provisions. La marine américaine n'a pas non plus fourni une déclaration à propos de l'incident allégué. Ce qui avait capté l'attention de White était le commentaire de l'un des marins que le nom du navire avait été récemment modifiés à partir du Néerlandais Venturer. Si ce compte était correcte, cela signifie que tous les trois initiateurs du projet Alpha Centuari étaient maintenant morts, bien que ses headaquarters de mission, où il était peut-être encore été intacte.

* * *

Il a fallu plusieurs mois à partir de cette dernière nouvelles quand je suis tombé sur Marcie Hill, dans un restaurant de centre-ville de Baltimore. Notre petit roman avait depuis longtemps diminué, mais nous étions encore en bons termes. Le fait est qu'elle était avec un autre gars et que m'a dit que je l'avais raté ma chance. Elle a dit qu'elle avait quelque chose à donner à moi, si seulement je voudrais arrêter par la suite à la bibliothèque.

Je passai l'après-midi se demandant ce qu'il pourrait être. Je lui avais pas donné un bracelet ou une bague symbolisant notre lien d'affection qu'elle pourrait éventuellement être de retour, donc je ne pouvais pas imaginer ce qu'elle avait.

"Vous vous souvenez de ce cas, vous travaillez sur?" Me dit-elle quand je l'avais finalement obtenu d'elle.

J'ai hoché la tête.

"Je ne sais pas si vous étiez encore travailler dessus, mais il ya environ six semaines, je courais à travers cela et pensé que vous aimeriez le voir."

Elle me tendit un article à propos de l'ordinateur newsapper Norillsk. Il y avait eu un feu flash mystérieuse pendant toute la chose. Selon les estimations, la plupart ont été ruinés, mais même dans le meilleur des cas il faudra des années pour reconstruire. Century Technologies gens qui y étaient allés pour inspecter les dommages et les assureurs se préparent à prendre une raclée horrible.

"Ceci est celui que vous lisiez sur, non?"

"Oui, il est le seul. Merci beaucoup pour le sauvegarder pour moi. "

Je suis parti, presque dans un état second. Il est vrai, ce que Conrad avait dit au sujet de son as dans le trou. Si Alpha Centauri ne pouvait pas avoir son système de surveillance secrète, ni les Soviétiques pourraient avoir leur ordinateur. D'une certaine manière les assistants électroniques de ce groupe de clandestins avaient truqué l'ordinateur de sorte que lorsque leur fonctionnement a été arrêtée, l'ordinateur serait également rencontrer une fin prématurée. Quelque part, de sa tombe d'eau sur le plancher de l'océan Indien, Conrad Axel doit rire.

FIN